三春鸟

浠水县文化馆　胡泽光 ◎ 编著

◊◊ 中国友谊出版公司

图书在版编目（CIP）数据

三春鸟 / 浠水县文化馆 , 胡泽光编著 . -- 北京：中国友谊出版公司 , 2025. 3. -- ISBN 978-7-5057-6051-6

Ⅰ . I247.7

中国国家版本馆 CIP 数据核字第 2024K1557X 号

书名	三春鸟
编著	浠水县文化馆　胡泽光
出版	中国友谊出版公司
发行	中国友谊出版公司
经销	新华书店
印刷	四川科德彩色数码科技有限公司
规格	880 毫米 ×1230 毫米　32 开
	8. 25 印张　207 千字
版次	2025 年 3 月第 1 版
印次	2025 年 3 月第 1 次印刷
书号	ISBN 978-7-5057-6051-6
定价	89. 00 元
地址	北京市朝阳区西坝河南里 17 号楼
邮编	100028
电话	（010）64678009

编 委 会

主 编

龚 杰

副主编

蔡 诚　叶 晗　周 鹏　陈木子

师说与画圆的艺术

何存中

　　胡泽光在浠水县文化馆的支持和合作下，要出第二本小说集了，我自告奋勇为他写序。这是我第二次为他的小说集写序。他的第一本小说集《乡村锣鼓》，也是我给他写的序。我的家乡浠水县自新中国成立之后，文学创作代有人传，四位农民作家是为第一代，本人算是第二代，那么胡泽光可算第三代了。而且我与他算是又写又编，既是运动员，也是裁判员。一生以此为业，乐在其中。在家乡培养文学新人，薪火相传，津津乐道。2024龙年，他到了退休之年，这本小说集《三春鸟》意味着对他的小说创作做个总结。但愿不是句号，而是分号。生命不息，写作不止，创作者永远在路上，跟着前人的脚步走，可谓终生的事业。事业二字估计是佛家用语。"事"指故事、人物和意义；"业"指将前者用心血编成故事，落实到字面上，传之后世，让其彰显出时代的特色，绽放出人性的光芒。布施也好，传道也好，修行与佛家无异。

　　这本小说集汇集了十三篇中短篇小说，都是从生活中得来的心血之作，经过多次修改，在刊物上发表后引起一定反响的。他是我三位入室弟子中的第一人，两位女弟子称他为大师兄。

他始终尊我为师，有礼有节，可以说他的创作离不开我的影子，对外他称我为老师，其实他是我的妹夫。他的妻子是我本家同姓同辈的妹子，私下他称我为哥。这就好，内外有别，不失师道，亦不失私情，这就令人感动。创作之道在一般人眼里是没有师父的。也就是写小说是教不到的。初学时称你为师，那是为了入门。入得门后，修行在个人，岂能以一人为师？这不是学手艺哩。文学创作是博采众长的艺术，山外有山，天外有天，哪能登一山而满足？所以我在一次后辈创作研讨会上说，人必有师，无师不能上正道。但对于创作之人来说，圣人无常师，如果定常师，可能影响达圣境。先师从一人学会走，然后跟着潮流走，眼观六路，耳听八方；择众师之道先学会跑，然后顺水又顺风，岂不快哉？认定一人为师是幸事，但绝不是好事，需要灵活机动才行。我是这样想的，也是这样做的。在我的创作之路上，离得开多少老师的教诲和帮助？列出名单来，最少有百位。如果说我忘记了他们，实在是误解了我，只能说声对不起！恕我无罪。

如今胡泽光于我是多年的兄弟了。这个集子里的十三篇小说，我都看了，熟悉于心，每篇小说或多或少地听我的意见，加以修改了。他高兴，我也满意。我的每篇小说写出来之后，也会发给他看，让他提意见，只要他说得对，我就修改。当然，我也会同时发给几个朋友看，让他们提意见。我会认真采取他们的意见然后择善而改。真的要感谢各位良师益友。所以我与胡泽光形成了习惯，每有机会就谈小说，从大的方面谈到小的方面，有技巧也有境界。交流之后，欣然会意，各有所得，其乐融融，岂不快哉？

都是写了多年小说的人，讲的是心灵相通。小说创作说到底，难的不是技巧，难的是立意。立意是你对于现实世界的看法，也就是境界。写小说是画圆的艺术。你能用艺术的手段，将生活写成小说，将小说写成生活，构成一个新的精神世界，有新的精神生长点，让人看后感动了，就是高手。写小说你要考虑圆心在哪里，要有内在的半径，从起点画一圈下来，是不是画圆了？画圆了就取得了成功。

我就不去评价具体十三篇作品了。《三春鸟》出来摆在你面前后，你去看看他的心血和手段，他是否画出了他心中令人向往的精神世界？总而言之，可喜可贺！

红梅怒放，纸短情深，是以为序。

甲辰年正月初八于工作室

目 录

三春鸟

劝君莫打三春鸟，子在巢中望父归。

——题记

一

生命中有些耻辱是不能忘记的。长江中游巴水河畔我的家乡，曾经沦陷过七年时间。在日本的铁蹄下老百姓的日子灾难深重，我们老胡家差一点断了香火。作为胡姓子孙，我是奉命发掘采编《鄂东沦陷期抗战史料》时，才得知祖父是如何牺牲的。组织上说，我的祖父是一个乡间货郎，脚踩三只船，不能追认烈士，只能算是"死得其所"。死得其所并不容易。

我的祖父并不是传统意义上的良民，他是个败家子。他在1938年日军攻打我们浠水县城时，还乐而忘忧。日夜沉浸在赌场上，把祖宗们不舍穿不舍吃积攒下的鱼塘、田地和山林，变成白花花的银子，送进赌场输得精光后才觉得愧对先人，发誓要把输掉的祖业翻回来。

祖父走出赌场之后，像饿狼一样，行走在 10 月的乡间。尽管头顶飞过打着狗皮膏药旗帜的日军飞机，身上大汗淋漓，但他管不了那么多。他跑遍了胡家岗塆前塆后岗上岗下，却没有寻到一处漏落的鱼塘田地和半爿山林的祖业，可供他变卖成翻本的银子。即便如此，我的祖父还是不死心，他爬上胡家岗屋后的山头，站在山顶，在秋天蔚蓝色的晴空之下，手搭凉棚，居高临下，环视胡家岗的山山水水，满眼的秋色一路铺排过来，金黄色的水稻、明晃晃的池塘……忽然，祖父眉眼闪动，他盯上了上塆蓑衣塘后一进三重的房子，那是祖宗们留下的最后一点家业，是一家人安身立命之所。他想拿它翻本。这不怪他，只能怪巴水河畔不肖子孙们的赌性太重了，祖父的一生就输在赌性上。他决定再赌一把。

第二天，太阳升到东边山头一树高时，祖父洗掉秽气，干净庄严，上身一件雪白的棉布褂，纽襻从脖子下一排结到小腹，严丝合缝。下身一件靛蓝棉布裤，脚上一双剪子口千层底布鞋，神清气爽地走出胡家岗，向竹瓦店上街汪三老爷家的"汪记炮子"铺踱去。满大街人心惶惶，议论的都是日本人杀人放火，强奸中国妇女的事儿。汪记炮子铺里的伙计们正忙着卷纸筒、填黄泥、装火药、插引火线、编织一挂挂的长鞭。赌场开在店铺后，也拉开了场子。

我祖父一脚踏进汪记炮子铺时，汪三老爷从长长的走廊后，迎上来一张笑脸。看着那张笑脸，祖父一阵恶心，想起一朵掉在烂泥里风干的花儿，僵硬皱巴。进门如果遇到一个男孩还好，没想到遇到了一个糟老头子。不过，祖父那天心情好，看着汪三老爷的笑脸，打趣说："汪老爷这笑脸像杠上开花，我撞了个好彩头。"汪三老爷说："早上天没亮，我家门前那棵槐树上就有喜鹊'喳喳'叫，你今天会时来运转的。"祖父一愣，走到汪老爷身边，停下来，回头看了汪老爷一眼，笑笑说："借汪老爷吉言。"说完继续朝走廊深处走去，像只扑火的灯蛾。

祖父的预感是灵验的，赌场之上，我家的老屋，在他的手指之间，一点点变成人家的房子了。我家老屋多么美好，一进三重，前有堂、中有厅，中厅后面是长廊，长廊左右各有三间房。没想到那天翻本的祖父中了汪三老爷精心设计的局。

那时祖父额头上的汗水，像米粒一样密集地冒出来，一只苍蝇不识时务地在我祖父裸露的脚背上，起起落落，讨嫌得很。祖父一时性起，弯腰猛然一掌拍下去，"叭"的一声，一张"红中"掉在对家左手的桌子角外。祖父抬头扫一眼，对家是棺材铺的周三毛，他面色红一阵白一阵。周三毛的左手是中街卢记轿子行的卢八江，他看了一眼周三毛，没作声，低头整理自己面前的牌。右手的汪三老爷打哈哈说："三毛，看你，快被小老婆抽干了，一张牌都拿不住了。"我祖父起身时，顺势扫了一眼卢八江面前的牌，是七对，正差地上那张红中。也就是说，卢八江只要瞒过我祖父，拿到地上那张麻将牌，就是胡七对，再加两杠，就可以把我祖父扫地出门了。

原来这一切都是设计好了的局，专等着我祖父往里钻。我祖父醍醐灌顶，他把面前的牌往前一推，说："我把祖业都丢在这里了，今天才算明白我是怎么丢的，我就是个混蛋！"话音刚落，牌桌翻面四脚朝天，麻将牌天女散花一般四处飞溅。我祖父踩着麻将牌拂袖而去。

浠水县城沦陷了，我们家也沦陷了。一进三重的房子，只剩下半间堂屋容身。半间堂屋用土砖隔一面半壁墙，半壁墙中安一扇木门，木门外已经成了人家的过路屋。木门里放一张床，竖一眼灶，后墙壁上供有"天地君亲师位，胡氏门中宗祖"的牌位，家虽小，但祖宗不能丢。祖父母带着两个儿子和祖母肚子里正怀着的孩子，一家五口人在这方寸之间栖身。

令人憋屈是小事，要生存下去才是大事。怀着身孕的祖母日夜以泪洗面，看不到一点生活的希望。胡家岗的大先生看在一脉相承的先人份上，给祖父丢了两块现大洋，板着生铁一样的冷脸，说："国破了，坏在穷；家没了，坏在败。这是两块现大洋，给你两条路选择。一是拿上钱做个小买卖，好好过日子，让祖宗的血脉传下去；二是留下家小，拿上钱滚出胡家岗，从此，胡家岗周边五十里内再没有胡泰松这个人。"

大先生是我祖父胡泰松未出三服的叔叔，祖父管大先生叫二爷。鄂东人管叔叔叫爷，属父辈。大先生是外人的尊称，官名叫胡锦学，在竹瓦店街上当塾师，长年一袭靛草染过的棉布长衫，一副仙风道骨的身架，一撮飘怀的长须，一双精瘦修长的手。胡家岗人说，凡是大先生走过的地方，一片静寂，连天空飞过的鸟儿，都会停止扇动的双翅。可见大先生是何等角色，他的骨子里有一种令人胆寒惧怕的东西。

屋外的太阳闪着明晃晃的光芒，不断地扭曲变形了世界。午后的胡家岗十分寂静，寂静得连树上掉下一片叶子，落地都能听到声音。

那两块现大洋就放在大先生家的圆桌上，那圆桌桌面厚实，铜钉镶边，龙虎雕刻落地。大先生坐在圆桌上方一把太师椅里，右手捻着长须，双眼呈四十五度角上扬，紧盯着我祖父。我祖父站在圆桌的下方，被盯得汗毛一耸一耸地，额头上绿豆粒大的汗珠子直往下掉。大先生捻须的手停在须梢上，问："怎么？不敢拿了？"我祖父抹了一把额头上的汗水，将满手的汗水往棉布衫上蹭了蹭，伸手捧过圆桌上的大洋，向大先生深深鞠了一躬，说："谢谢二爷搭救！"谢过，转身而去。

待在厨房里的王氏走出来，不放心地问大先生："他会不会拿钱又去赌博？"大先生长叹一声，说："有血性的男人，不会在同一个水坑里跌倒。"说过后，他突然高呼一声："童儿，上茶。"大先生称王氏为童儿，源于大先生看书，王氏在一边伺茶，夫妻琴瑟和谐之时的爱称。王氏嗔怪地看了大先生一眼，说："你抽筋啊！"大先生没有回应，捻须沉思。

二

大先生给我祖父指了一条生路，从此，我祖父从一个坐享先人福荫，读过四书五经衣食无忧的老爷，变成了游走四邻八乡吆喝的货郎——

咚咚咚，咚咚咚……我劝后生好好修，莫在红尘浪里流，世事如花开又谢（哟），光阴似云不能留。女人容颜终会老（呃），赌博桌上无亲疏（呃），口叹三声啊！抬头望哎啊！望见了路上娇娘往过走（也），花绒线啦绣花针，篦子梭子盘油头……

我祖父挑着货郎担，在胡家岗方圆五十里地游走。东至团陂与罗田搭界，西到长江边的巴河口，南至浠水县城，北到巴水河边。集镇乡村塆塆畈畈（指山村田畈），到处都是他行走的身影。走得寂寞无聊了他就喊两嗓子，那声音高亢悠扬，传出去四五里地都能听到。

我祖父用大先生给的两块现大洋，置办了一担货郎挑子、一辆独轮车和售卖的糖果吃食、女红妆饰等日常生活用品。

我祖父的独轮车是木制的，木制独轮上是木格护栏，护栏两边有呈九十度直角向外延伸的平台，平台固定在独轮轴上，可装货物可载人。

细脚伶仃的祖母，就是坐这辆独轮车"跑反"时把命跑丢了。

所谓"跑反"，是为了躲避日军的杀戮，逃离原有的生活地，待危险解除或缓解，再返回故土。民间把这种躲避敌方的行为，称之为"跑反"。

浠水县城沦陷后，我祖父和胡家岗所有人一样，以为日子还会平和地过下去，你打你的仗，我过我的日出而作日落而息的日子。当日军扫荡的消息，像瘟疫一样传到胡家岗时，胡家岗人才如梦方醒。

"醒来"的胡家岗一片混乱，肩挑背扛，拖儿带女，拉猪拽牛，各自逃命。向东的古驿道上，人头攒动，来往穿梭。东边是连绵的大山，是躲避战乱的好去处。我祖父用那辆独轮车，一边安放临盆在即的祖母，一边推着一家人的吃喝和炊具，随着人群仓皇而逃。

南面晴朗白日的天空之下，浓烟滚滚，有密集的枪炮声一阵阵传过来。一架甲壳虫一样的飞机，低空"呜呜"地飞过来。有人突然喊了一声："快跑啊，日本人来了。"路上奔跑的人群吓得魂飞魄散，鬼哭狼嚎地向两边的高粱地、烟叶地、水稻田和松树林，纷纷逃窜。那甲壳虫在头顶上空画了一道弧线后，往长江边飞去。

公路上零乱地散落着各种物品，有被踩烂的箩箕、被挤掉散乱的包裹、散落的女人头饰……一片狼藉。来不及跑的，或有老人孩子跑不动的和惊慌失措的，都呆呆地站在公路上，不知所措。

我祖母吓得面色苍白，向我祖父直摇手，有气无力地说："他伯，放下，把我放下。"我祖父顺从地把独轮车靠路边歇了下来。祖母下了独轮车，坐到路边的地上，说："他伯，我怕不行了，你带孩子们跑吧！"我祖父挨着我祖母坐下，让祖母靠在他的身上，说："要走一家人一起走。"我大伯世旺和我父亲围坐在祖父母身边，我祖母抚着胸口，说："心慌，难受。"说完，闭上眼，胸口急剧地起伏。

突然，乱哄哄的人群中，有一个声音盖过了所有的嘈杂："卢八江你个烂人，你拿了老子的银子，却把老子扔在半道上。你等着。"人们纷纷回头，原来是汪记炮子铺汪三老爷，他坐在一顶二人抬的轿子上，正大发雷霆地边杵着手里的文明拐杖，边诅咒卢记轿子行的卢八江。二人抬的轿子就丢在路中间，两个轿夫跑得没了影儿。他骂过后，觉得此时此刻骂卢八江顶不了什么事儿，因为卢八江收了轿银后，选择了人流稀少的路径早走了，远水救不了近火。他接着又大声地喊："张大疤子、张大疤子。"

张大疤子是两个轿夫之一，身形高大，大名叫张大发，因为额头正中有一块银圆大的白色胎记，人们习惯性地称他张大疤子，反倒把他的大名叫没了。他带着另一个轿夫，走到轿子旁，把脸凑到汪三老爷的面前，问："你刚才是骂我家老爷吧？"汪三老爷昂起脑袋，说："是，我是骂了你家老爷。"张大疤子问："还想骂不？"汪三老爷一愣，把昂起的脑袋往起抬了抬，问："怎么，你想为你家老爷出柱儿打抱不平？"张大疤子不急不躁地说："我没想出柱儿打什么抱不平，我就想问问你骂够了冇？"汪三老爷看了张大疤子一眼，高昂的脑袋继续往起抬了抬，反问："没骂够怎么样？"张大疤子一笑，说："没骂够你就下轿来，站在路上继续骂。"汪三老爷突然意识到，这不是太平时期的竹瓦店，这是在逃命的路上，既然逃命自然有丢命的危险。想明白了的汪三老爷，坐在轿子上开始要赖："欸，这轿子是我租的，我还就不下来，有本事，你把我抬起来继续往前走。"

这要是太平时期，旁边瞧热闹的，听了汪三老爷这种要赖的话，会有哄笑声相伴。但此时瞧热闹的人群，有的只是满脸的焦虑和不安，看了一眼，各自散去。

躺在我祖父怀里的祖母，突然从梦中惊醒，惊醒的祖母心头掠过不祥，她对祖父说："他伯，我怕是……回不了胡家岗了。"祖父心里一震，低头瞧瞧祖母的脸色，大惊，那哪是一张活人的脸色，满脸都失了血色。祖父安慰祖母说："他娘，我们会一起回胡家岗的。"祖母摇摇头，什么也没说。

祖母的预感是灵验的。临盆的祖母，是在"跑反"的路上发生的。那天晚上，累了一天的人们都深深地睡去了，谁都管不了谁了。当祖父哭喊着救命的时候，人们都顾不上了，也许顾得上也不会有人愿意管了。生活本来就晦气，再也不想招惹女人生孩子的晦气了。

我祖母生孩子时大出血，"走"得很快，连未出生的孩子一起带走了，"走"时才三十七岁。

三

浠水沦陷后，境内以浠冈公路为中轴线，三方武装各据一地。南边浠水县城和北边罗田县，分别盘踞国民党地方武装和国民党二十一集团军；西边沿长江一线，以巴河为中心设"红部"盘踞日伪部队；而中共"独立游击第五大队"，则游走在以浠冈公路为中轴线的国民党和日伪之间，与国民党时分时合，分时兵戎相见，合时一起打日寇除汉奸。

因此，浠水虽是弹丸之地，却是战事不断，硝烟弥漫。尽管局势如此动荡，环境如此恶劣，但老百姓的日子还得想办法过下去。

我祖父作为一名长年游走的乡村货郎，家里还等着两张吃饭的嘴，生存对于他来说更是不易，他得时时把小命顶在头顶，在夹缝中求生存。为了躲避危及生命的险境，他得练就眼观六路、耳听八方的本事。

秋风阵阵急，风铃呜呜响，货物叮叮当。

我祖父的货郎担花样繁多，琳琅满目。扁担上搭的，绳子上挂的，竹篾榜里堆的，镜匣上摆的……应有尽有。他挑着货郎担走在秋风里，像一只惶恐不安的兔子，双眼前后左右探望，滴溜溜地转。在走进一座垸落或一堆人群前，他必须确保自己的安全。只要认为安全了，他才会摇起他的拨浪鼓，亮开他那能翻几座山头的高门大嗓吆喝——

咚咚咚，咚咚咚……我劝后生好好修，莫在红尘浪里流，世事如花开又谢（哟），光阴似云不能留……花绒线啦绣花针，篦子梭子盘油头……

我祖父的货郎担远远看去，那就是一个移动的微型杂耍班子，谁看了都会忍不住要追上来瞧瞧，看一看，挑几件中意的货物带回家。

这一天，我祖父正行走在一个叫栗寺坳的地方，周边山岭相接，树木相连，一条沙土路起伏穿梭其中。人走在这样的地方，有树木作隐蔽，心理放松了，难免会觉得寂寞无聊。无聊了，我祖父就摇他的拨浪鼓，吼他的货郎词儿。可刚吼了几句，树林深处突然传来一声枪响，打断了他的雅兴和安静。他静耳细听，一片嘈杂声往这边来了。

　　我祖父正在犹豫要不要回避时，忽然一个身材高大的影子，从高岸上的树林里"唰"的一声，落在祖父的面前。祖父一看，不是别人，正是竹瓦店卢记轿子行的轿夫张大疤子。我祖父一声惊叫还没出嘴，被张大疤子瞪眼制止了。我祖父张开的大嘴，没来得及收拢，一根中指粗长的桂竹筒（即竹管），硬塞进我祖父怀里。张大疤子低声说："三天内，你把这个送到何寨镌字塆，有人问你，四姐要的'货'带来了吗？你把'货'给那人，你会得到一块现大洋。'货'你收好，丢了，小心脑袋搬家。"生铁一样的话语，不容商量，不容置疑，生生地被人派了一个差，还是一个可能掉脑袋的差。

　　这张大疤子几天不见，成何方大神了？上次，汪三老爷在"跑反"路上被张大疤子折腾后，回到竹瓦店硬逼着卢八江双倍赔偿租金。回到竹瓦店前，张大疤子就作好了打算，他知道自己摸了老虎的屁股，惹了不该惹的人，卢老爷不会轻饶了他。他悄悄地问另一个轿夫："你还想继续当轿夫给人抬轿子吗？"那人叹了一口气，说："我娘只给我一身抬轿子的力气，没给我别的本事，我只会给人抬轿子。"张大疤子说："那行，回去后你告诉卢老爷，这事儿是我一个人惹的，与你无关，算我欠他卢老爷一笔账，以后我会还给他的。"回到竹瓦店，张大疤子借故唤过街边一个闲汉，给了几个铜钱，替换了他的差事儿。从此，张大疤子在竹瓦店街面上消失了。

　　没想到，我祖父却在这儿见到他了，还给祖父丢了一块"烫手的山芋"。嘈杂的喊叫声愈来愈近了。这不是祸从天降吗？我祖父不干了，刚要把那小竹筒塞回去，可是张大疤子却转身一跃，噌一下跳上高岸，在树林间跳跃了几下，隐没在东边的树木里。张大疤子，你专干害人的事，不得好死。祖父心里骂着张大疤子，手里却快速藏好了那个"烫手的山芋"。起身装着若无其事地挑起他的货郎担，摇着他的拨浪鼓，现编现唱货郎词儿——

咚咚咚，咚咚咚——叫声军爷莫开枪，我是乡村一货郎，卖的是丝绒线绣花针，外加小儿棍棍糖。世道乱日子难，挑着货担走四方，为的是养活我家小儿郎……

"站住，嚎什么嚎……我问你，看到有人从这儿跑过去了吗？"高岸上一排黑洞洞的枪口，高低不一地对准了我祖父。

我祖父摇摇手，说："这深山老林的，走半天连根人毛也冇看到，哪还有什么人从这儿跑过去哦。"说着，已经卸下了货郎担，我祖父从筐篮上的木匣子里摸出一包香烟，刚要散，一个军官模样的人，摇摇手里的手枪，说："别发了，还有没？我全要了，都丢上来。"我祖父不敢与这群人纠缠，怕纠缠出麻烦，把张大疤子丢给他的"烫手山芋"弄没了，自己的小命就真不保了。他如实相告，还有一包，那军官说："快，耽误我们抓捕共产党，小心你的脑袋。"又一个要脑袋的。我祖父心里一紧，慌忙应着弯腰去取烟，他把两包烟合在一起，双手捧着递了上去。

那军官把两包烟扎进荷包后，顺手从怀里摸出一块现大洋，问："有什么吃的没有？"我祖父说："我这是小买卖，带不了大件，只有棍棍糖、云片糕和广济酥糖。"那军官一笑，说："再来二十根棍棍糖，你给他们每人发一根，这是一块袁大头，给，多的不用找了。"那块银圆"噗"的一声落在祖父脚边的沙土里。祖父捡起那块银圆，借吹沙土的机会，听了一下响儿，是块真银圆。谢过那军官，弯腰探手从筐篮里抓了两大把棍棍糖，真的给那些士兵每人发了一根棍棍糖。所谓棍棍糖，是一种粘牙糖缠在棍子上的糖果，近似于现在的棒棒糖。士兵们欢声一片，他们拿到棍棍糖后，剥去包装，边笑边往嘴里塞。所有人都拿到棍棍糖后，那军官把手一挥，说："走，继续追。"所有的枪口都调头，对准张大疤子隐没的方向，一路向东追去。

可是那军官刚走两步，停下来，回头看了我祖父一眼，想了想，问："你的货物是从浠水县城南门口进的吧？"我祖父点点头，说："是的。"那军官说："我俩做个买卖，如何？"平民百姓与当兵的有什么买卖可做？要是真有，不是自找苦头吃？我祖父不敢作声，疑惑地看着对方，等待下文。那军官说："我这买卖好做，只要留一点心，注意一下，如果发现有共产党，告诉我一声就行，每次两块袁大头，干不干？要愿意干，发现情况后，立即到南门口的县政府自卫队找我，我叫侯德发。一次一结，保证不让你吃亏。记住，到南门口县政府自卫队找侯德发，好找，一问就知道。"说完，边往前走，边往后摇摇手说："再见！"

我祖父心里嘀咕道，最好不见。他弯腰整理好货郎担，上肩，侧耳听听周边的动静。周围一片寂静，头顶上空有飞鸟鸣叫。我祖父轻轻摇动他的拨浪鼓，边走边低声一路吟唱。

四

每次出门前，我祖父都会告诉两个儿子，出门几天才回家，往哪个方向走动，要经过哪些地方，在哪个垸里借宿，交代得清楚明白。祖父这么做，除了牵挂家里两个小儿外，还有个更重要的原因，那就是他不在家的时候，让两个小儿依然有种依靠的感觉。

穷人的孩子早当家，兵荒马乱的日子孩子早熟。尽管我大伯才六岁，我父亲只有四岁，但他们却能担起大人的责任和义务了。他们春天上山捡冬天冻死的，或被冬雪压断的枯树枝，拖回家当做饭的柴火；夏天帮人捉烟叶子上的害虫，人家提供一日三餐的饭食；秋天稻谷收割后，他们满世界地去捡收割后，漏落在田野里的稻穗儿。兄弟俩听多了祖父出外行走的路线，落脚借宿的塆子，心里自然烙下了一张渧水的全境图。因此，两个小儿无论捡稻穗儿走多远，他们都能回到胡家岗那半间堂屋里。回来后，他们把捡的稻穗儿放在搓衣板上揉搓下来，存放起来。需要的时候，用粝子去了稻壳，加水煮食。尽管米很粗糙，但煮熟了能填肚子就行。冬天天寒地冻的时候，两个孩子没什么事儿做了，便坐在家里你望着我，我望着你。时间一长，望烦了，兄弟俩难免干架。这是小事，大不了兄弟俩受点皮外伤，可怕的是隆冬的时候，兄弟俩禁不住塆中孩子的诱惑，跑到门前蓑衣塘的冰面上走冰。

蓑衣塘坐东向西，三面居家，一面筑堤蓄水和排水，是胡家岗地势最高，水源最充足的清水塘。严冬的早晨，寒冰将蓑衣塘密封成一个厚实的整体。塆里的孩子好奇，先是往冰上丢石头，石头落在冰面上，砸出一个小白点，弹跳了几下，滑溜溜地停在了冰面上。连续丢了几块石头后，孩子们觉得不够刺激过瘾，有胆大的便试着往冰面上行走。先伸出一只脚尖，试试冰面承受能力，一点点加重，再是半个身子，大半个身子，当整个人站在冰面上时，还不忘在冰面上弹跳几下，感觉十分结实。他们放心了，就开始慢慢一步步地走，试图往塘中心挪动，居然走过了塘中心。他们更放心了，吆喝着站在岸上的孩子一起下去玩耍。吆喝声吸引了塘边家里的两个小儿，这样好玩的事情，自然少不了他们的参与。

开始，我大伯出于保护弟弟的本能，拉住我父亲，不让他靠近池塘的冰面。可他毕竟也是个孩子，也有孩子贪玩的天性，最终还是禁不住诱惑，从冰面上走过池塘中心，站在对岸冰面上手舞足蹈地喊叫和炫耀。他放弃了对弟弟的管束，和弟弟一起参与了冰面行走。

孩子们的嬉闹，让胡家岗充满了欢乐。但谁都没有想到，一场战斗在胡家岗后山侧面悄悄地拉开了序幕。日军一个小队走古驿道路过此地，"独立游击第五大队"悄悄埋伏在古驿道两旁，等待伏击。战斗一开始，仓促应战的日军摸不清情况，架炮还击，两枚榴弹炮鬼使神差地偏离了方向，一枚落在蓑衣塘高岸后谢寡妇的大门前，炸出了半间房大的土坑，另一枚则掉在蓑衣塘的冰面上，像蛟龙出水一样腾起一人高的水柱。

结实的冰面瞬间崩塌，蓑衣塘冰面上的孩子像饺子入锅一样，纷纷掉进水里。岸上的孩子都被那场面惊呆了，忘了哭喊呼救。寡妇谢小鱼战战兢兢地跑出门，原以为只是炸了她家大门口，却没想到高岸下的蓑衣塘里发生的事让她更揪心。她放下了手里做了一半的布鞋底，失声地狂喊："宝儿啊——快救命啊——"她的喊声惊醒了塘岸上的孩子，孩子们跟着一起狂喊乱叫起来。

蓑衣塘地势高，站在蓑衣塘的岸上喊一声，相当挂在树梢的高音喇叭，能瞬间传遍整个胡家岗垮。正准备出门去竹瓦店私塾学堂的大先生，听到炸弹的落点时，就感觉不对劲儿，当听到上垮的哭叫声时，他顾不了斯文，一边提起棉袍下摆边往腰间扎，一边往上垮的蓑衣塘跑，边跑边叫唤："旺儿、元儿，元儿、旺儿……"

胡家岗塆呈"7"字形建筑，蓑衣塘在"7"字形一横正中，大先生家住在"7"字形的折弯上。大先生的变声变调的喊声，把蓑衣塘边不幸的消息，进一步传导并扩散到整个胡家岗。胡家岗沸腾了，男男女女老老少少全员出动，往上塆的蓑衣塘边涌来。

大先生奔到池塘边时，谢小鱼正站在塘岸上打腿拍掌地叫喊："哎呀喂，我的宝儿啊，怎么办啊？"来不及脱掉身上任何装束的大先生，几步跨进冰冷的池塘，双手一伸，一手一个从冰窟中提起两个孩子，交给身后赶上来的塆人，塆人接力将孩子送到岸上。大先生一路抓提，一路往池塘中心游去，也不管是谁家的孩子，见了孩子就抓。当池塘面上所有的孩子都救上岸时，一清点，还有寡妇谢小鱼家的宝儿没上岸。

谢小鱼急了，一头扑向水塘，被几个眼疾手快的男人一把薅住，拖上了岸。也怪不得她拼命往冰水塘里扑，她守寡养儿不容易。三年前，浠水县城沦陷，日本人沿浠冈公路，一路清扫国共两党反抗势力。她男人胡福禄从竹瓦店回胡家岗，遇上国军在钟栗子山下，阻击紧随其后的日军。双方火拼激烈，子弹啸叫着在头顶上飞过，胡福禄没来得及躲避，被天上的飞子儿开了"瓢"，脑浆四溅。从此，谢小鱼成了寡妇，她一人拉扯着才断奶的儿子，苦苦度日，相依为命。

胡家岗后山侧面的战斗，还在激烈地进行，手榴弹落地的轰隆声，子弹的啸叫声，在耳边掠过。胡家岗人顾不了那么多，他们要顾眼前还有一个小儿，在水里生死未卜。

大先生连续在冰水里浸泡了半个多时辰，整个人是麻木的。大先生的女人王氏，上前拉住还要继续下水捞孩子的男人，说："你不要命了？"大先生吼道："旺儿和元儿还在下面呢！我得去救他们。"王氏轻声说："你都冻糊涂了，旺儿和元儿兄弟俩是你亲手抓上岸的，你不记得了？正在家里烤火呢！"大先生双眼亮了一下，但很快又黯淡了。他甩掉王氏的手，生气地说："落水的都是人命，在水里见一个抓一个，哪顾得上看谁抓上来谁没抓上来？"说完，继续往塘里走去。王氏抢前一步，死死地拽住大先生，向岸上的人群喊道："哪家有长麻纤，借用一下。"有人答应："我家有。"很快，有人抱了一抱小酒杯粗的麻纤，另外还倒了一海碗纯谷酒。王氏接过那碗酒递给大先生，再拉过麻纤的一头，系在大先生的腰上，另一头由岸上的人拉着。大先生喝了几口酒，高浓度的纯谷酒落下肚，身上有了暖意。他把剩下的酒递给旁边的人，拖着一根粗大的麻纤下水了。垮里几个年轻人，相继喝了几口酒，也跟着下了水，一起寻找没上岸的孩子。

岗后侧面的战斗还没有结束，"独立游击第五大队"得知了胡家岗小儿落水事件，立即派张大疤子带卫生员赶到胡家岗救援。

大先生水性好，一个猛子扎下去，岸上所有人都睁大双眼，看着大先生在破碎的冰面上消失了，而岸上的麻纤蛇行一样在蠕动。王氏觉得时间像过了一个世纪，破碎的冰面上突然升起一个水淋淋的孩子，岸上的谢小鱼一见，跳脚破嗓地大喊："宝儿，那是我的宝儿啊！"旁边人接过那孩子，传递上岸。紧盯着大先生的王氏，大声喊道："快、快，大先生不行了，快拉麻纤啊！"

贪玩的孩子们除榴弹落点边缘的宝儿受了轻伤外，其他孩子都有惊无险。但大先生却吃尽了苦头，在家大烧大热折腾了一天一夜，才慢慢恢复过来。

五

巴水河与兰溪接壤的地方，有一片烟波浩渺的水域，是长江水道的汇水湾。岸边枯草浮动，水里鱼儿穿梭，水面白帆点点。汇水湾的北面有一个叫茅江港的港口，供出入长江的商用货船和民用渔船停靠。

祖父挑着货郎担，走在汇水湾一侧微波荡漾的水边，轻轻摇动他的拨浪鼓，小鼓皮上弹出微弱的声音，咚、咚、咚、咚……张大疤子紧跟其后，一个劲儿地说："我们不能这样走下去了，西边巴河镇就是日伪活动频繁的区域，万一被人盯上了，你我都危险。你能停下来，我们找个僻静的地方，听我解释几句吗？"

我祖父停下来，看了他一眼，问："听你解释什么？解释你骗我冒着生命危险，帮你把事儿办成了，答应的一块现大洋没有了？"张大疤子露出一副打不还手、骂不还嘴的笑脸，红嘴白牙地说得斩钉截铁："我答应的现大洋肯定少不了你的。"我祖父腾出一只手，伸到张大疤子面前，说："现在就给我，钱到事了，两不相欠。"张大疤子尴尬地摸摸脑门，说："现在没有，算我欠你的，要不我给你打一张欠条，日后有钱一定还给你。"我祖父盯着张大疤子，上上下下仔细看了一遍，没作声。张大疤子问："我俩这次好歹也算是一笔生意，是吧？"我祖父说："没错，可是做生意讲究的是诚信，你的诚信呢？"张大疤子说："这不影响诚信啊！不过是生意交易出了一点小问题，但我还是承认欠你一块现大洋啊！？你说做生意哪有不欠账的，是吧？"我祖父又看了张大疤子一眼，扭头挑着货郎担先走了。张大疤子默默地紧跟在后面，右拐，往骑龙顶山坡上一条偏僻的小道上走去。

冬阳暖暖，松竹之中传来婉转清丽的鸟鸣，远处有牛出栏的仰天长鸣声，悠远绵长。二人找了一处向阳平坦的枯草地，停了下来。张大疤子率先一屁股坐在一丛枯草上，盘好腿，坐稳后，拍拍身边一处厚实的草丛，示意我祖父坐过去。我祖父放下货郎担，走过去，却坐在他对面一处较薄的枯草上，说："说吧？我俩这事儿该怎么了结？"

张大疤子也不急于回答我祖父的问题，他扭头往左，透过松树梢枝，看到的是冷冷清清的茅江港；往右，看到的是山林茂密的骑龙顶山。他说："知道吗？相传，这里的人老死后，不用上刀山下油锅受生死轮回之苦，直接有龙来接。空中有仙乐相迎，龙驾五彩祥云，落在山顶上，让亡魂与过去做最后的告别后，骑上龙顶直接上天堂。因此，这座山得名骑龙顶。"说完，停顿了一会儿，继续说："你看看，多好的山，多好的水，多美好的传说故事，可这一切正在被摧毁消亡。"

我祖父是个挑货郎担的，他只知道每天必须不断地行走，只有行走才有生意，有生意才有钱赚，只有赚了钱，他和两个小儿一家三口人才有活路，哪来的闲工夫听他张大疤子扯闲话？

自从祖母在"跑反"路上生儿丢了性命后，祖父感觉他的那片天塌了，塌得暗无天日。过去即使输光了田地房产，只要祖母在，天就还在，日子依然是明媚的，依然还能过下去。但祖母一走，天就塌了，日子就没法过了。直到有一天，我大伯世旺突然眼泪汪汪地问我祖父："伯，娘不在了，你会不会不要我们了？"祖父瞪大双眼看着他的儿，猛然意识到，他和祖母原来是儿子的整个天空，母亲没了父亲在，天空仍然在。尽管天空是残缺的，但阳光还在，日子还是温暖的。祖父忽然感觉到身上的责任和义务，同时，也有了一股勇气和力量，他得带着两个小儿活下去，只有活着才有希望。

祖父打断了张大疤子的话，说："你是饱汉子不着饿汉子急，你就给我一句痛快话儿，那一块现大洋你想给还是不想给？"张大疤子一愣，突然醒悟似的说："给给给，哪能不给呢？你有纸笔吗？我给你写张欠条，说过的话必须算数，不然生意还怎么做下去？"我祖父瞪着一双大眼，望着张大疤子，问："你还想和我做生意？"张大疤子说："当然，哪有做一笔生意就断了筋纤的，好说不好听，你说是吧？"我祖父没有接腔，他看了看他的货郎担，弯腰打开玻璃罩，从木匣子的小格中，摸出一张胭脂纸，从另一头的小抽屉里抽出一张牛皮纸，两段对折，撕了巴掌大一块，交给张大疤子，说："先把这一笔结清了，我们再说其他的事。"

张大疤子折了一根小树枝，在石头上磨出一个圆尖，顶住胭脂纸，在牛皮纸上一笔一画地给我祖父写了一张欠条，上面有事由、钱数，落款是张大疤子的大名张大发，再就是年月日。欠条写好了，张大疤子扔了胭脂纸和包住的小树枝，右手在枯草上蹭了蹭。我祖父伸手过去取他手里的欠条，他把欠条往回一收，说："和你商量一下，答应不答应欠条都会给你的。"我祖父盯着他的双眼，问："又有生意？"张大疤子竖起右手大拇指，说："聪明。"我祖父把手一挥，说："别说这些没用的，有话快说，有屁快放，我没工夫和你说闲话。"张大疤子说："那好，我们打开窗户说亮话，来干脆的，我计划和你做一笔大买卖，只要做好了，我给你五块袁大头，怎么样？"

我祖父瞪大双眼，上上下下看了一遍张大疤子后，问："你一块银洋都付不起，还能付得起六块？哄鬼吧？不陪了。"说着一伸手，从张大疤子手里抓过那张欠条，折好，揣进口袋里，开始整理他的货担，准备走人了。

张大疤子也不急，依然稳稳地坐在枯草丛中，说："你不信是吧？这样，两天为限，你在家等着，后天天黑前，我送钱到府上，先还清前账，再付你两块现大洋作定金。"

因为前面的欠账，我祖父不相信张大疤子能在两天之内弄到三块现大洋。所以，他也懒得问那是一桩什么大买卖，能让张大疤子舍血本，花五块现大洋与他交易。他挑起货郎担就往山下走，边走边回应说："好，我在家里恭候你的大驾。"

可是走了几步，我祖父像突然想起什么，货郎担随着他的身子旋转了九十度，面对张大疤子。张大疤子笑了笑，问："想通了？我们来谈谈那笔大买卖？"我祖父说："我想问你一件事。"张大疤子说："你请讲。"我祖父问："上次你叫我送货，是不是一开始就没打算给我钱？"

张大疤子刚要开口，山下茅江港突然传来一片嘈杂声。两人扭头一看，有四艘日军汽艇闯进了茅江港口，下来一群气势汹汹的日军，肆意开枪射杀无辜百姓，追击惊慌逃窜的人群。张大疤子握拳咬牙，回头面向我祖父，反问道："我能舍得一条命，你就舍不得一块现大洋？"我祖父说："我明白了，对你的大义我表示钦佩。但是你别忘了我是生意人，大义与猥琐一码归一码。我给你送信赚你一块现大洋，是刀口舔血，把命顶在脑门上玩的差事儿。我走了，你保重。"

双眼一直盯着山下的张大疤子，"噌"地一下站起来，说："日本人往这边来了，你赶紧往山顶庙上走。我先走了，保重！"说完，一溜烟跑进松树林，消失了。我祖父挑着货郎担，摇起拨浪鼓，往山顶的庙里走去。

六

　　我祖父没想到，张大疤子居然按约定送来了三块现大洋。

　　张大疤子走进我家半间堂屋时，我大伯和我父亲正跪在"天地君亲师位，胡氏门中宗祖"十二字牌位下，就蓑衣塘玩冰落水事件反省。我祖父干咳一声，问他两个小儿："你们长记性了吗？"两个小儿答："伯，长记性了。"我祖父问："说说看，长什么记性了？"两个小儿答："水火无情，不贪水不玩火。"我祖父说："记住了就好，你们起来找宝儿玩去吧！"两个小儿听了，从地上爬起来，揉揉跪麻木的双腿，一瘸一拐地走了几步才恢复正常，相互拉出门找谢小鱼家的宝儿玩去了。

　　我祖父示意张大疤子坐在家神牌位下，家神牌位下放了我家唯一一把椅子，我祖父则坐在床上。张大疤子坐下后，从身上摸出三块银圆，丢在床上。我祖父低头看看床上的银圆，抬头看看张大疤子的脸，问："我就不明白，你欠我一块大洋拿不出来，怎么现在一拿就是三块？"张大疤子笑笑，说："蛇有蛇路，鳖有鳖路。"我祖父盯着张大疤子的脸，不作声。张大疤子说："看来我不告诉你，你是不敢拿这钱了。告诉你，我把家里的房子卖了。"我祖父一惊，差点跳了起来，说："我贪玩手痒赌博，把田地和房子都败光了，你看看我现在，还像个家吗？但我好歹过了一把手瘾，可是你呢？"张大疤子说："乱世之下，哪里有家？有家没家不都一样？"我祖父觉得张大疤子说得在理儿，他沉默了。我祖父一沉默，张大疤子就急了，问："怎么？想当缩头乌龟了？"我祖父看了一眼张大疤子，说:"这年头活命要紧,有什么不敢的。说说你的大买卖。"张大疤子探身向我祖父低声耳语,我祖父听了,伸手把三块大洋收进了口袋,说:"这买卖我做了。"

张大疤子起身,拍拍我祖父的肩头,说:"乱世活命难,你看儿更难,我能理解你的难处。我先走了。"刚走了两步,又停下,扭头看着我祖父,说:"你两个儿是好儿,但不能把好儿荒废在家里,交给大先生吧!"说完,回头要往门外走。我祖父喊道:"你等等,我还有话要问。"张大疤子把跨出门的那只脚收了回来,说:"还有什么不明白的,你讲。"我祖父问:"为什么我每到一个地方,你都那么清楚?"张大疤子反问道:"这个很难吗?规律,只要掌握了规律,这些都不是难事儿。"说完一笑,出门走了。

我祖父听进去了张大疤子的建议,他要给他的两个小儿谋前程。

第二天早上,我祖父手挽沉甸甸的菜篮,菜篮里红红白白整齐地码了十条腊肉,每一条腊肉都用黄澄澄的稻草绳系着,稻草绳上留有两指宽的活扣儿,方便提挂。他带着两个小儿,往对面大先生家走去。

父子三人走到蓑衣塘对面塘角时,碰上谢小鱼到塘边洗衣服。谢小鱼站的地势高,一眼就看到了菜篮里的腊肉。她笑笑,带点玩笑地说:"他伯,你这是去看大先生吧?好舍己,一定是发财了。"我祖父有点尴尬地笑笑,说:"这年月有口饭吃就不容易了,哪发得了财哦!这不,我长年不在家,在外面东跑西赶的,孩子亏得我二爷和你们照应着,不然上次掉水里还不定什么后果,我去看看我二爷。"谢小鱼点点头,说:"是得好好感谢大先生。"我祖父点点头,继续往东走去,谢小鱼右拐去了塘边。

冬天的太阳，懒洋洋地升起来，挂在大先生屋后的树梢上，像冰凌一样摇摇欲坠。我祖父一手提着菜篮子，一手拉着小儿，小儿另一手拉着大儿，父子三人像一串冰糖葫芦，一起走进了大先生的家门。

进门后，我祖父放下手里的菜篮，一手一个拉着两个小儿，面向圆桌后的大先生，倒头就拜。坐在上位太师椅上，正捧一本线装书在看的大先生，哪见过我祖父行过这么大的礼，差点惊掉了手里的线装书。大先生欠身看看跪在下位的父子三人，再看看菜篮里整整齐齐摆放的十条腊肉，大先生心里有数儿了。他放下手里的书，正了正衣冠，清了清嗓门，喊道："童儿，有客人来了，看茶。"正在厨房忙碌的王氏出门一看，连连喊道："这是做么事？不年不节的，下这么大的礼。"大先生说："你先给他们倒茶去，这里有我。"正要过来拉我祖父和两个小儿的王氏，听了大先生的吩咐，退回厨房泡茶去了。

爷儿俩一个饱读诗书，一个知书达理，此情此景，二人的对话就充满了古意。大先生捻须一笑，干咳一声，问："下跪何人？"我祖父知道这是要来雅词儿了，便答："侄儿胡泰松，侄孙胡世旺、胡世元，拜过先生。"伏身一拜。大先生问："因何而拜？"我祖父答："祖宗虽远，祭祀不可不诚。子孙虽愚，经书不可不读。请先生给小儿开蒙。"大先生问："你不是熟读四书五经吗？"我祖父答："引车卖浆之人忙于生计，且有俗语，自家的和尚念不了自家的经。"大先生说："开蒙有规矩。"我祖父答："按孔圣人束脩之礼，奉上腊肉十条。"大先生问："你这明明是鲜肉，何来腊肉？"我祖父答："时值腊月，鲜肉撒上盐即成腊肉。"

…………

王氏端茶出来，笑笑说："你这爷儿俩一本正经的唱的哪一曲，来，泰松，快起来，喝杯热茶暖暖身子。"大先生说："我们唱的是正经曲子。"接着，大先生对下跪的我祖父说："你起来，开蒙之事我答应你，但十条腊肉你请带回去，给侄孙们补补身子。"我祖父说："那不行，孔圣人定的开蒙规矩不能破。二娘您把茶放桌上，谢谢您！"我祖父带着两个小儿依然跪在地上，大有大先生不收下十条腊肉决不起身的意思。

大先生拂须呵呵一笑，转身进厨房，拿出一把菜刀，走到装肉的菜篮前，在一条肉上连划九刀，两指挑起稻草绳提起来，说："童儿，把这十条肉收下，多的让泰松带回去。泰松，礼到，心到，规矩在，起来吧！"我祖父倒头三叩首，说："谢谢二爷宅心仁厚，为小儿开蒙费心。侄儿还有一事。"说完，我祖父伸手从棉袍右侧腋下口袋里，掏出两块银圆，起身，轻轻放在大先生面前，接着说："二爷，这是你借给我做生意的本钱，按说早该还你了，只是一直不凑手，没能及时还上。"大先生双眼圆睁，看着我祖父，问："现在钱凑手了？"我祖父说："算不上是凑手，但老祖宗说得好，儿要宽心养，债要狠心还。"大先生问："你这钱包括买肉的钱，与张大疤子有关吧？"我祖父如实回答："是的，他出钱我办事，公平买卖。"大先生看着我祖父，沉吟了半晌，说："我不问你们在做什么买卖，但我知道张大疤子是什么人，结人结义固然是一种缘分，但更需要一片诚心。该干什么干什么去吧，孩子的事你不用担心。"我祖父双手抱拳，向大先生和王氏深鞠一躬："有劳二爷和二娘多操心了。"

说完，我祖父拉起跪在地上的两个小儿，提起装有九条红红白白腊肉的菜篮子，往大门口走去，正准备出门，却被大先生喊住了："泰松你等等，你二娘有件东西要送给你。"我祖父回身走到王氏面前，王氏抬手从自己的发髻上，拔下一样东西说："这是我娘家的陪嫁。巴河沿江是日本人活动的地方，日本人不好说话。我有个外甥叫周仁义，听说在那边有些根底，和日本人能说上话儿。你去那边拿上这个，有什么事儿你找他。他娘手里也有一根玉簪，上面的莲花是白瓣黄蕊，我这根是黄瓣黄蕊，是同一块玉上的一对儿，他应该认得。"

说着，王氏把她手里的玉簪递了过来。我祖父一见，是一根十分精巧的黑檀木翡翠玉莲花发簪，一下子惊跳起来，说："这太贵重了，我不能要。"大先生说："这乱世还有什么比人命更贵重？拿着吧！旺儿和元儿不能没有你。"我祖父嘴唇动了动，被二娘制止了，说："什么都不要说，乱世下老百姓保命要紧。"

我祖父望着他二爷和二娘点了点头，转身带着他的儿出门了。

七

我祖父出门的时候，两个小儿正在背诵《三字经》——

人之初，性本善。
性相近，习相远。
……

刚开蒙的小儿，在大先生亲口传授下，能背诵《三字经》了，这让祖父很高兴，他挑着货郎担，在小儿的童稚声中，笑眯眯地出门了。

祖父这次去的是日伪盘踞的巴河镇。浠水县城沦陷后，日军狄州立部认为县城无重要据点可守，弃县城奔长江边的兰溪、巴河建立据点为上策。于是，将巴河镇作为扼守长江北岸的军事要地之一，建立"红部"，与下游的兰溪、长江南岸的黄石、鄂城、燕矶、黄州等据点隔江呼应，实施联防联治。

日军在巴河"红部"建成的同时，在"红部"外围围城设门建碉楼。围城内有闹市有居民，有南来北往的客商；围城外是三米多宽两米多深的壕沟环绕，壕沟内灌满水，壕沟外布满铁丝网。围城东西南北各设一个城门，城门上建碉楼，一个碉楼就是一个哨所，一个哨所配备一个伪军班的兵力。很多的时候，伪军们把守的"红部"，只有一个日军的小分队龟缩在此。狡猾的日军对其控制的据点实施的是移动驻防：也就是今天是一个小队的人马驻守，说不定明天就是一个中队，后天也说不定只有一个十多人的小分队留守。一个大队人马，足够他们在六个据点之间，折腾出五花八门套路，以此来迷惑人。

可是，百密总有一疏，令日军意想不到的是，围得铁桶似的"红部"外围会出问题。几天前，南面碉楼驻守的一个伪军班，全部被新四军成功策反，十二人弃楼从长江分乘两只民船投奔了新四军。这让日军大队长池田少佐非常恼怒，带领大队人马把十二名被策反人员的家属作为人质全部抓进了"红部"，扬言被策反人员若不按期归队，将枪杀其家属。因此，新四军必须设法营救。这就让张大疤子和我祖父有买卖可谈了。

可是，张大疤子和我祖父谈这笔买卖的时候，什么也没说，只交代我祖父注意巴河日军动向，一旦有大批日军离开"红部"，立即回竹瓦店摇鼓过街，通风报信，他会及时与我祖父取得联系。

我祖父在巴河镇围城内转了一圈后，基本摸清了情况，明白了他在做的这笔买卖的来龙去脉。他挑着货郎担，从南边城门洞走出来，给自己划定了一个大致活动区域。他认为日军离开"红部"过江，最有可能走南边城门洞。因为南边城门外不远就是长江码头，距离近，撤退方便。当然，东西两个城门也不是不可能，尽管城门口到长江码头有点绕，但围城内街道行人稀少，便于秘密行动。不过，我祖父认为，无论日军从哪个城门离开，他只要盯住南面长江码头，日军的一切动向尽收眼底。

冬天的长江边，凛冽的寒风像一把把锋利的刀子，割得人皮肉生生地疼痛，令人颤抖。但走在长江边的祖父，摇起他的拨浪鼓，唱起他的货郎词，韵味儿依然十足——

咚咚咚，咚咚咚……我劝后生好好修，莫在红尘浪里流，世事如花开又谢（呦），光阴似云不能留……花绒线啦绣花针，篦子梭子盘油头……

我祖父在他划定的区域内连续转了三天，没有发现日军的任何异动。可是，他的异常举动却被人盯上了。第四天上午，我祖父挑着货郎担刚走出一个垮子，几名便衣一哄而上，把他绑了，堵住嘴，押到长江边。

江风入骨，寒风里有一只小船，如一片树叶飘摇在江边。船头甲板上站了三个人，一前两后呈三角形状。前面那人穿一身靛青色的衣裤，戴一顶黑色礼帽，远远看去，如挂在竹梢上挑起来的薄薄瘦瘦的纸人。一名个子矮小的便衣，丢了我祖父，沿着跳板跑上船甲板，俯首帖耳向那"纸人"嘀咕了一会儿，并双手呈上从我祖父身上搜去的那只黑檀木翡翠玉莲花发簪。

"纸人"接过那只玉簪，左右端详了一阵子，对着昏暗的太阳光照了照，回头看了我祖父一眼，对江岸上的人挥挥手，说："拿掉他嘴里的东西！"接着问我祖父："知道为什么请你到这儿来吗？"

我祖父站在江岸边，琢磨的正是这个问题，我祖父说："我们远日无仇近日无冤，在我印象中也没什么交情，你为什么要抓我？"那"纸人"冷笑了一声，回头示意身后两名便衣。两名便衣点点头，从船舱里一人搬出一条长石放在甲板上。长条石的移动让木船摇摇晃晃，半天才静止。"纸人"说："你不知道那我告诉你，我们怀疑你是新四军派来的探子，这不，给你准备了两片条石，打算送你去江底暖和暖和，明白了吧？"我祖父心里有点紧张了，但面上还沉得住气，问："你们凭什么怀疑我？""纸人"说："就凭你这几天一直在这一带转悠。"我祖父反问："我一个乡村货郎，做的就是到处转悠的生意，我不转悠喝西北风啊？""纸人"盯着我祖父看了一会儿，慢悠悠地问："你做的恐怕不仅仅是货郎生意吧？"他扬扬手里那只玉簪，说："告诉我，这是哪儿来的？你不会是白天做人晚上做鬼偷来的吧？"我祖父一笑，问："你觉得这东西能偷吗？要不你偷一根我看看？""纸人""嘎嘎"地笑了两声，说："小子，你还真别量我，不就是一根玉簪？我不用偷也能……呲，我发现你小子在套我的话。你这根玉簪不是偷来的，难道是天上掉下来的？"

从"纸人"刚才说的半截话语，我祖父有种预感，他会不会就是二娘所说的周仁义？我祖父问："你对这个有兴趣？""纸人"回道："当然。"我祖父说："那我告诉你，这个是一个好人送给我的。""纸人"追问："男人女人？"我祖父说："当然是女人。""纸人"盯着手里那根玉簪，沉默了好一会儿，才说："你，上船来。"我祖父看看船头甲板上的长条石，问："我上去你不会顺手把我沉江了吧？""纸人"反问："我要想把你沉江你还跑得了？"我祖父一笑，说："也是。""纸人"说："好了，你上来，我让他们下去。"转身吩咐身边两名便衣下船。

两名便衣下船了，可是我祖父依然没有上船的意思。"纸人"问："怎么，要轿子抬上来不成？"我祖父问："这算是你请我上来的吧？""纸人"点点头，说："是的，我请你上来。"我祖父问："既然是请那就是客人了，有这样待客的吗？"我祖父在原地转了一圈，亮亮他身上绑住的绳子，说："就这样绑着让我上去？""纸人"说："在没有确定你的身份前，你就委屈一下。"我祖父说："我不过就是一个乡村货郎，再能耐也能耐不过你们手里的枪吧？你还有什么好怕的？""纸人"又盯着我祖父看了一会儿，挥挥手，说："给他松绑。"松绑后的祖父，动动麻木的身子，拽拽弄皱的长袍，漫步向船上走去。

船舱里有一张矮桌和几条矮条凳，"纸人"坐在矮桌边一条矮凳上，面向前甲板。我祖父弯腰进了船舱，"纸人"示意他在对面矮凳上落座。"纸人"把玩着手里那只玉簪，压低声音问："告诉我，这是不是我老姨给你的？"我祖父一笑，说："这样说来我俩是表兄弟了。""纸人"一时没弄清关系，脸一沉，说："哪个和你是表兄弟？"我祖父说："你老姨我叫二娘，你说我们是不是表兄弟？""纸人"半信半疑地看着我祖父，问："我老姨给你玉簪时，没跟你说什么？"我祖父疑惑不解地望着"纸人"，"纸人"解释说："与这根玉簪相关的。"我祖父恍然大悟，说："我二娘告诉我，这是两根同一块玉上雕刻的玉簪，这一根莲花是黄瓣黄蕊，另一根是白瓣黄蕊，是一对儿，姐妹俩各得一根作陪嫁。""纸人"点点头，说："嗯，看来你没说假话。没错，两朵莲花用料是同一块黄白玉，我刚才用小指甲比对了一下，这个与我家那朵白瓣黄蕊的莲花花托完全吻合。"说完，他把那根黑檀木翡翠玉莲花发簪放在矮桌上，向我祖父这边推过来，说："你收好，这是我老姨的传世宝贝。"我祖父道了谢，收取那只玉簪。

"纸人"周仁义起身，向船舱外探望了一圈，坐回到原来的位置，向我祖父这边探过身来，轻声说："我有一事相求，不知道老表能否应承？"我祖父说："老表客气了，你请讲。"周仁义示意我祖父探过身去，与我祖父耳语了一番后，说："就这些，都记住了吗？"我祖父说："记住了。老表放心，我会办好这件事的。"周仁义还要交代什么，却突然止住了话，侧耳听了一下，小船急速颤动，同时脚步声从江边上来了。我祖父忙起身弯腰，双手放在身侧，头低垂着，面向周仁义一副受训的样子。周仁义悄悄向我祖父亮出大拇指，嘴上却训斥道："你别没事找事儿，以后少在这一带瞎转悠。"

一个矮个子便衣匆匆钻进船舱，气喘吁吁地喊："报告！"周仁义望着他，说："铁坨，什么事？讲。"叫铁坨的便衣看看我祖父，周仁义说："有什么话快说，别磨磨叽叽的像个娘们。"铁坨说："皇军让你去一趟。"说完又看了看我祖父，忍不住弯腰走近周仁义轻声说，"皇军好像要移防。"周仁义不领情："日本人来来去去有什么大惊小怪的。知道了。"等铁坨的脚步声渐渐远去，周仁义对我祖父说："老表，我先走一步，拜托了！"一抱双拳，转身而去。

寒风呜呜，飞浪拍岸。

八

我祖父心急火燎地赶回竹瓦店时，已经是午后了。

隆冬的午后，阳光洒在青石街面上，令人有了一丝暖意。

街上行人稀少，两边青砖垫底、木板接顶的门店，偶尔有客人进出。我祖父摇着他的拨浪鼓，从西街口的歇堂山下，一路向东街口的鸡公山下走去，悠长的鼓声穿街过巷，传遍了竹瓦店。

上街汪记炮子铺的汪三老爷站在铺子里，瞅着我祖父打他门口过时，招呼道："泰松，天冷，进来坐坐，喝口热茶。"我祖父回道："汪三老爷家的茶太贵了，我这种人喝不起。"一句话呛得汪三老爷直翻白眼，连连干咳了几声，试图掩饰过去，我祖父紧盯着补了一句："怎么？贵茶也不好喝吗？有点呛人吧？呛死你。"说完，哈哈笑着，继续摇着他的拨浪鼓往前走去。

站在门里的汪三老爷，尴尬地干笑着半天说不出话来。一个外出送货的伙计撞上了枪口，刚进门，他对伙计吼道："你神气什么，不就是个讨饭的命？送个货要这么长时间吗？"伙计委屈，正要辩解，抬眼一看汪三老爷一副要吃人的样子，没敢作声，灰溜溜地走了。

张大疤子在我家边等我祖父，边陪着我大伯和我父亲玩一种翻花儿游戏。他把一根棉麻线的两头拴住，通过双手指相互穿插，翻出各种各样有趣的图案。两个小儿手指每穿插一次，念一句《三字经》文，右手无名指挑起左手掌前一段线，念："蚕吐丝，蜂酿蜜。"左手食指挑起右手无名指前一截线，念："人不学，不如物。"

……………

祖父一进家门，两个小儿丢下张大疤子的游戏，雀跃着扑了过去。祖父挑着货郎担紧走几步迎上来，放下货郎担，顺手拿起两支棍棍糖，一个小儿一支。两个小儿剥去包装纸，两支棍棍糖同时伸到祖父的嘴边："伯先吃，甜。"祖父伸出舌头，一支棍棍糖上轻轻挨了一下，说："嗯，甜。你们吃，我还有

·三春鸟·

事，你们找宝儿玩去。"说着，从货担里又拿起一支棍棍糖，递给大儿世旺，让他带给谢小鱼家的宝儿。两个小儿手牵着手，嘴里念着《三字经》出门了。

坐下来后，祖父如实地报告了在巴河的经历和探得的情况，重点报告了周仁义委托代办事的前后经过。张大疤子听后，问了一些细节方面的问题，想了想，说："你现在就动身去县城见侯德发，按周仁义吩咐的把情报赶紧传递过去。另外，为了确保这次营救计划万无一失，新四军将配合行动，请侯队长于明天天黑，在巴河黄土岭会合，猫头鹰连叫三声为号。时间紧迫，我俩分头行动。"接到指令的祖父，看着张大疤子，半天没有动身的意思。张大疤子明白了，说："这个是你受人之托，与生意无关。如果有关，也是顺水人情，你说是吧？"说完，张大疤子呵呵一笑。我祖父把手一挥，说："我不是问你要钱，救人如救命，人命不是拿钱能换的，我想问一句话。"张大疤子惊奇地看着我祖父，说："你请讲，我听着。"我祖父说："这么重要的情报，你怎么放心让我去传递？你就不怕出现差错误了大事？"张大疤子呵呵一笑，说："你我都是明白人，知根知底，还需要多说吗？赶紧去吧！"

来不及和两个小儿打声招呼，祖父挑着货郎担匆匆出门，直奔县城而去。他是想赶在天黑城门关闭之前进城，与侯德发接上头，让县自卫队有充足的准备时间。

可是，等我祖父紧赶慢赶，赶到浠水县城时天已经黑了，城门紧闭。我祖父不甘心，仗着他老表周仁义与侯德发不知真假的关系，汗淋淋地站在北城门下，中气十足地吼道："开门，我要见侯德发，侯队长。"城楼上的自卫队员，一听这种没有上下尊卑，牛气冲天的叫喊，恼了，"叭叭"两声枪响，子弹喷着火花，啸叫着飞过来，一颗击中了货郎担的镜匣玻璃，一颗钻进了我祖父面前的土地里，腾起一股尘土味儿，骂道："找死。侯队长也是你想见就能见的？癞蛤蟆吃炸麦粉——大口儿地噗。滚——老子的子弹再出来就不长眼睛了。"

两颗子弹不仅没吓着我祖父，反倒把他的胆气激发了出来。他把货郎挑子往地上一放，吼道："你是哪个的老子？有种你把侯德发叫过来，看他怎么收拾你。""叭叭"又是两声枪响，枪口冒着火星，子弹像流星一样划过天际。一个苍老的声音呵斥道："你想找死啊？他敢这么点名道姓地要见侯队长，肯定不是一般的来路。你不问个子丑寅卯就开枪，你长了几颗脑袋？"吼了那个冒失鬼，调头对城楼下我祖父喊道："楼下的兄弟，你别见怪，不是我们不开城门，实在是上面有令我们不敢违抗，你就先在城外找个地方将就一晚上，明天一早开门你再进城。你看怎么样？"话说到这份儿上了，还能说什么？事不过三，我祖父再不敢坚持要进城了，万一真的惹恼了人家，一枪把他打死了，也不是什么稀奇事儿。兵荒马乱的年月，什么事儿不会发生？打死他不要紧，要紧的是他重托在身，不能误了大事。我祖父就坡下驴，边应承着，边挑起他的货郎担，离开了北城门，找落脚过夜的地方去了。

一夜无话，第二天天刚亮，我祖父到达城门口时，城门洞开。他挑着被打碎的镜匣，直奔县政府自卫队。

浠水县政府在南门。南门属闹市区，是鄂豫皖水陆货物吞吐的码头，上可贯通千里大别山，下可通江达海，里面的出去，外面的进来，畅通无阻。南门口沿阶而下，是一座木桥连接南北。木桥下游三百米就是浠水县政府衙门，上游五百米是北宋文学家苏东坡的《西江月·顷在黄州》词中的"解鞍欹枕绿杨桥"处。南门口与绿杨桥之间是停泊货船的港口，港口上是跃龙门，属南门货物集散仓库。整个南门口不仅是政治文化的中心，也是浠水最大的商贸活动区，这里物流畅通，物资丰富，一年四季人来客往，一片繁忙景象。我祖父卖的日常生活用品就是来源于此。

因此，我祖父对南门口很熟悉，自然对县政府也不陌生，加上侯德发在栗寺坳买棍棍糖时的交代，他很容易就进了县政府。

县政府有一栋两层木楼，自卫队在木楼背面一楼办公。木楼刚刷过防潮防蛀的桐油，走进木楼，一股清香扑鼻的桐油味儿扑面而来，让人神清气爽。

侯德发坐在一张笨重的木桌后，我祖父被一位副官引进办公室。他看了看我祖父货担一头的破镜匣，笑了笑，说："昨晚是你叫喊着要见我吧？"这不是哪壶不开提哪壶吗？我祖父听了这话，心里来气，他盯着侯德发问："这么说你都知道，是吧？"侯德发说："当然，职责所在，不敢马虎。"我祖父二话不说，挑着货郎担转身就走。副官伸手制止了我祖父，说："侯队长昨晚赶过去的时候，你已经离开了城门口。"我祖父回头看看副官，副官真诚地点了点头。我祖父放下货郎担，回身看着侯德发，说："我觉得你人还不错，怎么带出的兵却是不长脑子的？见面不问青红皂白就开枪。"侯德发哈哈一笑，说："兵贵忠诚，忠诚必勇，勇必果断。这就足够了。说吧，你急着找我有什么事儿？"我祖父尽管对侯德发护犊之心不舒服，但受人之托忠人之事，先办正事才是大道。我祖父说："有人托我给你捎个信儿，今晚适合江边打猎。"侯德发一听，双眼放亮，从椅子上探起身子，盯着我祖父，问："狼出窝了？"我祖父说："狼渴了，正在江对面喝水。"侯德发高兴了，连说了三声："好。好。好。"接着又问："我兄弟还有什么交代？"

我祖父说："有，但你得先把我的事说清楚。"侯德发莫名其妙地看着我祖父，一时想不出来他们正谈的事儿，与眼前这个人有什么关系。我祖父指了指他货担上的破镜匣，说："这个你得赔我。"侯德发一拍脑门，笑了，说："这个应该赔，应该赔，不仅要赔，还得奖赏你。"说着，顺手从办公桌后的抽屉里，摸出两块现大洋，起身走到我祖父面前，说："首先，向你道歉，对不起，我带的兵我有责任，失礼了！"弯腰向我祖父鞠躬，表示诚意。接着说："这是两块大洋，请你收下。一是赔偿你的损失，打烂了你的东西，理应赔偿；二是感谢你给我送来了好消息，谢谢你！"说完，把两块银圆放在我祖父手里。

我祖父手里攥着两块银圆，心里的气儿也消了大半，他大度地把手一挥，说："这事儿算过去了，还有一个更重要的事儿要告诉你。"侯德发凑近了我祖父，等待下文。我祖父停顿了一下，接着说："今晚新四军配合你们行动，托我捎信的人让我转达你，带上你的人马，天黑出发，在巴河黄土岭会合，以三声猫头鹰叫声为号。"我祖父看着侯德发，侯德发马上明白，有更重要的机密告诉他，他送上耳朵，仔细听着我祖父耳语。

侯德发听完后，微微一笑，拍拍我祖父的肩头，说："我知道了，谢谢你！我会按约定时间赶到指定地点与新四军会合。"说完，吩咐副官，说："天太冷了，长顺，你带他去街上吃个早饭，暖和暖和。"说完，挥手告别。

九

侯德发带着县自卫队百余人，天黑从县城出发，假道兰溪右拐茅江港，直奔巴河张岭，到达约定的巴河黄土岭时，夜已深，星月朦胧，归林的小鸟呢喃声声。县自卫队全副武装潜入黄土岭的松林之中，惊扰了林中栖息的夜鸟。

队伍正在行进中，侯德发突然挥手止步，一片"沙沙"的脚步声戛然而止。侯德发压低声音，对身边的副官吩咐道："长顺，联络。"副官应声，双手笼嘴："咯咯、咯咯、咯咯——"发出三声猫头鹰叫声。此音落，彼音起——右侧半山腰上，传来三声猫头鹰回应声。

双方接上了头儿。新四军是一位姓李的连长，带了一个连的兵力，个个虎虎生威。张大疤子介绍完双方主官，李连长和侯德发在朦胧的夜色中，互敬了军礼。

接下来研究具体行动方案时，就兵力部署问题，李连长建议县自卫队防守江边码头，阻止从水路来的日军援兵。由新四军攻打"红部"，营救十二名被策反人员的家属。侯德发提出异议，说："我们调整一下，贵军去江边防守，我们去攻打'红部'，营救人质。这主要是从装备上进行考虑调配。"

李连长心里很清楚，侯德发的岳父母因为儿子投奔了新四军，也被抓进了"红部"，他是担心有什么闪失不好向家人交代。李连长说："我建议贵部去江边阻止水上援兵，也是从装备上进行考虑。我们这边一开战，隔江相望的日军很快会派出援兵。有你的精锐自卫队配上精良的装备，援兵还上得了岸吗？上不了岸的日军首尾不能相顾，这样能确保营救万无一失。"

侯德发盯着李连长看了一会儿，说："行，我去阻止江上援兵，不过，你可别让我带着人马来，一枪不放就回县城，白瞎了好装备。"李连长笑道："有你打的，只要日本鬼子一天不离开中国，我们就不会让他们好过一天。好了，我们各自准备，零点开始行动。"

夜深寒凉，林中寂静，偶然有小动物走过枯枝败叶，发出"吱吱、嚓嚓"声。

零点一到，侯德发带着他的人马绕道长江边，在码头周边布下天罗地网，等待江上来的日军援兵。李连长带着新四军翻过黄土岭，悄悄靠近北城门外伺机而动。

张大疤子带着五个人装成便衣队，骂骂咧咧地走到城门下的壕沟旁，高声喊道："都死哪儿去了？给老子开门。"城门是由五寸厚的活动吊板封闭。吊板拉起来，城门紧闭严丝合缝；放下去，就是接通壕沟的桥梁。城门上哨兵喊道："口令——"张大疤子酒醉般地应答："天——狮。"

日军大队长池田喜欢研究中国地方特色文化，因此，他统领下的日伪，所设定的口令暗语都带有巴河文化特色。譬如天狮，即巴河天狮，是巴河民间的一种舞蹈。巴河天狮是由红、蓝、绿、白四色倍数组成，逢重大节日或祭祀盛典，由青壮男子一人一只高举头顶，成群结队随喧天的锣鼓节奏，上下翻飞，左右穿插，蔚为壮观。其样式、玩法唯巴河独有。还有巴河高跷、巴河金灯、柳戏和彩莲船等，都被日伪作了口令暗语。

口令对上，笨重的吊板缓缓下降，噪音招来了城内的犬吠声。深夜楼上的哨兵寂寞，和张大疤子搭腔："兄弟，找相好的去了吧？"张大疤子装作十分沮丧地回道："不说了，晦气。"楼上的问："被男人撞上了吧？"吊板离地面还有一段距离，张大疤子一脚跳了上去，说："被人插队了。"楼上哨兵一个哈哈还没笑出来，一颗啸叫的子弹穿透他的脑袋，哨兵像一只无头的苍蝇，一头栽下了城墙。瞬间，城楼上一片慌乱："新……新四军来了，快拉城门。"枪声大作。

可是，已经晚了，埋伏在壕沟外的新四军，一边对抗着城楼上凶猛的火力，一边潮水般地通过吊板涌进城里。日伪把守的北城门失守了，其他几个城门的哨兵，听到北城门的枪声和喊叫声，惊慌失措，躲在城门上，不知东西南北地乱放枪，把整个巴河镇搅成了一锅粥。

北城门是通向日军"红部"最近的一条路，打开北城门是直通"红部"的下坡路。路两边原是古木参天，绿荫如盖，日军来后，放树散荫，光秃一片。因此，通往"红部"的下坡路，完全暴露在日军的视线之内，火力全覆盖。北城门枪声一响，日军就在"红部"大门口架好轻重机枪，严阵以待。他们的目的十分明确，守住"红部"拖延时间，等待江上来的援军，一举歼灭新四军。

看着纷纷倒下的战士，李连长双眼冒着火星，要过旁边战士手里一挺轻机枪，打算带头往前冲，被张大疤子一把拉住，说："连长，不能这样硬拼。"李连长回过头，像要吃人一样地盯着张大疤子，吼道："留给我们的时间不多了。你说，不硬拼还有什么好办法？"张大疤子说："从刚才交锋的火力判断，'红部'内的鬼子不会很多。我带几个人去抄他们的后路，你在此指挥佯攻掩护。"李连长在黑夜里盯着张大疤子，想了一下，说："批准了，行动。"

张大疤子挑选了几个身手好的战士，从东北角借助房屋与围墙的夹角，爬上了围墙顶，剪断铁线网。张大疤子翻过围墙，双脚刚落地，没想到"红部"院内有一条大狼狗，正盯着他，"嗷"的一声腾空而起，旋风一样席卷而来。张大疤子眼疾手快，"叭"的一声，那匹大狼狗像一条破麻袋，来了一个一百八十度前空翻，"噗"的一声，四脚朝天，栽倒在他的面前。与此同时，狼狗闪现的黑屋旁冲出几个黑影，张大疤子顺手推了一把刚落地的战士，就地一滚，一串子弹打在身后的墙上，溅起一片火星。被推开的战士和墙上正落地的战士，配合张大疤子压制敌人的火力，掩护后续战士跟进落地。

被压制的敌人眼看着大势已去，边打边退，往大门口逃去，张大疤子紧追不舍。大门口的日军发现后路被抄了，慌忙调集部分火力应对。但腹背受敌的日军，终是经受不住内外夹击，双方对峙了不到一根烟的工夫，日军阵地土崩瓦解，一个班的兵力被全歼了。

"红部"的战事刚结束，江上来的日军援兵到了，与等候多时的县自卫队接上了火，也算让侯德发的好装备派上了用场。李连长这边打开牢门救出了人质后，带上所有的人直奔南城门，与侯德发会合。

南城门的日伪哨兵，紧闭城门，龟缩在城楼上，任你城内打得天翻地覆也只是负责听个响儿。当李连长他们到达南城门下，还没容他们吩咐，城门厚重的木板，开始"嘎嘎"地下落，给新四军接通了南门出口。

新四军与县自卫队合兵一处，奋力击退了日军新的一轮抢滩登陆攻击后，且战且退，带着营救出来的所有人质，在夜幕中消失得无影无踪。

十

新四军和县自卫队联手夜袭"红部"，日军损失惨重。

骄横跋扈的日军哪咽得下这口气，大队长池田少佐十分震怒。能够组织如此严密的夜袭，只有一种可能，那就是军事活动泄密，否则不可能出现日军前脚刚走，新四军和县自卫队后脚就端掉了"红部"。池田少佐亲自坐镇"红部"，连夜将伪军和便衣队人员集中到"红部"，过筛子式地一一盘审。便衣队周仁义手下的队员铁坨，扛不住日军的气势，把周仁义捉放我祖父的前因后果，翻肠倒肚地全倒干净了。

事情一目了然，回头捉拿了周仁义。可是用尽了"红部"所有的刑具，都没能从周仁义嘴里撬出半个字。这是后话。

池田少佐捉拿了周仁义后，马不停蹄地继续扩大"战果"，升任铁坨为便衣队队长，由铁坨带着便衣队引路，他亲率大军连夜奔赴竹瓦胡家岗捉拿我祖父。

天刚蒙蒙亮，胡家岗的人像往日一样，起床穿戴洗漱。可是，当他们打开大门的时候，吓得魂都没了，对面的山冈上，出塆的土路上，平日劳作的田埂上，都被蝗虫一样的日本兵荷枪实弹地把住了。

胡家岗被日军包围了，而我祖父却无知无觉，还在他那半间堂屋的家里，边整理着打算出行的货郎担，边陪着他的两个小儿，享受出门前的天伦之乐。外面的变故，完全被我家一扇堂屋的大门和一扇土砖墙下的小木门，消减得无声无息。

习惯早起的大先生，腋下夹着一本线装书，准备出门去竹瓦店私塾学堂。他打开大门一看，倒吸了一口凉气。他的第一反应是，日本人是冲着侄儿泰松来的。他回身放下线装书，来不及向他的"童儿"交代，匆匆出门向我家赶过来。

可是一切都晚了，日本兵已经开始挨家挨户把人往胡家岗的稻场上驱赶，孩子哭的、女人嚎的、老人叹息的，鸡在飞狗在跳，整个胡家岗都充满了杀气。

胡家岗的稻场在塆西边的出口，与浠冈公路隔畈相望。稻场是辟了半座山铺上黄黏土，经捣碎、浇水、践泥、碾压等多种繁杂的工序后，硬如石块。稻场四周架起了机枪，胡家岗两百余口男女老少，无一漏落，逐猪赶牛一样都被赶到了稻场上。

池田少佐站在稻场一头，双腿叉开，双手戴着白手套拄在军刀上，看着胡家岗人，如赏景观花一般双眼笑眯眯的，身边紧挨并排着两个大石碌碡，静静地如两具僵尸。新任便衣队长铁坨，身上挂了一把盒子炮，枪管杵到了小腿肚子上，点头哈腰地站在池田身边随时听令。

人堆里，我祖父将他两个小儿一手一个拢在身边，他的左侧站着他二爷和二娘，谢小鱼站在他的右侧，双手把她的宝儿拢在身前。

铁坨爬到两个并排的石碌碡上，干咳了两声，高声喊道："静一静，听好了，你们都听好了，我们这次来没什么大事，只是找一位朋友，大家不要惊慌。"说完，看着池田，等待命令。池田点了点头，铁坨从石碌碡上溜下来，带着两个便衣，到胡家岗的人堆里寻找。

大先生侧面看了一眼我祖父，刚好与我祖父眼神相撞了。我祖父心里十分清楚，日本兵气势汹汹而来，肯定与巴河"红部"被端有关，他双手紧紧地揽住两个小儿。铁坨正带着人往这边走过来，一双鼠眼到处溜。大先生低声说："是福不是祸，是祸躲不过，别怕，堂堂正正挺起男人的胸膛，儿子都看着呢！旺儿、元儿到我这儿来。"说着把我大伯和我父亲拉到自己身前，紧紧拢住。

铁坨走到我祖父身边，看了一眼，不确定，又看了一眼，突然问："有棍棍糖卖吗？"我祖父脱口而出："有，我拿……"一愣，呆住了。铁坨一听，如临大敌，扭身拔出身上的盒子炮，长长的枪管对着我祖父，说："好，我要了。请吧！"回头对身边的随从命令道："把他带走。"两个便衣一拥而上，一左一右架住我祖父，推出了人堆。

我祖父刚被推出人堆，两个日本兵提着枪走过去，像砸核桃一样，两把枪托一左一右，同时砸向我祖父的双膝盖。杀猪一样的嚎叫声从我祖父的嘴里窜出来，把稻草堆上觅食的麻雀惊得四处逃窜。我祖父像一棵大树被狂风拦腰吹断，跌倒在地，黄豆大的汗珠从额头上滚落下来。人堆里的大先生，双手掌挡住了两个小儿看向缝隙外的双眼。

站在石磙旁的池田，叽里呱啦一阵，翻译官上前对我祖父说："太君问，想活命不？"头发尖都在淌汗水的祖父，回头看了一眼身后的人堆，艰难地点了点头。池田又是一阵叽里呱啦，翻译说："那好，你学狗叫，爬过来。"我祖父摇摇头，不答应。铁坨弯腰对我祖父说："学狗爬狗叫能活命。快爬快叫。"我祖父抬头鄙视地看了他一眼。

池田手一挥，冷冷地说："请他过来。"两个日本兵一左一右，正要伸手架起我祖父时，铁坨点头哈腰地拦住，说："这事不劳驾太君，我们来。"

说完一挥手，上来两名粗壮的便衣队员，一人拉住我祖父一只脚，像拖猪拖狗一样把我祖父倒拖着，绕半月形的稻场转圈。铁坨紧跟在后面，对痛得像猪一样嚎叫的我祖父，吼道："学狗叫，学狗叫，学狗叫我就放下你，学狗叫你就能活命。"冰冻后的稻场坚硬如石，我祖父身上唯一能穿得出人样的，靛蓝色的棉布大褂，拖成了烂布片；棉布大褂下面的棉袄被拖破了，里面的棉花拖成了棉条，皮肉贴着坚硬的稻场被拖出一道道血痕，斑斑血迹涂抹在坚硬的稻场上，一道道蛇行曲折。我祖父被连拖了几圈后，像一个破麻袋，被扔在池田面前。

池田往我祖父身边走了两步，用手里的刀鞘托起我祖父的下巴，看着他的双眼，问："你的，告诉我，你是自卫队吗？"翻译转述，我祖父奄奄一息地摇摇头。池田眼露凶光，盯着我祖父追问："那是新四军？"我祖父还是摇摇头，说："我是……货郎，做点小买卖养家糊口。"池田竖起右手的食指，摇了摇，说："不不不，你不老实。"抬头看了一眼站在一旁等待命令的士兵。

这次一下子上来五名日本兵，其中一名去挪动石磙，两名将我祖父面朝下摁住双膀，两名拉住我祖父的双腿。笨重的大石磙碾在坚硬的黄泥稻场上，如雷声滚过来，我祖父明白了，他们是要碾碎他的双腿，我祖父露出惊恐之色，身子不由自主地往后退缩……

突然人堆里有人高声喊道："慢，我有话要讲。"大先生从人堆里走出来。池田仔细打量了一下大先生，说："你有话，请讲。"大先生说："池田君来自礼仪之邦，听说对中国文化颇有研究，我有一事相求，不知可否？"池田听了翻译的话，对大先生点了点头。大先生接着说："人是干干净净地来到人世，脱过一场人生，得让他干干净净地走。我想给他换一身衣服，让他干干净净地上路。"翻译很认真地把大先生的话，原原本本地翻译给池田听了后，池田挥挥手，五名日本兵退后，给大先生让出一条道。

大先生走到我祖父身边，扶起我祖父，脱掉我祖父身上的破烂衣服，把自己一袭靛草染过的棉布长袍轻轻地脱下来，给我祖父穿上。棉布长袍穿在我祖父身上，尽管显得有点紧，但穿出了精神。大先生给我祖父一粒粒扣上布扣袢，牵牵领口肩头。当大先生的右手牵到我祖父腋窝旁边的心口时，悄悄在我祖父的心口上，写了一个"儿"字，顺手在心口上按了按，说："嗯，好，还算合身，好衣服还得好身板，把腰杆挺直了才像个人样儿。"深深地看了我祖父一眼，我祖父回望的眼神变得坚毅了。大先生放心了，他转身面向池田抱了一拳，表示感谢。

我祖父眼含热泪，看着大先生回到人群中，转身面向东面的祖坟山，双膝一跪，大声喊道："爷啊娘啊，别怪儿不孝，祖业让我败光了，我给你们磕头谢罪。""咚、咚、咚"伏地三叩首，额上渗着血珠，坚硬的黄泥地上留下了一块血印。

我祖父颤颤巍巍站起来，铁坨几步上前，在我祖父后膝弯踢了一脚，说："站起来干什么，趴在地上学狗叫。"我祖父踉跄一下，倔强地站直了身子，眼里喷着怒火，挺直腰杆，抬头向天，望着苍天哈哈一笑，手指池田，大骂道："来吧，龟儿子，你们这些不通人性的东西，跑到中国来撒野。你们才是猪你们才是狗，我是人，是中国人，我不是新四军，但心向往之，他们的情报是我送去的。还有什么要问的，还有什么招儿要使的，都冲老子来，老子不怕。只要老子还活着，老子还会这么做……"气急败坏的池田，抽去刀鞘，手一抢，人头离身那一刻，我祖父还是笑着的，身子却像一座山一样，轰然倒塌，坚硬的稻场上，留下了我祖父一大片如云霞般的血迹。

后记

2015 年春，好像冥冥之中的天意。

一次十分偶然的机会，我在县党史办查找资料时，发现了一本厚厚的发黄的名册，我信手翻了翻，发现其中有一栏记录的是浠水境内我地下党牺牲人员名单。我专查找胡字打头的姓氏，令人不可思议的是，我居然发现了我祖父胡泰松位列其中，没错，上面明明白白写着：胡泰松，竹瓦店胡家岗人，地下党员，以货郎作掩护，传递情报。胡家岗还有第二个胡泰松吗？还有第二个货郎吗？我的祖父不声不响地颠覆了他的历史。我拿着这份名册，很顺利地恢复了我祖父烈士的身份。

九月重阳，秋阳高照。我们重新给祖父立了一块汉白玉墓碑，墓碑正中间是按民政部门统一制式，右侧是祖父的生卒年月日，左侧则是一句古诗——谁道群生性命微，一般骨肉一般皮。劝君莫打三春鸟，子在巢中望父归。

秋阳在上，人心在下，汉白玉墓碑高高地耸立在胡家岗后山上，胡家后人的历史在延续——

骑龙顶人物（一）

小序：我驻骑龙顶村，开展精准扶贫工作已三个年头。刚进驻的时候，村干部带领我们入户调查。那天我们共入户调查了十五户，由于贫穷，至今打光棍的有近十个，其中有两户兄弟俩都是单身，年龄六十有余。村干部说，过去骑龙顶甚至整个茅江港，因为水患加地薄田少，穷得男人都找不到老婆。当地有"走进茅江港，一个姑娘十家抢""走进公士塆十个男人九个单"等民谣相传。

杨达联

我们踏着一路清风，到公士塆找五保户杨达联。

公士塆坐落在骑龙顶村北面，一个叫船形地的地方，此"船"是东西走向。船有两帮，公士塆坐落在北面"船帮"上。"船舱"正中有一口约两亩水面的水塘，杨达联家就坐落在"船尾"的水塘边。

我们从"船头"绕到"船尾"，杨达联站在昏暗的土砖瓦房里，远远地看着我们走近他的家门口，踏进他的家门，显得十分紧张。也许是为了调节自己紧张的情绪，杨达联开口就给我们背了一大段毛主席语录："我们都是来自五湖四海，为了一个共同的革命目标，走到一起来了。我们还要和全国大多数人民走这一条路。"这是毛泽东主席于1944年9月8日在《为人民服务》一文中所讲的话。他背完毛主席语录后，第一句话就是："我都七十多（岁）了，我不搬，你们别劝我搬家。"

原来，杨达联是怕我们送他去福利院集中供养。精准扶贫里是有这么一项政策，杨达联属五保贫困户，可以享受精准扶贫集中供养政策。与他同一个塆生活的村支部书记也曾和我们商量过，打算送他到张岭福利院，集中供养，但他死活不同意。他那破砖瓦房摇摇欲坠的样子，着实令人担忧，可再怎么担忧，他本人不乐意的事情，我们不可能强拉硬拽地将他送进福利院。

瞧着杨达联一长二大的身板，相貌堂堂且不俗，时间倒回去四十年甚至三十年，他当属高大帅一类的男人，可为什么就没一段姻缘成就他的婚姻呢？我心里疑惑。后来，有人告诉我，他父母曾给杨达联抱养过一个童养媳。等那女孩子长到十五岁时，杨达联的父母正打算给二人圆房。出问题了，女孩子不知为何惹恼了杨达联的父亲，他父亲一气之下要将女孩子扫地出门，并扬言，只要女孩子前脚走，他后脚就给杨达联找个女人结婚。当时已是新社会，女孩子一赌气真的走了。没想到女孩子是走了，窝儿也腾出来了，但杨达联的姻缘也彻底终结了，根本不像他父亲说的那样，女孩子前脚走，后脚就有女人找上门和杨达联结婚。因此，杨达联就这么一直单了下来。

相传，杨达联的父辈有弟兄四人，四兄弟个个都是身强力壮、高大英俊的汉子，家景也殷实。家景殷实到什么程度呢？有人举了一例，说杨达联的祖父下葬时，是十步梯下"井"，可见墓穴之深。如此规格的墓穴，是需要相当的人力财力作保障才可成就此事。杨家四条高大威猛的汉子，在茅江港随便往那儿一站，就是一种威力和震撼。见过杨达联的人，不难发现杨家先辈高大威猛、英俊潇洒的遗风尚在。

杨达联一年到头就一种打扮，挂一根拇指粗剥皮桑树条，白嫩的树条被他的手上的汗水浸润成土黄色。头戴一顶白布帽，着一身黑色上衣，白灰色的抿腰裤子，脚上一双老式解放球鞋。走在路上喜欢双肘后弯，挽住桑树条的两头，后腰将桑树条顶成弯弓，一边走一边嘴里不空，嗯嗯啊啊地有成调儿的词儿飞出。但我们每次路遇杨达联，他都会先收了嘴里正嗯嗯啊啊的词调儿，对我们来上一段毛主席语录。毛主席语录不是乱念，他念的每一段语录都与我们工作能牵扯上关系。除了上面那条经常被他挂在嘴上念的语录外，还有，如："前途是光明的，道路是曲折的，人活着总需要一点精神！务必使同志们继续保持谦虚、谨慎、不骄、不躁的作风，务必使同志们继续地保持艰苦奋斗的作风……"语录念完了，紧接着便是对我们的夸奖，说什么"你们是共产党派来的好干部，一心为了劳苦大众谋福利。"听着，很有点历史的厚重感。

有一次，我们远远地看到杨达联走在前面，由于步子比较缓慢，我们渐渐跟了上去。他一个人走路比较热闹，嘴里含含糊糊地不知是唱还是念，我们满以为他在背毛主席的语录，可是走近了，传进我们耳朵的却是一首民歌小调：

十八嘞妹妹生得乖，
不高啊不矮哎你好人才，
世上哎只有啊妹妹好，
好似哎仙女嘞下凡来。

十八嘞妹妹辫子长，

啊辫子哎到脚掌，

十字哎街头啊过一过，

撩了哎好多嘞少年郎。

十八嘞妹妹穿身红，

飘飘啊摆摆哎像条龙，

后生哎看见啊发癫疯，

老人哎看见嘞如梦来。

猛然发现后面跟上来的我们，杨达联立马收了正唱得热闹的词调儿，改念毛主席语录："没有调查就没有发言权！没有正确的调查，同样没有发言权。"念完后，适时地送上夸奖："你们是共产党的好干部，经常找群众座谈了解群众的疾苦，所以你们有发言权。"将他的尴尬一带而过。

出于一种职业习惯，后来再见了他，我便请求他给我唱民歌小调。他开始不同意，但禁不住我的软磨硬泡，总算答应了我的请求。他唱我用手机录。刚开始唱时，他唱得含糊不清，舌头捋不直的样子，很少有我听得清的。为了录音清晰，我让他唱慢点。他算是听进去了我的建议，速度慢下来了，可是他每唱完一句必要问我一句："么样？慢吧！"一路唱一路问。好不容易唱完了一首完整的民歌，长出一口气，对我说："让我歇一哈，我肚子里全是这些词调儿，唱十天十夜都不唱现词儿。"他所说的"现词儿"是重复的意思。我一听，惊诧了，我发现了一个宝藏。但接下来唱的就有些乱了，有京、汉、楚戏词儿，有语录歌曲。按他的这种存量估算下来，他说的是大实话，唱十天十夜都不唱"现词儿"。

有一次，我去他家回访，发现他家厨房的碗柜顶上码了一大堆黄泥做的灯座，俗称"泥叽"。"泥叽"拳头大小，状如斗，小头中心有拇指粗的圆凼儿，那是过去插蜡烛用的。我这人总丢不了职业习惯，见了这种民俗味儿极浓的东西，便想起单位的民俗实物展厅的展品中好像没有这种实物，便想给单位讨要一个收藏。好在他碗柜顶储存了一大堆，讨要一个应该没什么问题。

果然，我一开口他便十分爽快地答应了。可是我一拿到手里，便有点后悔了。他拦住我，问："你知道'呢叽'有很多的偏方用途吗？"我望着他，摇了摇头。他便笑着说："不知道吧？那我告诉你，如果有人被阴箭打了，可以用锯子锯一段下来，锤成细沫儿，用箩筛去粗，用热酒调成糊状，用纱布包住，在阴箭打的地方反复滚动。记住了吧？"我说："记住了。"他说："那你给我说一遍用法。"我稍一迟疑，他便又给我重新讲了一遍用法，讲完又问："记住了吧？"这次我学乖了，赶紧说："记住了。"并很快给他原原本本复述了一遍，他满意了，我才和他告辞而去。

满以为这事儿到此该结束。却不想，过了几天，他看到我们另外两个队员，问他们："上次你们那个拿了我'呢叽'的同志，用了吗？"看看，好像我真的被阴箭打了需要他这个做偏方似的。

队员回来转述了此事，我又好气又好笑，说："看来我得把他的宝贝还回去，不然，以后说不定他会说我拿了他多珍贵的东西。"另一个队员笑笑说："你还回去更麻烦，他会认为你看不起他。"如果真那样，这事儿就大了，我是来扶贫的，扶贫干部看不起贫困户，这是什么性质？说不定他会来一段相关的毛主席语录，让我吃不了兜着走。

看这事闹的，我后悔不迭。

杨武强

杨武强是狠人，他斗过了命，活过了十二岁。

八十岁塆人都这么说。

杨武强出生后小脸儿很白，白得像娘的奶汁。他父母满以为他长得白，没怎么在意。后来发现，杨武强的小脸儿白得有些不正常了，像纸一样苍白，还出现嗜睡、多汗症状。这就让父母生疑，着急了。到杨武强三岁时，症状越来越严重了，一激动一紧张，小人儿就如死猫死狗一样，直挺挺的没有一丝儿人气儿。

再后来，他父亲得人指点，带着杨武强去黄石三医院检查。医生拿着检查单子，对父亲说，没事，我给你开点药带回去吃，以后对孩子好点，能给他的尽量满足他。

这话左右听着都不是那个味儿，他父亲边往门外走边琢磨。拿好药，快走出医院大门时，他父亲心说，不行，我得问个清楚明白，便对杨武强说："我去办点事，你在这里等着我。"安顿好杨武强，回身找那医生。那医生第二次说话就直白了，告诉他："根据各种临床经验判断，就目前的国内医疗水平来说，像你儿子这种情况能活过十二岁就十分罕见，但愿出现奇迹。"他父亲听了医生直白的话，腿一软，蹲在地上号啕大哭，把那医生急得边搓手边埋怨："你看你，你看你，说含糊点吧？你不甘心。说直白吧？你又受不了。你起来，我来教你如何急救和防范，以后用得上。"他父亲听了，抹抹满脸的泪水，慌忙从地上站起来，连连说："好好好。"

有希望总比没有希望强。有希望就有奇迹，奇迹真的在杨武强身上出现了。杨武强不仅活过了十二岁，还活过了三十岁。

三十而立，活过了三十岁，杨武强该有自己的家了。可是就他那病歪歪的身子，走路都喘气，能撑得起一个家吗？

杨武强上面有两个哥哥，打算辟地盖楼房。动工的时候，哥俩合计，在两家的夹壁间，给杨武强腾出一连房的地基，并合力给杨武强封了前檐后壁，房门向大哥这边开，与大哥共堂屋同大门出进。让杨武强有了属于自己的窝儿。

窝儿是有了，但不是家，屋里有女人才算家。此时，杨武强三十岁，他上面的大哥三十四岁，二哥三十二岁。下面还有两个妹妹，一个二十八岁，已嫁为人妇了，另一个在小时候掉进水井里淹死了。兄弟三人都是出门两肩扛一张嘴——寡汉单条。有人同情他们，有心给杨武强说一门亲。

这就有点匪夷所思，为什么放着上面两个身强力壮的哥哥不说，偏偏选中杨武强这个病秧子说亲呢？即使杨武强是个正常健康的人，按农村长幼顺序来排，也轮不到先给杨武强说亲。无论从哪方面说，都不合常理。一打听，原来，女方有精神障碍。托了一回人生，也该享受一下人间欢乐。说合的人觉得，一方有心脏病和肺结核，另一方精神有障碍，二人你不嫌我高，我不嫌你矮——般配。

别看杨武强病恹恹的，但他的心气儿高，杨武强一听女方有智障，便不乐意了。杨武强的考虑也没错，自己本来就是个病秧子，再要找个智障病人，这以后的日子还怎么过？杨武强考虑得长远周到，但杨武强的二哥却不这么认为。二哥做他的思想工作，说："医生曾断言你活不过十二岁，托老祖宗的恩泽，让你活到现在。看你这情况，继续活下去，完全没什么问题。我们弟兄现在都过了三十岁。老话说，不怕生坏了命就怕落坏了根，这穷山恶水招不来金凤凰。"杨武强粗暴地打断二哥的话，犟着颈说："招不来金凤凰也不能见到有翅膀的就往家里引吧？"二哥没有责怪，继续苦口婆心地说："你听我说，现在有人有心成全这桩好事，你不为我们这个家考虑，也得为你个人考虑吧？要是万一哪一天你的病深沉了，端个茶倒杯水也得有人听支使啊！"

想想也是，兄弟能靠得住多久？将来他杨武强如果有老的那一天，两个哥哥不是更老更需要人端茶倒水？杨武强看了看二哥，没再犟下去，眼神也顺了。眼神顺了，好话歹话掂得清。

二哥抬眼看了看杨武强，接着说："我了解过，女方家族没有病史，将来你们有了孩子不会有什么问题。你打小心气儿高，可是人犟不过命啊！如今我们兄弟已经这样了，能成一个家算一个家，也不讲究那些先兄后弟了。你好好考虑考虑，这事儿要抓紧。"

对于二哥的劝导，杨武强不能不认真考虑。经过三天三夜反复权衡考虑，杨武强一咬牙，决定和智障女人结合成家。

果然，结婚后，老婆给杨武强生了一个十分健康的儿子。可是天不遂人愿，儿子四岁时，智障女人回娘家，在塘边洗衣服，一头栽进水塘溺水身亡。按理说，人死恩断，女人死在娘家，无论从两家的家景，还是从情理，娘家都得负责女人的善后丧葬事宜。但杨武强得到噩耗后，毫不犹豫地赶到女人的娘家，二话不说，便吩咐把女人拉回了。有垮人为杨武强抱不平，杨武强却平静地说："一日夫妻百日恩，我和她做了五年夫妻，算算多少恩情？这样的恩情未必还抵不住薄薄一张花纸儿？"钱用了才叫钱，不用就是一张花纸儿？众人听了，摇摇头，走开了。

杨武强的儿子很争气，在妹妹和二哥的照料下，健康成长，如今已是十四岁的半大小伙子了，被二哥带到县城读初中，考试在年级第十，班级稳居榜首。

春天的时候，精准扶贫工作队进行访贫问困，问杨武强有什么打算。杨武强说："我想养羊。"工作队长老周不无担忧地问："养羊很吃苦的，你受得了吗？要不，把你纳入光伏发电扶贫吧？到2020年前，每年可以得到光伏扶贫款五千元。"杨武强说："我还是养羊吧，我喜欢动物，喜欢活动。你放心，我没事，我会把羊养好，我有办法。"

过不多久，一公一母两只羊，送到了杨武强的家门口。杨武强正拿一把竹扫帚，给一头老黄牛扫身上的老毛。看着瘦骨嶙峋的老黄牛，工作队长老周不解。杨武强笑笑，不无得意地说："怎么样？我从牛贩子手里买下来的，便宜。"老周问："你买头老牛干什么？看看，就你这身子骨，这又是牛又是羊的，你怎么养？"杨武强神秘地说："没事，我能养，以后你就知道了。"

过了几天，老周到八十岁垮入户核对信息。翻过山坳，远远地看到，杨武强紧紧地跟在那头老黄牛的屁股后面，赶着两只黑山羊，在爬坡。走近了，才看清，那头老黄牛颈上架着牛轭，屁股后拖着两根线麻绳子，线麻绳子汇集在杨武强的身后，系住一块帆布兜子兜住杨武强的后腰，带着杨武强慢悠悠地爬坡上坳。一公一母两只羊与牛并行，一边走一边"咩咩"地叫着，煞是热闹。

老周这才明白，原来杨武强买头老牛是为了借力。要不，就凭他那心脏哪翻得了山越得了岭？

妙才法师

八十岁垮的杨佛海五十二岁出家，到兰溪镇莲花山莲花寺当和尚，法号释妙才。

杨佛海是杨武强的父亲，杨佛海出家时，杨武强二十八岁。杨武强上面有两个哥哥，相隔两岁。兄弟三人都是单身。

在八十岁垮，杨佛海出家，一直是大家茶余饭后探讨的秘密，探讨来探讨去，最后大家达成了一个共识，那就是杨佛海的婚姻和家庭不如意，彻底撕碎了他的尘世梦想，出家寻求心灵的安抚是顺理成章的事情。而杨佛海面对方方面面锲而不舍的探寻，给出的解释是：家运不济，伺佛为家求福。也说得通，谁是谁非不重要，重要的是人生在世，想办法活下去的同时，还得想办法将自己的血脉传下去。

可是，生在骑龙顶这种薄地贫瘠、旱涝不保收的地方，要想成家立业将自己的血脉传下去，对于杨佛海来说的确不是一件容易的事情。

先说杨佛海的老婆，一个瘦瘦弱弱，走路无声无息怕踩死蚂蚁似的女人，做任何事都是慢慢吞吞的，一菜篮衣服没两个小时洗不完。这样的女人做搭档过日子，不急死也会被生活折腾死。老婆指望不上那就指望儿子。

小儿子杨武强，三岁时查出有严重的心脏病，昂贵的医疗费用逼迫杨佛海不得不放弃手术治疗，采用生活调理和农村偏方土法治疗，可是没有一点效果。六岁时送杨武强上学，学校看着面色像纸一样苍白的杨武强，勉强准其入学。可是，杨武强脾气暴躁，和同学一言不合就动手打人。打你就好好陪人家打一架，但他打了人家一拳后，还没等人家还手，他自己倒地休克了。校方怕出人命，劝其退学。从此，杨武强怨上了父亲杨佛海。他的理由很简单，如果父亲听从了医生的建议给他及时做手术，他应该不会是今天这个样子。天长日久怨生恨，恨生仇。杨佛海成了小儿子的仇人。

大儿子杨军强小学没上三天就开始逃学，小学没读完就莫名其妙地被学校除名了。杨佛海气冲牛斗地跑到学校要理由，却灰溜溜地回来了，抓住杨军强摁在地上，景阳冈武松打虎般地边打边数落："叫你瞄、叫你瞄。"原来，杨军强在学校捣蛋，将男厕所与女厕所之间的隔墙捅了一个个天花似的小洞。这事想想都让人恼恨，杨军强的屁股上足足挨了二十大拳，打得他几天走不动路。自此后，杨军强开始接受父亲的千锤百炼，直到有一天，杨佛海摁不住杨军强时才猛然醒悟，儿大不由爷了。的确如此，杨军强开始扭头瞪眼，好在杨军强知道自己需要什么样的生活，他看上了乡间篾匠这门手艺，第一次低头求父亲上师父家的门，求师父收他为徒。可是学徒一年没到，师父气急败坏地提把篾刀将他赶出了家门。原来，杨军强醉翁之意不在酒，而是为了师父那待字闺中的漂亮女儿。杨军强被赶回家后，也开始恨上了杨佛海，他固执地认为，师父不是看不上他，而是看不上他这个破家。家境不好，当然与做父亲的杨佛海有关。

二儿子杨民强尽管好点，但也架不住老大和老幺同仇敌忾的仇恨，与父亲不咸不淡地处着。

看着一天天长大的儿子，个个如狼似虎，见了女孩子双眼像探照灯一样扫过来扫过去，杨佛海一筹莫展。他选择了逃，往哪儿逃？去武汉打工，还儿孙债。可是，杨佛海累死累活挣得的一点血汗钱，却抵不住一场大风大雨的侵袭。

南方7月多雨，杨佛海家的土砖瓦房被一场大风大雨夷为平地。等杨佛海赶回家时，看着三个人长树大的儿子，龟缩在几根烂木头搭建的棚子内，一个个望天兴叹。他绝望了，他掏空身上所有的钱财，轻轻放在棚子前的泥水地上，捡起一片烂瓦压上，转身离去。二儿子杨民强起身要拉回父亲，被大儿子杨军强拦住了，说："走了好，看着就心烦。"小儿子杨武强看着渐行渐远的父亲，磨刀霍霍，将父亲杀死在心里。

从此，尘世少了一个叫杨佛海的人，佛界多了一个妙才法师。

说来也巧，妙才法师在尘世使出了浑身解数，都没能给儿子们解决的婚姻大事，在他出家后的第四年，媒人居然上门，给他大儿子杨军强提亲。半路出家的篾匠杨军强很争气，与姑娘认识不到半年，凭着一张游说乡间的巧舌，和一双做篾匠活儿的巧手，把姑娘肚子当篾丝笋儿，一点点盘大盘鼓起来了，让姑娘毫无悬念地和他一起奉子成婚。可是，结婚不久，那女人便暗中打听公公杨佛海的下落。突然有一天，她独自一人跑到医院，偷偷把孩子打掉了，回家抱着一瓶农药，"咕咚咕咚"像喝凉茶似的，把自己送上了不归路，顺带把杨军强打回了单身。

一个女人不明不白地把孩子打掉，这本身就是一件令人脑洞大开的事情，再不明不白地死掉，着实匪夷所思。但纸终究是包不住火的，人们把女人在八十岁塆的一言一行，仔仔细细地在脑子里过了一遍，恍然大悟：一个家庭当家主事的男人出家当和尚，是什么样的外力作用，迫使他走这一步呢？女人一定是用她一双慧眼，从公公身上洞察到了杨家的没落，人性的险恶和人世的沧桑，以死早早结束自己的劫难。

杨家不明不白的死了一个媳妇，这不是小事，还有两个单身汉等着找媳妇，这以后哪个女孩子还敢上门？

杨民强是个犟种，不信邪，他凭着自己长得帅气，四处托人八方打探，一口气看了五六个女孩子，没想到却都是有始无终。人家一听说他是八十岁塝的就开始紧张，就忍不住打听，遇上杨民强又是个直爽人，人家问什么他答什么，竹筒倒豆子倒得一粒不剩。媒人给他补聪明，叫他不要那么老实，不要人家问什么答什么，要有挑选地捡无关紧要的说。他颈一犟，说："丑媳妇总要见公婆的面，事情明摆着，收不住扎不紧的事情，何必遮遮掩掩？"媒人有点不悦，说："等生米煮成熟饭了，随你怎么说都行，但刚见面不能乱说。"杨民强争辩说："关键是人家的生米根本就不进我的锅，怎么煮？"媒人气得伸出一根手指，在半空中摇了半天，也没摇出一句抻抖话，一跺脚，拂袖而去。从此，媒人不再上杨家的门了，路上远远看到杨家三弟兄，也是绕道而行。

不信邪的杨民强，经过几次挫折后，老实了，长叹一声，对两个兄弟说："我们请佛回家吧！"

杨民强在一个天高云淡的日子，步行二十里山路，找到兰溪莲花山莲花寺。这一路走去，走得杨民强心焦气躁的：天下哪有这样为人父的？丢下儿子不管，上山躲清静。上山见了妙才法师，他劈头盖脸就问："你为父不为，出家何用？"妙才法师见了儿子，左手托着一长串乌黑的佛珠，一粒粒地捻着，右掌侧立于胸前，道："阿弥陀佛，施主有何见教？"杨民强一愣，眯着双眼，望着妙才法师，上上下下打量半天。"扑通"一声，双膝落地，跪倒在妙才法师面前，恭恭敬敬地伏地三叩首，说："我有解不开的人生结，请妙才法师指点一二。"妙才法师身子颤了一下，乌黑发亮的长串佛珠风吹叶动般地一路往下抖动，抖出一声幽幽的长叹，说："阿弥陀佛，施主，人生本有命，何必硬强求？你请回吧！"说完，妙才法师转身而去。

令妙才法师意想不到的是：杨民强在莲花寺朱红的大门前一跪不起，如伏地蛤蟆，双手着地，头铁壳似的抵着土地，一下下地叩拜，边叩拜，边叫道："大慈大悲救苦救难的菩萨救我杨氏门宗，妙才法师救我三兄弟……"

莲花寺有师徒二人，妙才为徒，其师八十有余，已是风烛残年。此时，正双手合十，在庙堂深处的禅房之中打坐。外面的叩拜声，隐隐约约地传进禅房，打扰了专心参禅的师父。师父双耳微微颤了一下，又颤了一下，双眉微蹙，唤道："妙才——"

妙才法师应声推门而入，心下慌张，被门槛绊了一下，踉跄了几步，稳住步伐，走到师父身后，双手合十："阿弥陀佛，师父，有何吩咐？"师父抬手指指寺庙之外。妙才法师马上领悟，知道不好隐瞒，只好如实相告。师父听了，轻叹一声，说："妙才一心向佛，此乃佛门大幸。但向佛是心愿，进庙皆有此心。听为师一句话，随儿子回去吧，心中有佛，万物皆是佛。"

妙才法师听从了师父的吩咐，回了八十岁垮。可是妙才法师人是回了八十岁垮，心却还在寺庙里。

回家后，三个儿子一商量，让妙才法师和老伴一起住进老二新装修的楼房里。可是妙才法师摇摇头，说："让你妈住吧，楼房我住不惯，我就在老屋里住挺好的。"三个儿子拿他没办法，只得随他。

打扫老屋房子的时候，三个儿子挽起袖子打算参与，妙才法师伸手一挡，说："各自忙去吧！我好脚好手能动。"儿子没坚持，各自忙去了。

老屋是妙才法师出家前的老屋，那次倒塌后，在村两委、民政部门帮助下重新立了起来。老屋后面是毛竹园，天刚蒙蒙亮，经过一夜凉风夜露滋润的小鸟，鸣叫声宛转悠扬，惊醒了妙才法师。妙才法师一头翻起，顺手捞住床头的电灯绳，"啪"的一声，灯亮处全是尘世生活格局。妙才法师愣住了，瞬间的恍惚后，他明白了，他已经还俗到尘世了。

妙才法师叹了一声，盘腿坐在床上，左手贴近胸口，拇指食指相互搓动，如捻动一粒粒乌黑发亮的佛珠，右掌侧立于胸前，双目微闭，轻启唇齿。妙才法师终于找到了那种心如止水的感觉。他索性穿衣下地，出门洒扫室内外。可室内室外就那么大块地方，早被他打扫得一尘不染了。一尘不染也得扫，前前后后里里外外再扫一遍，扫得泥土地发亮。他将俗世之家打造成了山上佛地，以身作则，当了主持人。减餐减量，三餐改吃二餐，二碗改吃一碗，勤俭持家，戴发修行。

金风送爽，秋菊遍地。时隔不久，竟然有媒人主动上门提亲，说这就好。当家人回来，去恶扬善，面貌一新，把山上的美德带到了人间。

骑龙顶人物（二）

陈九九

1

陈九九避开老婆，端一碗堆起尖的饭菜，边往嘴里扒，边往新村部走，他找县精准扶贫驻村工作队要扶贫名额。

骑龙顶村新村部是县扶贫工作队进村后新建的，坐北向南。新村部前面是水泥铺地广场，平坦的水泥地广场被附近的农民作了夏天打谷扬场，秋天翻晒杂粮的稻场。广场南边边缘地带安放了各种体育运动器材，广场北边是新村部办公场所。办公场所一楼有服务大厅和图书室，二楼是会议室和新村干部办公室。一律的白墙红色防盗门，铝合金外围防盗网，铁闸门一拉，"咔嗒"一声上锁，整个办公区铁桶似的安全。

陈九九家就住在新村部后面，也是坐北向南，门前有院子，院墙内既种花草也堆放杂物，花草与杂物收拾得井井有条，让人赏心悦目。院墙外有一条水泥马路横穿而过，往左是去县城的方向，往右下坡就是茅江港。

陈九九绕过广场上一架架棚起的芝麻骨（即芝麻秆），走到铁闸门前时手里那碗堆尖饭菜被他挖了一个大洞，进他的肚子里去了。他停下扒饭的节奏，腾出嘴喊道："周队长在吗？"手里扒饭的筷子，像一双大脚丫子从天而降，"噗"的一声，饭碗里的大洞坍塌成一撮儿。

扶贫工作队一共有三人，为了落实县委县政府提出的驻村扶贫"五天四夜"精神，住进了支部书记办公室。这样支部书记办公室就一室两用了，工作日是扶贫工作队的寝室，双休日扶贫工作队回县城了，才属于书记办公室。周航是扶贫工作队队长，带两个工作队员，其中一个叫李旋的工作队员，同时还兼任村支部第一书记，人称李书记。而村的支部书记也姓李，同样人称李书记。为了不让两个李书记混淆民众视听，人们称李旋为小李书记，村支部书记自然还是李书记。

周航听到陈九九的喊声，在屋里接话打趣道："喊什么喊？你老婆又不给你酒喝了吧？"都是老熟人了，碰一起开点小玩笑是常事，无伤大雅，荤素搭配，其乐融融。

陈九九上楼进屋，一屁股坐在铁靠背椅上，嘴里边嚼饭菜，边说："还喝么事酒哦，我连饭都快冇得吃的了，我来找你们要扶贫。"周航笑笑问："你要扶贫你老婆知道吗？"陈九九尴尬地笑了笑，掩饰地端起饭碗扒了一口饭，边嚼边说："她一个不会说话的人晓得么事？只晓得使蛮劲儿用牛力，这年月过日子光用牛力能行吗？"

要扶贫的话，陈九九向工作队说过多次。第一次说时，周航很当回事儿，亲自带人上门测算他家上年度全家收入。不算不知道，一算算得陈九九望着计算器上的数字直翻白眼：他家全年可支配收入和人均收入，远远超过了政府划定的贫困线。陈九九的女人戴桂宜是个不会说话的残疾人，但她嘴哑心不哑。她开始不知道周航带人到她家干什么，也没人告诉她，她站在边上默不作声地看着别人忙碌。渐渐地，她从别人交流的目光、比画的手势和说话的口型看出了眉目。她二话不说，几步跑到大门后，抄起一把竹丫扫帚，朝陈九九身上连抽了几把，打得陈九九云里雾里抱头鼠窜。逃脱追打的陈九九，一脸疑惑地向他老婆比画着问："为什么打我？"他老婆愤怒地叫嚣着，一脸不屑地伸出右手的食指，在自己脸上反复刮了几下。这是鄂东典型的羞辱人的动作，意思是陈九九要扶贫，不知羞耻。可是陈九九不管，他站在他女人的"势力范围"之外，试图说服周航，把他家纳入扶贫对象户。还没等周航做出反应，戴桂宜几步跨到饭桌旁，双手一拢，收拾好桌上的材料，塞给周航，双手摇晃着告诉周航："她家不需要扶贫。"

尽管如此，陈九九始终不死心，只要他老婆抄起竹丫扫帚把他赶出家门，或者他老婆不准他喝酒，他心里就郁闷，就会躲开他老婆的视线，找扶贫工作队要扶贫。后来混熟了，只要陈九九一提扶贫的事，周航便跟他打邪。

周航看着陈九九，笑笑，问："你不愿用牛力？那行，让杨百乐再送你一颗伟哥扶你一把。"屋里哄堂大笑。陈九九笑骂道："滚，拿老汉开心。"

陈九九年六十岁有余，在周航他们面前称老汉不为过，毕竟年龄相差一代人。

2

陈九九把伟哥当补品吃，成了杨彬仕塆茶余饭后的笑谈。

杨彬仕塆以杨姓为主，陈九九家在杨彬仕塆是单门独户，自然势单力薄，好在陈九九的女人厉害，没人敢惹。惹不起陈九九的女人，招惹陈九九总可以吧？陈九九本人脑子也有点不够使，往往被人耍了还不敢作声，他怕老婆横起来不要命，和人家打架往死里拼，不拼个赢势不罢休。这样一来，陈九九的好心成了杨彬仕塆人拿捏他的短处，只要避着他老婆，逗逗耍耍陈九九，成了杨彬仕塆人的大众乐趣。

杨彬仕塆的杨百乐是个放鸭的，人称鸭贩子。两年前，夏末秋初的时候，杨百乐赶着一大群鸭子，蝗虫似的横扫收割后的中稻田。当鸭子横扫到藕塘畈长八担时，陈九九正挑着稻捆"哼哼哈哈"地爬坡，往半山腰的水泥路上送。他女人虾米一样弯腰往路上铺稻穗儿，忙得连抹把汗水的工夫都没有，哪有工夫顾及成群的鸭子涌进她家的稻田。等陈九九从水泥路上回到长八担时，发现杨百乐的鸭子蚂蚁上树一样，正围着几捆稻子在吃谷。陈九九恼了，几步赶上前，双手紧握挑稻捆的冲担，向正昂头张着扁嘴扯黄澄澄的稻穗的鸭子横扫过去。不想，冲担尖快接近一排高昂的鸭脖子时，赶上来的杨百乐将长长的鸭篙子伸过去，鸭铲贴着鸭身插进泥土里，横扫的冲担"哗哗"地节节攀升，滑过一排竹节，停在杨百乐的手上。同时，偷吃谷子的鸭子，惊得"哄"的一声拍翅逃窜。

杨百乐握着冲担的一头，望着冲担另一头的陈九九，笑笑，说："九九，你好大劲儿，你看你，劲大也不能瞎用。鸭子是畜生，你和一群不会说话的畜生计较什么？"陈九九眼里忽地蹿起一股火苗儿，"呼呼"地射向杨百乐。杨百乐一愣，这不是指桑骂槐揭九九的短，骂他老婆是不会说话的畜生吗？知道自己失言，杨百乐急忙抬手给了自己一嘴巴，说："对不起，对不起，犯忌了，我是畜生，我是畜生。"陈九九双手用力抽回冲担，提着往两捆稻子之间的空隙走去。杨百乐笑笑，对着陈九九的背影，说："九九，我这里有大补丸，是我朋友从深圳那边寄给我的，看你这几天割谷捆稻挑草头，累得不像个人样儿，我送一粒给你补补，包你精神倍增像年轻小伙子。"杨百乐二十岁的时候，带着八十岁塆的柳絮儿私奔，在深圳呆过几年。尽管事情过去了三十多年，但谁又能保证他没几个一直保持联系的铁哥们？陈九九停了脚步，半信半疑地回头看着杨百乐。杨百乐信誓旦旦地说："我说的都是真的，远亲不如近邻嘛，我哄你干吗？并且我告诉你，这大补丸还有一个更神奇的地方，你过来我告诉你。"陈九九转过身，好奇又迟疑地看着杨百乐。杨百乐一跺脚，说："你连我都不信你还信哪个？我告诉你，这大补丸神奇就神奇在，它能让夫妻生活过得更带劲儿更有味儿，夫妻生活过好了，你老婆舒服了，还不得一切都听你的？夫妻生活你懂不懂？就是这样……"杨百乐双手臂环住鸭篙子，双掌"啪啪"地演示给陈九九看。陈九九满嘴的烟牙一亮，双眼笑眯眯地把冲担往田埂上一撞，说："行，你给我。"

后来杨彬仕塆人寻开心，问陈九九："九九，杨百乐给你的十全大补丸什么味儿？"陈九九也不避讳，龇牙一笑，说："也没什么味儿，我才吃了半粒，不到半个小时，我家房子开始摇晃，天上的太阳一跳一跳的，我就喊我儿子快跑，要地震了。"为了再现当时情景，陈九九表演情景剧一样张开双臂，撒开十指，哈着腰，像托着一面大磨盘，上下左右晃动，那神情把一塆人笑得前仰后合喘不过气儿。笑过后，有人接着问："后来呢？"陈九九摸摸后脑壳，说："后来我就什么都不晓得了。"陈九九当然不晓得后面的事情，他昏倒后人事不知。幸亏他儿子灵敏，把他抱到门前的马路上，往路中间一摆，跪在地上拦下一辆小车，把他送进了县人民医院急救室抢救。还算幸运，没落下什么大的病根。

3

陈九九年轻的时候也是一表人才，是婚姻把他折腾成现在这样。

骑龙顶紧邻茅江港，茅江港是长江的一个江汊子，是水陆交通衔接点，客货吞吐集散地。由于地势低，水患多，加上田地贫瘠，人们的日子过得清苦。因此，年轻的姑娘纷纷外嫁，希望借助婚姻改变命运。年轻的小伙子却铁板钉钉地钉在这片贫瘠的土地上，哪儿也去不了。里面的姑娘外嫁，外面的姑娘不来，出多进少，造成骑龙顶男女比例严重失调。当地有歌谣唱道："走进茅江港，一个姑娘十家抢。"可见婚配形势严峻，即使长得一表人才的陈九九也不例外。

如此严峻的形势，却没能影响陈九九满满的自信心。他神情笃定，没有饥不择食娶不到人，显出着急慌张的样子。他心里有一个姑娘，那就是八十岁垮的柳絮儿。柳絮儿夜夜入梦和他幽会嬉闹，让他酣畅淋漓不舍醒来。可是他不知道，柳絮儿和杨百乐已经是郎有情妾有意，秋波暗送情切切，他却沉浸在梦中乐此不疲。

陈九九不急，他父母替他急。他母亲开怀连生八胎女儿后才得了他这个"秋葫芦"儿，故起名九九。陈九九已经十九岁了，父母也已年过花甲，体弱多病的母亲催促父亲说："你赶紧给九儿找一门亲吧！我这身子骨儿一天不如一天了，今天脱的鞋，说不定明天就穿不上。死，我倒不怕，只要死前让我看上我孙子一眼，我也就心满意足安心闭眼了。"陈九九的父亲拍着胸脯对老婆说："你放心，我就是吃猛子（鄂东方言，扎猛子潜水的意思，表示决心之大）也要给九儿找一门亲，续上我们陈家的香火。我这就寻去。"尽管水里扎猛子对于陈九九的父亲来说就如吃饭咽菜一样正常，但水里憋气下沉终究还是耗体力和耐力的活儿。

陈九九父亲人高马大，体格健壮，无病无疾，杨彬仕湾人送他外号"大料"。此"大料"非食物佐料，而是指粗壮的木料。别看"大料"个子高大，走在路上如圆滚滚的粗木料，跳进茅江却是水中蛟龙，一个猛子扎下去，水波荡漾，人影全无。十多分钟后，人已经潜水到了茅江口，再往下就是长江了。为了给九儿寻一门亲，陈大料还真拿出了扎猛子精神，一心沉下去千寻万找左比右较，终于看好了一门亲。

女方在离骑龙顶二十里地的兰溪戴家洲，戴家洲仗着江滩坡地水草丰沛，养牛养羊成风。陈大料选了一个风和日丽的上午，打算悄悄去访一下女方。他顺手折一根桑树枝儿，掐头去叶拿在手里，装扮牛贩子，大摇大摆地走进戴家洲，点名道姓要找戴德坤。

可是没想到，刚进戴家洲地界儿，陈大料问的第一个人就是一个不会说话的姑娘。那姑娘一手拉着牛绳，一手挎着满满一竹篮子青草，身后还拖着一棵手腕粗的树杪，树杪枝条丰盛，累得她满脸的汗水直往下淌。陈大料问："这是戴家洲吧？请问戴德坤家怎么走？"姑娘睁着一双大眼，迷惑不解地看着陈大料开合的大嘴，停下来，放下手里的竹篮子和拖着的树杪，顺手抹了一把额上的汗水，指指自己的耳朵和嘴，向他摆了摆手，扬手指了指不远处的坡下，蹲下身子比画着扯草的动作。意思是说她耳朵听不到，嘴说不了，那边地里有人在扯杂草，你可以去问。陈大料一知半解地点点头，打算继续往前走。姑娘急了，伸手拦住陈大料的去路，叫嚣着连比带画地往坡下指。

叫嚣声惊动了坡下人，坡下冒出一个人头，断喝："做么事的？"话音刚落，那人已经从坡下跃起，往这边奔来。陈大料看着气愤愤奔过来的人，大声叫着解释道："我向她打听一个人，没招惹她。"姑娘也向那人比画着解释，来人点点头，说："明白了，你回去吧！"手心向内往外摆了摆，姑娘乖巧地捡起牛绳，挎上竹篮，拖着那棵树杪走了。那人调头问陈大料："你打听哪个？"陈大料说："戴德坤。"那人笑了笑，问："你认识戴德坤不？"陈大料实话实说："不认识。"那人又问："你找他做么事？"陈大料现编，说："听说他家要卖一头牛。"那人指指姑娘手里拉着的牛，说："是这头牛吗？"陈大料恍然大悟，马上联想到姑娘与面前这人的关系，便问："你就是戴德坤吧？"那人点了点头，说："没错，不过我没说过要卖牛的话。"陈大料就坡下驴地说："那是过话的人过错了，我再去别处看看，打扰了。"转身走了几步，停下，回头，说："你姑娘真能干，还是个热心快肠的人。"戴德坤点点头又摇摇头，长叹一声，说："她是个苦命的孩子，她娘走得早，三岁就没了娘，五岁就会洗衣服、做饭、操持家务、管教弟弟妹妹，亏了她。""你姑娘定亲了吧？"陈大料装着不经意地问道。戴德坤心思重重地说："还没呢！这孩子心气儿高，说了两回，人家没看上，她还看不上人家呢！"陈大料安慰说："你别急，那是婚姻没到，婚姻到了挡都挡不住。"

寒暄了几句后，陈大料与戴德坤道别。离开戴德坤有一段距离后，陈大料抿嘴窃笑，他没想到有如此的巧遇，他打心底里已经认定了这门亲。

可是，陈九九一听女方是个不会说话的姑娘，死活不同意。也难怪，一个有严重缺陷，交流都成问题的姑娘，能打败一个怎么瞧都让人赏心悦目，夜夜入九九梦乡的柳絮儿吗？怪只怪陈大料不知道儿子心里已经有人，他和儿子的想法完全不在一条道儿上，却在没有征得儿子同意的情况下，居然自作主张，在介绍人面前，把板直接拍了："行，就这孩子了。"好像过了这个村，前面再也找不到落脚儿的店了，他家九九也会因此找不到女人，会单身过一辈子，老陈家会从此断了延续下去的香火。

陈大料这板拍得介绍人心里一阵窃喜，对于介绍人来说，毕竟女方比陈大料这边更亲近一些，两边的孩子也都知根知底，介绍人心里那架天平上，早秤出了这一对儿女的轻重。但介绍人还不放心，盯着陈大料的双眼，铁锤下铆钉一样，说："大料，你站着比我高，坐着比我大，我乐意为你跑这个腿儿，是因为我看重你是一条汉子，你说的每一句话都硬如铁重如金，正所谓一诺千金，指的就是你这样的人。你说是吧？"陈大料接过话头，表态说："没错，我懂你的意思，我们都是男人，说出的话吐出的痰，哪有前面吐出来，后面舔回去的道理？放心，就这么定了。"一锤补下去，铆死了陈九九的婚姻大事。

4

陈大料稳稳地坐在堂屋上位上，左手端着汤圆大的瓷酒盅，右手夹着筷子，抿一口酒，夹一粒花生米送进嘴里，边嚼边劝说儿子陈九九，说："过日子屋里要有一个好女人，好女人能和你共心，能帮你勤扒苦做、节俭持家，那姑娘我访过，哪样都好，要人情有人情，要脸面有脸面，里里外外一把好手，是个过日子的好女人。就是不会说话，不会说话有什么，过日子哪有那么多的话好说？你看，我和你娘一天说不上一句话，日子不照样过得好好的？再说了，你睁眼好好看看整个茅江港，比你条件好的多的是，为什么没找到媳妇？你随便捡一坨土扔出去，都能打到一个三四十岁的单身汉。茅江港留不住女人啊！"

同桌吃饭的陈九九本不想开口说话，自从父亲给他寻了一个不会说话的对象后，父子俩一碰面就吵，吵得都不想吵了。陈九九只想一心闷头吃饭，吃完饭走人。可是，他听了父亲陈大料的酒话，火气一下子又蹿了上来，筷子往桌上一丢，饭碗一推，扭头看着陈大料，问："是你找老婆，还是我找老婆？"陈大料把手里的筷子往饭桌上一拍："混账东西，怎么和老子说话的？"陈九九的娘，见父子俩这阵势，早吓得浑身筛糠似的乱颤。陈九九不回话，起身离席往门外走去。陈大料喊道："老子的话还有说完，你往哪儿走？"快到大门口的陈九九，转过身，对上位的陈大料说："你不用说了，要我和一个不会说话的人结婚，活着也没什么意思，还不如死。"陈大料抓起桌上的酒盅，愤怒地向陈九九扔过去，手一指，说："你去，出门往右下坡就是茅江，我看着你跳。茅江哪一年不死人？也不多你一个。"年轻气盛的陈九九，双眼一翻，白多黑少地瞪着陈大料，说："好，你就等着收尸吧！"丢下话，转身往门外跑去。陈九九的娘喊一声："人咧……"一头栽倒在饭桌边，晕了过去。

5月的日头正当顶，风烈烈，茅江边白茫茫的茅草穗儿，一浪浪鬼魅般地涌动。陈九九的身影在白茫茫的茅草穗儿中闪电般地掠过，在杨彬仕埼人一片惊慌声中，抵达了茅江深水区的岸边。

可是，陈九九看着浑浊的江水，一漾漾地涌到脚边，他迟疑了。他呆呆地看着一望无际波光粼粼的江面，涌过来的机动船、小木舟，以及茅江岸边嘈杂的人流，像无声电影一样，在眼底晃动。尽管茅江港的人闻风而来，但他很难预测这么多人里，有没有人在他陈九九投身江中后伸出援手救他活着回到岸上。

站在陈九九身后的陈大料，对涌过来的人流，扬手断喝："都别管，我今天就看着你跳下去。你跳，你不跳下去就不是我陈家的种。"江边的陈九九腿肚子开始发软，他在后悔自己把自己逼到了水边。我要是这么一跳，死了，哪个会告诉柳絮儿我是为她而死？柳絮儿知道了会是怎么样？会为我流一滴眼泪吗？如果真能为我流一滴眼泪倒也值了，可是她会吗？陈九九越想心里越没底儿。

陈大料眼看着江面上和江岸边涌过来看热闹的人越来越多，他的面皮红一阵黑一阵。他边怂恿着儿子陈九九往江里跳，边一步步向陈九九靠近。他清楚，凭他的水性，陈九九就是真跳下去，顶多喝几口江水，不至于危及生命。可是他看出来了，他的儿子陈九九不敢冒这个险。他在心里对儿子骂道："你这个没用的东西，你不敢冒这个险，你还硬气往江边跑？丢八辈子祖宗，老子的脸都快被你丢净了。"陈大料忽然加速向儿子陈九九冲去，抓住儿子往回一拽，父子俩位置互换，陈大料一脚踏空，父子俩双双坠入江中。陈大料倒手拽住陈九九的头发，陈九九像仰面朝天的乌龟，双手在水中乱划。但这丝毫阻止不了他喝江水的节奏。陈大料拽住儿子的头发，往水里连按了几把，让他连喝了几口江水后，提起来问："你说，你是想活，还是想死？想死我成全你。"儿子连喘了几口气，缓过劲儿来，脖子一僵，不应声。陈大料说："那好，我成全你。"说着，又把陈九九按进水里，连灌了几口水，提起来又问："想活，还是想死？"陈九九只管喘气，闭口不答，陈大料骂道："你这个不成器的东西，你以为那柳絮儿看得上你？要看得上你，她还会和杨百乐偷偷好？不信你去八十岁塝打听打听，看我说的是真，还是假？"被淹得奄奄一息的陈九九，听了父亲带给他的信息，脑子忽然开窍了，有气无力地说："我还是活吧！"

很快，陈九九和戴家洲不会说话的姑娘戴桂宜结婚了。结婚后的陈九九成了杨彬仕塆人，甚至整个茅江港及周边人的笑话。"我还是活吧！"成了笑话中的经典语录。

5

小李书记从小林庵提水回来，见陈九九还坐在书记办公室里，饭碗丢在一边，向周航要扶贫。便笑笑，问："你还想活不？"

陈九九露出满嘴的烟牙，笑骂道："我要不想活找你们做么事？"小李书记说："我看你不想活了，要不你去看看楼下，看是哪个女人驮把竹丫扫帚来了。"陈九九一听，抓起饭碗就往门外跑。

可是晚了，陈九九和他老婆在楼梯口狭路相逢。陈九九一见，调头往另一头会议室跑去，小李书记和另一名工作队员拍手大笑。

周航几步跨到阳台中间，挡住了戴桂宜的去路。女人望周航展颜一笑，她永远忘不了炎热的天底下，她在楼下的水泥广场，正挥汗如雨地铺晒稻子，是扶贫工作队给她送去了矿泉水和甜甜的金银花露饮品。她放下扬起的竹丫扫帚，用手比画着，指指高高的太阳，拍拍屁股，往下蹲蹲，又指指陈九九消失的方向，在周航身上拍了拍，拿右手的食指在自己的脸上，连续刮了几下。意思是这么好的天气，陈九九不去做事，却跑这儿来找周航要扶贫，好脚好手的要扶贫羞不羞。尤其女人刮脸的样子，十分不屑。周航用手比画着告诉她："不能把人往绝路上逼，逼急了，陈九九会从后面窗口跳下去，摔断手脚还得她伺候。"女人知分寸地向周航点点头，收了竹丫扫帚，转身往楼下走了。

陈九九从另一头的会议室里探出头来，往这边看了看，问周航："走了？"小李书记逗他说："还没走，在书记办公室坐着。"他一听，缩回身子，关上了会议室的门。周航怕他真的会从后面翻窗跳楼，便大声喊道："陈九九，你老婆早走了，你活命了。"会议室的门打开了，陈九九缩手缩脚地走了出来，还不放心，小心翼翼地问："真走了？"周航肯定地说："走了。"接着又问："陈九九，你觉得你活得有点人样儿吗？"陈九九露出烟牙笑笑，说："我做梦都想活出个人样儿来，这不就在找你们帮我？"看着陈九九，周航为他感到悲哀。他没有回陈九九的话，转身回办公室，提起公文包出门下楼走了。陈九九不依，怀里抱着饭碗，跟在周航的后面哀求道："你就把我纳入扶贫对象吧！你说你扶贫扶哪个不是扶？"

陈九九的老婆回家放下了那把竹丫扫帚，不停空地又拿起笸箕木棒高粱扫帚，用手提着，肩扛扬杈，准备去新村部水泥场上磕芝麻。可抬头一看，陈九九紧紧跟在周航身后，蚂蟥一样地叮着不放。她丢了手里的零碎工具，又抄起那把竹丫扫帚，远远地叫嚣着追赶陈九九去了。

陈九九和他女人，为扶贫要与不要的问题拉锯战了1年多，彼此纠缠不清。直到骑龙顶村召开表彰大会，表彰"先进脱贫户"和"勤劳致富标兵"，村支部书记宣布陈九九为骑龙顶村"勤劳致富标兵"时，请陈九九上台领奖。陈九九一听，脑袋往后一缩，把他女人往前一推，指了指台上，比画着让他女人上台领奖。戴桂宜也不推辞，大踏步去领奖台上领回了奖牌。

领回奖牌后，戴桂宜在她家堂屋正中的白墙壁上，端端正正地悬挂好奖牌，拉着陈九九，指指奖牌，双手竖起大拇指，一手放在陈九九胸前，一手放在自己胸前，脸上笑成了一朵花儿。陈九九将竖在他胸前的大拇指送回去，指指墙角的两担水桶，边比画边说："别高兴了，该泼油菜水勤劳致富去了。"

说完，陈九九捡起地上的一担水桶，挑着先走了。戴桂宜挑着另一担水桶，两只水桶前后摇晃，像在跳一支欢快的舞蹈。

雅　人

1

腊月二十四晚上 10 点 30 分，骑龙顶村扶贫工作队长周航，正准备睡觉，手机"叮当——叮当——"连响了两声。

周航的老婆五朵衣服脱了一半，停下来，看了周航一眼没作声。周航半披着上衣，拿过手机，打开微信，原来是贫困户雅人来的信息。

雅人大名叫杨秋收，因为喜好古诗词，连说话都带点古诗词的味儿。一个开门脱脚下田畈，关门上床睡大觉的农民，有此雅好，自然鹤立鸡群，成为大众的笑料。因此，杨彬仕塆人送他一个"雅人"的雅号，这个雅号自然是贬义。

周航点开雅人的信息，跳出两张黑暗的小图。点开其中一张小图，一支红蜡烛占据了整个图片 2/3 的空间，那支红蜡烛在黑暗的背景下，如红翡翠般圆润优雅，线条优美，发出温暖的光芒。周航心里一暖，这是雅人给他最好的春节祝福。春节将至，来自包保对象户的祝福在浠水县上万名包保干部中，能有几人享受？至少他周航享受了。有此温暖的祝福，足见雅人对他周航三年来扶贫工作的肯定。周航微微一笑，说："到底是雅人，办的事儿雅致脱俗，难得他有一颗对扶贫工作感恩的心。"

五朵听了，好奇，凑过来，问："什么东西让你这么高兴？"周航得意地向老婆亮了亮手机信息，说："我的包保对象户的新年祝福。"回答完老婆的问话，周航点开了第二张小图。五朵扫了一眼，扭头疑惑地看了看周航，伸手在周航的额头上贴了贴，说："你脑门不发烧啊？怎么说胡话了？你看看，这是从幽深的黑暗里，看外面的灯火，可见拍照片的人是待在黑暗中的。这不是新年祝福。"

周航一惊，回头看了一眼五朵，给雅人发了一条信息，问："你这是在哪儿？"雅人很快回复了一首古诗词：

春上离家岁末回，乡音无改鬓毛飞。
垮人相见不相识，笑问客从何处归。

这是一首根据唐朝贺知章的《回乡偶书》，改写而成的诗句。周航一见，叫苦不迭："疏忽了，疏忽了，疏忽了一件大事。"边说边找衣服往身上套，套了一半又放弃了，吊着一只袖子又拿过床头的小包，翻了翻又放弃了，又拿起手机，翻找电话号码。五朵看着忙乱的周航，问："什么事儿让你慌成这样？"周航边低头翻找电话号码，边说："我的包保对象户杨秋收回家了。"五朵"哦"了一声，亦正亦邪地笑道："我还以为你在外养了'小三'打上门了，不就是贫困户回家过年吗？回就回呗，有什么大惊小怪的？"周航从正在翻找的电话号码中，抬头看了五朵一眼，说："刚才的照片你不都看见了？他是告诉我，家里没电，在点蜡烛照明……唉，算了，跟你一句两句话说不清楚。"回头继续翻找电话号码，翻出一个电话号码拨过去。

电话通了，一个中气十足的声音传过来，对方"喂"了一声，问："是周队长吧？这么晚了，你不陪老婆好好睡觉，找我干什么？"这要是过去，周航会和对方先打邪，然后再进入正题，但这次周航直入主题，问："李书记，8月份落实扶贫政策，对全村农电网进行改造，杨彬仕塆的杨秋收是不是电改改漏落了？"李书记叫李育秧，是骑龙顶村党支部书记。他在电话那头十分肯定地说："不可能，我记得很清楚，电改后杨秋收还在家住过一段时间，要是电改漏落了，他早就找上门了。有什么问题吗？"周航说："他家断电了，这马上就要过年了，没电怎么过年？这事儿我们得管。"李育秧说："有这事儿？你等等，我问问村里的电工。"电话立马就掐了。

周航从耳边拿下手机，看看五朵，摇了摇头，问："你都听到了，明白了吧？"五朵点点头，说："这年根岁末的，守着黑窟窿咚的老房子，也够凄凉了。"周航说："谁说不是呢？这不正在帮他解决？"

说话间，周航的手机响了，摁下接听键，电话那头的李育秧说："事情搞清楚了，上次电改，供电部门统一改用智能磁卡电表。为了方便缴费，杨秋收给供电部门提供了一张他本人的银行卡卡号，要求绑定他的电表直接缴费。可是阴差阳错，供电部门把杨秋收的银行卡绑到了他三哥杨秋播的电表上了，造成杨秋收的银行卡每月都在为杨秋播扣缴电费，而杨秋收自己的电表，却一直处于欠费状态。过去，每年杨秋收都是春秋两季外出打工，夏季和冬季在家待着。可是今年他有些反常，秋季出去后就一直没回家，这一次回来倒好，居然从外面带回一个女人。"周航一听，惊道："杨秋收带女人回骑龙顶了？"电话那头的李育秧十分肯定地说："的确带了一个女人回骑龙顶了。"周航笑笑，说："这是好事啊，只要是合理合法的，我们就得支持。"接着周航问："电改后，杨秋收是不是在家住过一段时间？"李育秧说："是的，正因为住过一段时间才欠费。过去片区电工是我们自己村的，杨秋收欠的电费都是电工帮兜着，等杨秋收从外地回来后再一次性付清。电改后，杨秋收的电表绑定银行卡，本来都是电工一手操办的，但电工早把这事儿忘得一干二净。因此，杨秋收所欠电费，电工依惯例还是帮他兜着。可是10月份的时候，巴河镇片区电工进行了一次大调整，新来的电工对过去的情况一无所知，欠费停电理所当然。"周航说："银行卡错绑是电力部门的失误，电力部门有责任和义务纠正错误。"李育秧说："道理是这样的，但杨秋收欠电费已是既成事实，按规定交清了电费还要罚滞纳金，但电费和滞纳金哪个出？杨秋收出？但杨秋收已经给了银行卡，让电力部门按月扣费。费用是扣了，但是扣费错缴了，这能说是他杨秋收的错？电工找杨秋收的三哥杨春播协调这事。可是杨春播一句话呛得电工半天说不出话。他问电工：'是我让你们帮我交电费了？没有，那是你们要帮我交的，既然我的电费都交清了，还哪来的费用？还哪来的滞纳金？'看看，杨秋播也有理。这年底日促的，事情越往后拖越麻烦，即使交清了电费和滞纳金，要接上电也难，电力部门得层层审批。人家都在忙着年终收尾的工作，哪来的工夫管这一家一事？"周航说："对于全镇甚至全村，一家一户用不上电是小事，但对于一家一户的杨秋收来说，别人亮亮堂堂地过年，他家却点着蜡烛过年，你我脸上无光心里也不安啊！无非就是多跑几趟路，多进几扇门，多说几句好话，只要能帮他接上电，这些都算不了什么。如果我们不帮他，他就更没办法了。要是因此把他带回来的女人弄跑了，你我可是要遭众怨的。你说是吧？这样，我明天过来，我们一起先去杨秋收家看看，再去找供电部门，明天一定要帮他把这个问题给解决了，怎么样？"李育秧在电话那头回道："这个聋子……行，这事就这么定了，明天见！"说完挂了电话。

五朵一直看着周航忙碌，直至忙完后，周航神情放松了下来，她才问："这个杨秋收是不是上次在微信上找你要电话号码的那位？"周航一时没反应过来，疑惑地看着老婆，问："要号码？要什么号码？"五朵说："要分管扶贫工作的副县长的电话号码啊！你忘了？"周航一拍脑门，说："对，就是他。"五朵再没作声，换上睡衣，钻进被窝睡了。

2

三年前，周航带着两名工作队员，代表文化局驻骑龙顶村，开展精准扶贫工作。刚进驻时，按精准扶贫政策规定，所有进入建档立卡的贫困户，都需要通过严格审核，也就是精准识别关。当精准识别到雅人的时候，雅人本人却在外地打工。听完村支部书记李育秧对雅人的介绍后，周航看了李育秧一眼，突然问："能联系杨秋收吗？我想和杨秋收说两句话。"李育秧半开玩笑半认真地说："不相信我们是吧？！"

自从2011年参与全省"万名干部进万村入万户"活动以来，周航在农村摸爬滚打了四年有余，一年换一个地方，已经连续换了三个乡镇四个村。这次是从巴河镇高家垴村的秀美乡村建设，转战到骑龙顶村的精准扶贫工作，看这架势，是要铁板钉钉——一头扎下来不换地方了。周航通过四年多的农村工作经验，看清了村一级领导班子的心态，在利益面前，村干部就像一个个商人，为村级集体经济和村民利益，力求利益最大化。落实到精准扶贫上，自然是努力争取更多的村民，进入精准扶贫建档立卡贫困户。但对于县委县政府派出的精准扶贫工作队，精准识别必须精准，它关系到整个扶贫工作的成败。因此，周航不敢有丝毫的大意。

周航见李育秧有点生气，便打邪，问李育秧："你不会舍不得几毛钱的电话费吧？"这招果然灵，一招制敌，李育秧听了，赌气地掏出手机，打开，像翻报账单据一样，"唰唰"地翻动着手机页面，找到杨秋收的手机号码拨过去。

好一会儿，电话里响起雅人的声音，李育秧打开免提键，宽大的会议室里，到处都是雅人粗门大嗓的声音，喂："我在济南的趵突泉边，趵突泉位居济南'七十二名泉'之首，被誉为'天下第一泉'，就是山东的济南啊……"李育秧将手机送到周航面前，说："来来来，你和他说两句儿，看你插得进去话不？我说他耳聋听不进去话，你还不相信。"周航不死心，问："你有他的电话号码一定和他联系过，你是怎么联系的？"李育秧反问道："现在通讯这么发达，要联系一个人还是问题吗？除了电话通话外，还有短信、微信、QQ，哪一样联系不了？"周航一拍脑门："对对对，你把他的微信号给我，我来和他聊聊。"

周航和雅人加了微信大约一个月后，问李育秧："杨秋收在外打工做什么职业？"李育秧讳莫如深地反问："你不是和他加了微信？你直接问他不就结了？"周航苦笑了一下，说："天大地大，遍地是宝，一箪食一瓢饮，弯腰即可。"李育秧哈哈一笑，说："这不已经告诉你了？"周航疑惑地望着李育秧，李育秧弯腰捡起地上一个烟盒。周航脱口而出："捡废品？"李育秧点点头，说："是的，不然他频繁地换地方，哪里有短期的工作让他干？记得开年三四月的时候，他发信息告诉我，他在桂林，这次一下子跳到山东济南趵突泉边。"周航说："这样的人纳入精准扶贫对象户，是不是需要考虑一下？"李育秧问："上次我们给他测算的年人均收入是多少？"周航不假思索地回答道："2151 元。"李育秧望着周航笑笑，周航以为他接着要问，贫困标准线是多少。但他没问，却说："杨秋收捡废品基本是河里打水河里用了。"河里打水河里用，是鄂东方言，意思是从哪里来回哪儿去，基本不剩下什么。

别人打工是冲着钱去的，而雅人打工，用雅人自己的话说，他打工不是为了钱。当此话一出，杨彬仕塆人"哄"的一声全乐歪了嘴。众人笑过后，有人比画着打趣他，问："你打工是为了找女人？"雅人生气了，雅人一生气，雅话儿跟着出来了："道不同，不相为谋，各从其志。"拂袖而去，众人哈哈一笑。

雅人每年选择春秋二季出外打工，是去看世界，开眼界。雅人是有想法的人，也是懂得生活的人。他的卧室墙壁上挂了一张中国地图，地图上有 1/3 的地方，被他标注了文字或画上了一个个形状各异的圆圈。每次出门前，雅人在中国地图上选定一个地方，再按图索骥地通过手机上网，查找该地区名胜古迹、风土人情和旅游景点，顺便研究一下旅游攻略。做足了这些功课后，他开始打点行装，准备出发。他的行装也简单，就一个黑色的背包，装上换洗的衣物和洗漱用具，背起来就是客，放下就是家。雅人每到一个地方，看完了当地的名胜古迹、山川美景，体验了当地的风土人情，品尝了当地的特色小吃，背起行囊继续前行。从此，这个地方在他的心里，算是画上了一个圆满的句号，再不会涉足了。

周航与雅人加上微信后，雅人听说他是文化局下派的驻村干部，以为找到了知音，隔三岔五地在微信上来几句雅话儿，雅话多半是古诗词。譬如："千山鸟飞绝，万径人踪灭。孤舟蓑笠翁，独钓寒江雪。"周航便知道，这是冬天雅人独坐家里，就一盘花生米，在自斟自饮自我陶醉，还有一点淡淡的忧伤。

譬如："泉眼无声惜细流，树阴照水爱晴柔。小荷才露尖尖角，早有蜻蜓立上头。"这是细雨霏霏的初夏，雅人坐在家门口，透过屋檐滴水，看着门前的荷塘，长出如翅欲飞的嫩荷，岸边翠柳依依，令他触景生情多愁善感。周航能准确地揣摩出雅人的心思，完全是受雅人第一次用雅话儿，告诉他职业的启发。

可是，生活并不都是阳春白雪。

突然有一天晚上，雅人不跟周航雅了，他给周航来了一句大实话："周队长，请问分管扶贫工作的副县长是谁？能把联系方式告诉我吗？"周航彼时一惊，从床上一头翻起，给雅人快速回了一条信息，问："有什么事吗？"贫困户点名要找分管的县领导，这事非同小可。作为骑龙顶村的扶贫工作队长，凡是涉及贫困户的事情，无论什么情况和问题，他周航都脱不了干系。此时，秋高气爽，雅人正在外地"打工"。

等了半天，屏幕没什么动静，周航补了一条信息，说："分管扶贫工作的是吴茂林副县长，对不起，我没有他的联系方式。有什么事能告诉我吗？"屏幕上很快跳出一条信息，说："我虽说是个残疾人，但有政治头脑。"周航一看，有点急眼了，这是不打算和他对话的意思。周航双手像鸡啄米一样，在屏幕上急速打出一排字："我知道，我们的工作有很多不到之处，希望你提出宝贵的意见。"雅人回复说："我们村贫困户精准识别不精不准。"接着又补一句："算了，你们下来扶贫也不容易，你们认真，村干部不配合也没办法。"周航看了这话，心里有一点被理解的温暖，但他不敢大意，话题必须继续："谢谢你对我们工作的理解和肯定。"

通过一个多小时你来我往的沟通，周航基本了解了雅人要反映的情况和问题，不过都是已经处理和纠正了的问题。

一个用最大功力的助听器，都解决不了听力问题的人，居然了解了骑龙顶村如此多的精准扶贫信息，令人惊叹和疑惑。要么雅人对精准扶贫工作很关注，一直都在收集来自方方面面的信息；要么是有不怕事儿大的人，有意从中挑拨。但无论哪一种，周航都不敢马虎。事后，大约半个月，雅人从湖南凤凰古城"打工"回来，周航带上纸笔去雅人的老屋，与雅人一起坐在一张小圆桌边，进行了一次面对面的笔谈。笔谈后，雅人的老屋大门上出现了一副对联，上联：看真贫真扶贫扶真贫；下联：要办法想办法有办法；横批：精准扶贫。

3

　　腊月，乡村蜿蜒起伏的水泥路上，忙碌的身影来往穿梭。狭窄的茅江港街上，挤满了手提的、肩挑的和推着铁架独轮车购买年货的人们，纸烛烟花炮仗、烟酒衣饰鞋帽、鱼肉糖果副食、碗筷厨房餐具……塞满了编织袋、纸箱、竹篮和独轮车架。时起时伏的鞭炮声，远远近近地响起，一再提醒人们：年来了。

　　雅人住在父母留给他的老屋里，老屋在杨彬仕塆西头进塆的一口水塘后，水塘里枯黑的荷秆上挑着破碎的荷叶，东倒西歪地在寒风里发出聒噪的"嗦嗦"声。水塘的高岸下有一口直径 1.5 米的大水井，井口边缘有 2 米方圆的井台，井台上的水泥呈黑灰色。在杨彬仕塆，只要提起这口水井，上点年龄的人都会双眼发亮地告诉你这口井的辉煌。但讲着讲着，双眼渐渐黯淡，那自然是这口水井开始走向没落。据杨彬仕塆人讲，这口大井建于 20 世纪 70 年代初，曾是杨彬仕塆三百多号人的生命之源。八十岁塆与杨彬仕塆有一岭相隔，杨彬仕塆住岭西，八十岁塆住岭东，那岭打通后，井水自然也是八十岁塆的生命源泉。井水清澈见底，清凉沁脾，夏天割谷挑草头，打谷扬场，舀一碗丢几粒糖精的井水，喝下去，一股清凉从心底漫上来，漫延全身，瞬间全身凉爽，精神抖擞。可是，骑龙顶村分田到户那年，妙才法师的老婆带着他的小女儿，到井台边提水洗衣服。那女人瘦瘦弱弱，到哪儿都无声无息，没想到小女儿掉进水井里，她还一如既往无声无息地洗她的衣服，毫无知觉。事后，杨彬仕塆人和八十岁塆人对这件事反复论证，结论是完全不可思议。但事实就是如此，更不可思议的是，接下来一个月之内，又连续有两个孩子掉进这口大水井里淹死了。一时之间，人心惶惶，人们私下议论，说是妙才法师的小女儿怕孤独，回阳间找陪伴，一找就是俩。自此，这口水井再也不是岭东、岭西两个塆的生命之源了。闲置若干年后，变身为爱干净的女人们洗衣刷鞋的水源了。

　　水塘高岸顶铺的是水泥路，路两边光秃秃的柳枝在轻轻地摆动。水泥路在雅人的老屋院墙外，成 Y 形分岔，左拐五六米是雅人的院门，右拐往南而去。南边有十多户人家，依仗着这条水泥路进出。

　　雅人住的是老屋，围墙外有六棵碗口粗的杉松，分立院门左右。红色的杉松松针被北风刮到树下的墙边，像红红的鞭炮屑儿散落一地。踩着蓬松绵软的杉松松针，走进没有闸门的院子，周航眼前一亮：院子内墙和老屋外墙都焕然一新了，不仅搓了糙了还刷了白。靠近院门立柱旁的白墙上，一首写了一半的唐诗，白墙黑字：

绝句

唐·杜甫

迟日江山丽，春风花草香。

泥融飞燕子，沙暖睡鸳鸯。

墙下有一只铁皮桶，桶壁上标注着"防晒耐热、防腐防锈、耐高温油漆"字样，桶盖上放着大小排笔和毛笔，大有甩开膀子干一场继续写下去的势头。再看老屋里，墙壁也是粉刷一新了，雅人正带着一个女人，在对开堂破肚后的堂屋进行清理。周航心里暗暗佩服雅人，虽然耳朵听不到，但心灵手巧。

李育秧一脚跨进院子，叫道："聋子吧——你这很像回事儿，有女人就是不一样，是打算好好过日子的架势。"正在弯腰往筅箕里上碎料渣土的女人，听到后面的声音，直起腰看了一眼来人，推了一下身边正专心看着自己的雅人，指指门外的院子。雅人扭头一看，扛着扁担就往门外跑，被女人拦住拿下了扁担。女人放下扁担，紧跟在雅人的身后迎出门。

雅人边往门外奔，边大声地背了一首李白的诗《望天门山》：

天门中断楚江开，碧水东流至此回。
两岸青山相对出，孤帆一片日边来。

背完接着说："领导上门访贫问困解难题，请进……哦，不能进了，屋里挖得一团糟，正在加紧施工，挑灯夜战。领导来了如果能帮我解决照明问题，我这工期就有保证。我们计划腊月二十八前完工，再和红玉去镇上领结婚证。"说着，侧身倾向李育秧，压低声音，说："你们不知道，我们一回来，杨彬仕塆差不多天天有人来瞧，向红玉问这问那的，像审贼一样。塆里都在议论我拐卖妇女呢！说我要不是拐卖妇女，哪会有这么漂亮的女人跟着我？"说完，雅人摸着后脑勺望着女人傻笑。女人上穿黑色羽绒服，下着蓝色牛仔裤，脚蹬一双男式军用品球鞋，嗔怪地瞪了他一眼，向雅人边比画边说："美得你，我们有言在先，不好好表现，我随时抽脚走人。"雅人咧嘴一笑，双手向两边一摊，对周航说："看看，我这像不像正在考察期间的干部？"李育秋哈哈一笑，说："你这干部考察得值。"

所有焦点汇集到女人身上，女人双颊腾的一下绯红。雅人侧头看了看女人，主动说："忘介绍了，她叫屠红玉，老家是湖南的，我在山西一座大山里捡回的宝贝。"女人顺手轻轻擂了雅人一拳，回头望着李育秋和周航点点头，说："他说的是实情，我被人拐卖到山西一座大山里，好不容易逃了出来，在山里跑了一天一夜，又渴又饿，刚好遇上他在那边旅游迷路了，救了我。如果不是他，我可能活不到走出大山。当然，我和他好，开始是怀着一种感激，但随着我们进一步的了解，我觉得杨秋收这人不错，是我想要找的人。"女人说着，抹了一把面颊。

周航和李育秋明显看到，女人抹掉的是眼里闪着的泪花，他们相信女人说的是真实情况。大过年的，他们不想冲了喜庆。周航看看高高大大的雅人和他身边的女人，再看看院里和老屋里翻修的场景，抬手向老屋内外一划，转移话题地问："这眼看就要过年了，你们这是要干什么？"雅人领会了周航的意思，双手往两边扇形打开，说："书画墙。墙内是唐诗宋词，墙外计划是二十四孝图。我想……让我们的孩子在这种氛围中成长。"

雅人说完，不好意思地看了一眼身边的女人。女人双眼一瞪，扭过身面向雅人，双手优雅地比画了一气。周航和李育秋傻子似的看看屠红玉，又看看雅人，不明白女人比画的什么意思。雅人看出了他们的尴尬，笑笑说："她提醒我，我还在考察期内，还没办理结婚证哪来的孩子？可是我们的想法总得长远一些才好，你们说是吧？"周航接过话，笑笑说："那是你们两口子的事，我们不参与，现在我们说说这个院子的事。这院子内外按你们的设计要是弄好了，文化氛围十分浓厚，我帮你们改一下，不叫书画墙，就叫文化小院。"

雅人张嘴望着周航，无动于衷。周航这才想起雅人听不到他说的话。周航习惯性地从自己的小背包里，刚要掏出笔和本子，却见雅人身边的女人拉拉雅人的衣袖，又比画了一番。雅人明白了，说："你这主意不错，按你说的就叫文化小院。"周航又问："你们回家有几天了吧？"女人接过话头，说："4天了。"周航心里叫苦不迭，身为帮扶责任人，自己的包保对象户回家，弄出这么大的动静，不是因为断电，恐怕自己到现在都还不知道，真是失职啊！更让周航不可思议的是，雅人出去才几个月，变化居然如此之大，不仅带回一个女人，还学会了手语。周航又问："家里不通电都几天了，怎么不找我们？"女人伶牙俐齿地回道："这不找了？一找你们就上门来了。"

周航接着问："怎么现在才想到找我们？"站在旁边的李育秧，好像看出了他的疑问，说："杨秋收是个自尊心很强的人，自己能解决的问题，绝不麻烦任何人。电的事，他凭借自己的力量努力过，但没有成功。所以不得不找我们出面解决，该我们出面的时候了。今天腊月二十五了，迟一天麻烦大一天，年终事儿多，找人办事都难。"周航这才想起此行专程而来的目的，便对李育秧说："你能不能把村电工叫来，这事儿他有责任。"李育秧说："电工我已经联系好了，马上就到。"

4

腊月三十的下午，骑龙顶村扶贫工作队队长周航正在家里贴春联，手机"叮当——"一声响了。

周航对正在给他打下手的五朵说，帮我打开看看。五朵不高兴地说："这都放假过年了，还放不下你那骑龙顶啊？"周航笑笑，说："看看，说不定是贫困户给我拜早年来了呢！"五朵边从周航的口袋里掏出手机，边说："美得你，腊月二十四杨秋收的祝福呢？不找你的麻烦就算烧高香了。"说话间，五朵已经打开了手机微信，周航发现老婆的双眼突然放亮，凑过来问："什么东西吸引了你？"五朵已经将一张图片放大了，是四个行书大字，"文化小院"。白底黑字的，用铝合金镂空的弧形托举，高高地亮在雅人院门的正上方，院门一左一右各挂一只大红的"囍"字灯笼。周航一看，高兴了，他丢下手里的活儿，抢过手机，说："来来来，我要问他个话。"周航调出雅人的对话框，问："考察过关了？结婚证拿到手了？"雅人回复："考察过没过关，我老婆没给我明确的答复，但结婚证是拿到手了。"周航将上次雅人发给他的那张红翡翠般圆润的红蜡烛，给雅人发了过去。所有的祝福和希望尽在此图中，以他们之间的默契，雅人应该懂。

接着，周航调出李育秧的电话，拨过去……电话中传来李育秧的声音："周队长，大过年的也不让人安生啊？又有什么事儿？"周航说："杨秋收那笔电费和滞纳金，在村里报账没道理，他是我的包保对象户，这钱还是由我私人来出。"李育秧突然问："周队长，问一个私密的事。"周航爽快地说："你问。"李育秧笑笑，问："你单位年终发了多少奖金？"周航一时没反应过来，如实地说："我们单位能把工资发到位就不错了，哪有什么奖金。"李育秧在电话那头一本正经地说："没有奖金啊？没有奖金你扶什么贫？"周航被李育秧问得哑口无言。李育秧接着说："这样，那笔电费和滞纳金由我们共同出了，扶贫是你们扶贫工作队的事，更是我们村干部的事。就这么定了。祝你新年快乐！"李育秧的话音刚落，周航还没来得及回话，楼下响起了铺天盖地的鞭炮声……年来了。

寻 魂

一

七十多岁的秧鸡婶不行了。

熟人问秧鸡婶的儿媳妇柳枝："婆婆怎么样了？"柳枝手一摊头一摇，叹一口长气，说："死又死不了，活又活不成，已经四天三夜，一直吊着一口气儿不走。"有人建议请鸦雀垮的杨半仙看看。

杨半仙走到秧鸡婶的床前，看了一眼，说："寿数冇到，魂丢了，找人寻魂吧！"

二

入夜，有星无月。

谷子伯左手拿一只破铁盆，右手拄一根刺槐木的拐杖，站在檀树咀山顶，仰头看天，低头看黑暗的四野，回头对柳枝说："开始了。"柳枝一听，身上的汗毛乍立，额头直冒冷汗，点点头："嗯、嗯。"声音都是颤抖的。

想想脚下的山腰，埋着毛竹林一代代先人的坟地，柳枝心里诅咒男人，你个砍脑壳的，男人事要我女人做。男人在外打工，打电话告诉柳枝，老娘要是死了，第一时间告诉他，他第一时间坐车赶回。因此，婆婆没死前，一应事项只能柳枝一个人支应。

谷子伯迎着深秋的夜风，擎起双手，用力一合，刺槐木拐杖敲在破铁盆上，"当"的一声，将夜幕生生撕开一条条裂缝，裂缝里灌满了凄凉的寻魂声：

"秧鸡儿——太阳下山了，你在青鱼塘冲扯秧，回啊——"

柳枝双腿打战，嘴里像嚼蚕豆儿，哆哆嗦嗦地回应："回……了……"

"秧鸡儿——天黑了，你在长八担薅田，回啊——"

柳枝儿应："回……了……"

"秧鸡儿——夜深了，你在袁庵冲割谷，回啊——"

柳枝儿应："回……了……"

…………

谷子伯喊一声，柳枝紧跟着应一声，声喊声应，传遍了毛竹林的山山水水。秧鸡婶在毛竹林的土地上，穷尽一生，生儿育女，相夫教子，把毛竹林的人、物都融进了血液里。谷子伯在喊的时候，脑子里涌现的全是秧鸡婶一怒一嗔一颦一笑。

谷子伯记得，秧鸡婶嫁到毛竹林时，只有十五岁。十五岁的秧鸡婶，细脚伶仃腿修长，走路就像稻田里穿梭的"秧鸡"。谷子伯第一次看到秧鸡婶时，脱口而出，给她取了一个"秧鸡"的绰号，让她一生一世抠都抠不掉。因此，秧鸡婶一直恨着谷子伯，恨得牙根痒。一直恨到有一天，秧鸡婶的男人蚕豆卷入中国的打工潮，一去不归。男人离她而去，秧鸡婶的天塌了，女人的天塌了，脸都顾不过来，哪还顾得了绰号的事？

可是，谷子伯觉得他不能不顾，人家男人没了，再要追着人家喊绰号，就有失男人的身份了。但他没想到，那不过是他谷子的一厢情愿，人家秧鸡婶根本就不买他的账。

那是 1983 年初冬，蚕豆失踪一年多了。在檀树咀山下的藕塘岸上，谷子伯与秧鸡婶狭路相逢。藕塘塘岸，一边是漫漾漾（形容水多得往外流）一塘清水，一边是半人深的烂泥田。秧鸡婶挑一担黄豆禾，汗抹水泄地进南岸往北走。走上藕塘岸时，秧鸡婶已经看到谷子伯，挑一担黑滋滋的土粪肥，从岸北而来，过了溢洪道，走出了十多米。但秧鸡婶像没看到一样，继续横冲直撞地往前走。岸北的谷子伯，也看到岸南来的秧鸡婶，他没有退回去避让。因为他看准了塘岸中段，有一块比较宽敞的地方，足够他们侧身而过。所以，谷子伯依然不紧不慢地往前走。到了塘岸中段宽敞的地方，谷子伯双手托住扁担，借力换肩，侧身面向藕塘水面，等着秧鸡婶和他错身。可是，秧鸡婶侧身快要过去的时候，后面一捆黄豆禾，不经意地扫了谷子伯的后腰，谷子伯反手一抓，抓空了，整个人倒向清水塘，"扑通"一声，溅起一片水花。秧鸡婶像没事儿人一样，挑着那担黄豆禾，头也不回地继续往前走，过溢洪道，上坡，登檀树咀。

谷子伯喝了几口冷水，从水中站起来，抹了一把脸上的水，昂首向天打了一个响亮的喷嚏，捧水洗了一把脸，看了一眼远去的秧鸡婶，什么话也没说，弯腰从水里捞起筬箕和扁担，爬上岸就往回走。

三

谷子伯走在前面，下檀树咀山，敲着那只破铁盆，叫："秧鸡儿——你过了葫芦山，一直回啊——"

柳枝紧紧跟在谷子伯的身后，应道："回……了……"

柳枝感觉她的婆婆真的就跟在她的身后，正一起往回走，婆婆的后面还跟着牛头马面的鬼卒。柳枝汗毛紧缩，步子凌乱，几次踩掉谷子伯的鞋后跟。被踩掉鞋后跟的谷子伯有点恼，破铁盆敲得更响，喊声也诡异：

"秧鸡儿——你到了藕塘莫恋水，跟着我们后面追，回啊——"

"回……回了。"

柳枝应得心打战，腿发软，好像牛头马面的鬼卒，正伸手抓她的心抓她的脚，她如落水的人捞救命稻草一样，伸手向谷子伯抓去，手指肚触到谷子伯后衣摆时，突然停住，慢慢又缩了回来。出门前，谷子伯再三交代，来去不回头，不说无关寻魂的话，更不得一惊一乍，只管应他的叫声。这一次，谷子伯的话就是王道，就是圣旨，她不敢违抗不敢不听，仿佛此时的谷子伯，能唤得死人翻身，活人倒地。谷子伯是说一不二的人，做出的事情往往令人瞠目结舌，毛竹林的人都见识过。

记得谷子伯的老伴去世那天，老天爷大雷大霍地下了一场透雨。大雨中，谷子伯的三儿子麦子，利用关系叫了一台救护车，风驰电掣般地把他娘从县人民医院一路护送回来。麦子满以为救护车能抢在他娘咽气前把他娘送回家，不至于让娘死在半路上，成为孤魂野鬼。可他娘到底没撑到回家，救护车赶到他家屋后，在刹车的一瞬间，便驾鹤西去。眼看着快到家的娘没气儿了，一路双手托着娘脑袋的麦子，整个人都傻了，神情木木的。可谷子伯不甘心，他抱起骨瘦如柴的老伴，冒着大雨往家里跑。家门口站满了他的儿孙和垮下的乡亲，谷子伯口无遮拦，大骂他的儿孙站在家门口等娘归。

可是，在举家悲痛伤情的时候，谷子伯居然没忘记，久旱逢甘雨的花生苗儿需要上肥。刚放下老伴的谷子伯，手挽一只塑料桶，肩负半蛇皮袋尿素出门了。所有人都看在眼里，没作声，麦子把这当是父亲过于悲伤，借故出门释放。所以，料理完娘的后事，麦子要接谷子伯去县城住一段时间，以缓解谷子伯心里的悲伤。可是谷子伯却信心满满地说："你不用管我，安心工作去吧！我好着哪，别看秧鸡比我小三岁，东头的豌豆爹比我小两岁，但我能活过他们，一定会走在他们的后面。"所谓的走，当然是离开人世，走上西天极乐世界。

麦子突然明白，面对母亲的离世，父亲快速调整了自己的心态，并且很成功。不然，在母亲去世那么悲伤的情况下，父亲居然还能想到田畈里的花生苗儿需要下肥，怎么解释？不过，这也没错，人死如灯灭，走的人回不了，留下的人要生存。说明父亲有信心，足够在没有母亲的照料下会活得很好。

可事实，完全出乎所有人的意料之外，谷子伯这种状态，只维持不到两年，性情大变，突然像一只无头的苍蝇，在田畈里、毛竹林的塆中和竹瓦街上，四处乱窜。

过去，牌桌上三差一，有人喊："谷子伯，三差一，凑一角？"牌桌一方的椅子给他拉开了，茶水给他泡好了。谷子伯会笑眯眯地走过去，往椅子上一坐，一手抓牌一手端起泡好的茶，连茶叶带汤水抿一口，说："好。"旁人完全不知道他是夸奖茶水好，还是他抓在手里的牌好。其实他是赞叹他的日子过得好，过得逍遥自在。也是，五个儿子都成家立业，儿孙满堂了，尽管五个儿子家境各不一样，忙碌不一样，嘘寒问暖关爱的程度不一样。但每个儿子的赡养费是一样的，手边钱用完了，说一声或打个电话招呼一声，钱立刻送到他的手上。手里不缺钱花，餐餐吃着老伴做的热粥热饭，种点力所能及的田地，养几只喜欢的家畜。牌桌上坐乏了，驮把锄头下畈转转；

农活做累了，到埫中到街上，往牌桌前一坐。这样的日子过得能不好？能不逍遥自在吗？

可是，现在牌桌上同样三差一，别人同样拉开一方的椅子，泡好了茶水，招呼他凑一角，他却手摇起花来，边走边说："不了，我有事。"说完就走了。他能有什么事呢？田畈里花生正在打苞儿，杂草比花生苗儿长得还高还绿还青翠，他驮着锄头走过去，见了心愁手软眼发晕。家里养的禽畜，不是忘了喂食就是忘了关埘门，今天走一只明天丢一只，渐渐悄无声息，干干净净。

四

"秧鸡儿——你到了家门口，跟我们一直往回走，回啊——"

转过屋角，家门口的灯光触手可及了，柳枝的胆量突然大增，回应的声音，再也不是拖声掖气儿哆哆嗦嗦，而是高亢嘹亮中尾音一路攀升上扬：

"回了——"

听到外面一喊一应，柳枝的女儿女婿、侄儿侄媳，和埫中留守的年轻女人们，嘻嘻哈哈地从柳枝的楼房里跑出来，站在大门口的灯光下，一人手上拿一部手机，调准镜头，等着他们一路走来。女儿想给柳枝拍一张突出的照片，不断地调整自己的站位，先是站在自家门口，后来又跑到婆婆的土砖瓦房门口，可总也找不到最佳角度，急了，对柳枝喊："妈，你往前走，快快快，你走前面来，我给你拍张照片发朋友圈。"

柳枝哪敢造次越位，不说她搬动谷子伯给婆婆寻魂的艰难，就这一路一喊一应地走下来，她的三魂七魄吓得四处躲藏，贴身穿的秋衫早汗透了，好不容易到了家门口，绝不能因为满足女儿发微信圈的欲望，让自己所有的努力前功尽弃。柳枝后悔听了旁人言，没事找事，跑去找鸦雀塆的杨半仙。如果不找杨半仙，就不会有这一场惊心动魄的寻魂路。

按说，寻魂不就是站在家门口，喊几句丢魂的人回家，哪个不会？可杨半仙却说，给婆婆寻魂，必须找一位上了年纪的老人，还得是对婆婆很了解的老人。只有很了解婆婆的人，才知道婆婆的魂丢哪儿了，得出门去寻，哪能站在家门口喊？

上了年纪并了解婆婆的人，在毛竹林有两位老人健在，一位是东头的豌豆爹。可豌豆爹长年哮喘，走一步歇三步，自己的魂还不知道在哪儿神游，哪寻得了别人的魂？除了豌豆爹，硕果仅存的只有谷子伯了。谷子伯看着身体比豌豆爹强多了，所以，寻魂的事儿只有找谷子伯了。可柳枝和谷子伯之间，因为婆婆，有过一点小矛盾。

细说起来，事儿很简单，不过是像饿汉寻食一样，四处乱窜的谷子伯，发现了一盘残羹剩饭，多逗留了一会儿而已。

一天清早，谷子伯睡不着，早早起床上了竹瓦街。到街上的时候，街上的商铺还没开门，西街瘦壳的包子铺，刚刚捅开煤炉子，坐上塔楼一样半人高的蒸笼。见了谷子伯，瘦壳热情地招呼："大哥起这么早，这是要去哪儿？"瘦壳和谷子伯，是平辈儿的本家兄弟，彼此亲近。谷子伯信手往上街一指，点点头，说："有点事儿。"说完匆匆而过。所谓的上街也就是竹瓦街的东街。谷子伯依次走过何氏农资超市、洋狗剃头铺、铁门紧闭的医院、棺材板改装的肉案、猪嘴铁匠铺、镇政府、和头儿炸米泡、花圈寿衣棺材铺、赵贵罐儿汤，不到一支烟的工夫，谷子伯便到了横穿东街的柳界公路。柳界公路往右是县城，往左是巴水河，公路两边商铺林立，间杂小吃早餐摊点。公路对面是菜市场，是竹瓦至团陂废弃的老公路。

谷子伯站在柳界公路边，一个个的早餐摊点看过去，没有对他胃口的吃食，看过来，摇摇头，转身往西街走，依次走过赵贵罐儿汤、花圈寿衣棺材铺……回到了瘦壳包子铺，刚好包子出笼，忙碌中的瘦壳不忘招呼他一声："大哥，吃冇？要不要来几个包子？"谷子伯也不客气，走过去，从撑棚子的树枝上，扯下一个白塑料袋，装了六个白馒头，丢下三块钱就走。瘦壳抓起案子上的钱往谷子伯身上塞，谷子伯死活不接，打架似的甩开瘦壳的纠缠，头也不回地走了。

谷子伯吃了两个馒头，留下的提在手上，一路晃晃悠悠地回到毛竹林。从后山的乡村公路进垸，是谷子伯的大儿子和二儿子两家的楼房。两家楼房之间留了一条通道，可通小车和神牛拖拉机。谷子伯穿过通道，要去前面，那是三儿子留下的一层楼房，前有院子，右有竹园，院内有四季青枝绿叶的橘子树，谷子伯住在那儿觉得舒服。去前面，要经过秧鸡婶的两连土砖瓦房，与左边泥土拍成的高岸形成的夹道。

谷子伯刚下大儿子门前的台阶，一群鸡在夹道中，与他迎面撞上。见了人，鸡群"轰"的一下，炸了群，怪叫着，拍翅四处逃窜。惊慌失措的秧鸡婶，手端一只葫芦瓢，出现在土砖瓦房的转角处，看了谷子伯一眼，说："谷子你大清早不在家到处跑，魂丢了？找魂？"谷子伯一愣，毕竟惊了人家的鸡，理亏。他笑了，说："秧鸡你这一提醒，我还真觉得是丢了魂，丢得还很早，好像是丢在藕塘了。你记得不？就是你挑黄豆禾，我挑土粪，你把我带进藕塘去的那次。"这话说得就有点暧昧了，碰巧柳枝到垸东头去，路过，捡了一个尾音。柳枝看了婆婆一眼，婆婆脸一红，生气了，说："谷子你把话说清楚，当时我在干岸上，好好的还挑着一担黄豆禾走了，怎么成了我把你带进藕塘去的？明明是你站的不是地方，自己掉水里去的，怎么好像我俩都在水里一样？"话说到这儿就有些纠结了，怎么说都有点解释不清。谷子伯一拍脑门："哎呀，你看我这记性，我拿了瘦壳的馒头还没给钱。回头再说，我先去付钱。"说完转身就跑，秧鸡姆哪肯善罢甘休，喊道："谷子，你个砍脑壳的，你魂丢了连话也说不清楚了？"

五

秧鸡姆和柳枝婆媳俩的房子，门排门，柳枝住楼房，秧鸡姆住土砖瓦房。楼房里大灯大亮，热热闹闹地开了三桌麻将，柳枝的儿女、女婿和侄儿侄女占了两桌，垮中的女人们占了一桌。土砖瓦房里灯光暗淡，先前蜂拥而上，拍照抢发微信圈的人，都回楼房里继续鏖战去了。

谷子伯跨过木门槛，敲一声破铁盆，高门大嗓地喊道：

"秧鸡儿——你抬脚进家门，回啊——"

跟着谷子伯，跨进土砖瓦房的柳枝，身上的汗毛噌噌直立，硬着头皮机械地回应："回了——"

"秧鸡儿——你进了大门进房门，回啊——"

"回了——"

"秧鸡儿——你回到房中睡大觉，一觉睡到大天光，睡啊——"

柳枝无意中往婆婆脸上扫了一眼，突然发现婆婆双眼皮跳了几下，嘴唇翕动。柳枝走神了，回应道："醒了——"

谷子回头看了柳枝一眼，柳枝指指婆婆，说："真的醒了，嘴在动。"谷子伯一阵惊喜，说："好像在说话，杨半仙果然厉害，你上去听听，看你婆婆说什么？"柳枝往后缩了缩，谷子伯看了柳枝一眼，走到秧鸡婶的床头边，侧耳凑上前去，听了一会儿，说："秧鸡儿，你还知道叫我坐啊！行，我坐。"柳枝顺杆儿爬，说："谷子伯，你陪我妈说说话儿，那边三差一，要我过去凑一角。"说完，没等谷子伯回话，脚底抹油，跑了。谷子伯真想叫住柳枝，问：现在就不怕我和你婆婆走得近，说话了？可问了又如何呢？

谷子伯看了看秧鸡婶，秧鸡婶又像睡着了一样，紧闭双眼。他叹了一口长气，顺手拉过一把木靠椅，坐在秧鸡婶的头边，说："你知道吗？那天我借故要付馒头钱跑了，跑到后山上一想，我为什么要跑？大不了我们大吵一架，总比心里无着无落到处乱窜，连个能说话的人都没有强吧？想通了这一点，我又转身往回走。"

"没想走到你家门口时，你站在大门里笑着问：'这么快把钱就送去了？'我说：'我突然想起来已经付过了。'你说：'钱送去了，你该把刚才的话说清楚吧！'我笑笑说：'要说的话多了，能说得清楚吗？'你说：'没事儿，我搬张椅子，你坐这儿慢慢说。'说着，你真的从屋里搬一张木板椅，往大门口一摆，说：'你先坐好，我去给你泡一杯茶来。'说完，你又回屋里，用粗瓷大碗，泡了满满一碗谷雨茶。我知道，那是从你家菜园种的茶树上采摘下来，经你亲手揉制的谷雨茶。闻一闻，清香扑鼻，回味绵长。但我不敢轻易下嘴，我想起了你和蚕豆结婚的时候，蚕豆要我陪着他，夫你娘家搬嫁妆的事。那次一路去了六个人，当时六个人搬嫁妆，算是很富裕的人家了。进门，你的姨娘表姐们看重我们，端出满满一盘子油炸粑，看着油汪汪的薄皮儿下映出馋涎欲滴的绿豆涵，我们眼馋得狠。可左等右等，就是没人给我们拿筷子。我提醒你男人蚕豆：'筷子。'蚕豆看了看你的姨娘表姐们，明白了，便说：'要什么筷子，我们各人不是自带了五双肉筷子？'说着，率先伸手去抓盘子里的油炸粑，一提，一盘子油炸粑，稻草穿鱼儿一样，都被提了起来，惹得一屋人哄笑。蚕豆也不含糊，双手上阵，将油炸粑中的丝线抽了，对我们说：'莫讲客气，吃！'我们伸手一人抓一个，急不可耐地往嘴里塞，咬一口，六双眼你望我，我望你。我伸手从嘴里，掏出一小块洗碗布，丢下手里的油炸粑，跑出门，大呕大吐。你家亲戚和垸里人，看着我们被捉弄的狼狈样子，乐翻了天。"

"我捧着粗瓷大碗，走神走得有点远，你提醒我说：'尝一口，看看我的手艺。'我问：'这里面没添点其他的作料吧？'你没明白，反问：'作料？还要么事作料？'看着你一脸茫然的样子，我放心了，端起粗瓷大碗，浅抿一口，笑着说：'没添作料好，天然纯正。'你说：'好就说正事儿。'我又喝了一大口，把碗放在地上，说：'那年在长八担扯秧，你连水带浆一秧把甩在我的脸上，害得我在家睡了一天。豌豆儿当时是队长，他不仅没说你半句不是，还扣了我五十个秧把的工分。'你说：'活该，哪个叫你喊我秧鸡儿，我叫柴小玲。'我说：'你现在问问，毛竹林哪个知道你叫柴小玲？'你说：'都是你喊出了名，刚进毛竹林喊我秧鸡儿，有了儿女喊我秧鸡婶，现在都喊我秧鸡婆了。'我拍着胯子大笑，指着你说：'你不就是个带了一窝小鸡儿的鸡婆？'你恼了，顺手从屋檐上抽出一根晒衣服的长竹篙，这次我坐着不动。见我没跑的意思，你作势要抽我的样子，我说：'你秧鸡儿再不为人，总不至于打上门客吧？'你笑笑，放下手里的篙子，说：'也是，伸手不打笑脸人。'你又问我：'要说的就这么多？'我说：'后山开辟土地打撞那次记得不？那次，十二个女人把我按倒在地，拉手的拉手，扯脚的扯脚，把我抬起来打撞，你倒好，跑到我的头上，弯腰露出屁股，让她们往上撞。这还不算，你还指挥六个女人抓住我的双脚，把我倒提起来，你拿一把铁锹，一只裤脚内灌了一锹沙土，搞得我一下午下身像砂纸一样，磨来擦去，烧裆烧得我嘴巴扯，你和女人们躲在一边偷着乐。'"

……

"那天上午，我们说了很多过去的事儿，说得很开心，以至于忘了你家柳枝会从竹瓦街上打牌回来。柳枝走到我们身边，翻了我们一眼，没作声。走到自家门口，抬脚将一只公鸡踢飞了，借鸡说事儿，说：'你不会在自家屋里待着，到处乱钻个鬼。'我见你脸色不好，起身回家了。"

"可是，事儿没完，柳枝把我俩在一起说话的事儿，添油加醋地和我大儿媳妇嘀咕。我大儿媳妇不好对我说什么，一个电话，捅到了县城我三儿麦子那儿。晚上麦子就给我打电话，话说得很委婉，让我没事儿去竹瓦街上打打小牌儿，不要待在垮里屁股大片的天里，把自己憋坏了，要我活得快乐点。这成天出来进去，两个肩膀扛一张嘴，找个能说话儿的人都难，能快乐吗？现在的人都忙，没人有闲心陪我们说话，我们彼此说说话儿有问题吗？有多大问题？秧鸡儿，你说呢？"

谷子伯侧身贴近秧鸡婶听了一下，他明明听到秧鸡婶应了他一声，还叹了一口气，可再听，却什么声音都没有了。房内暗淡的灯光闪了一下，谷子伯的心陡然一沉，再看秧鸡婶时，秧鸡婶头侧歪着——和谷子伯结了大半辈子怨的秧鸡婶走了。

六

夜深了，县城里的麦子刚入睡，一阵急骤的电话铃声，惊醒了他。

麦子抓起电话接听，父亲没头没脑地问："你明天能回来一趟吗？"听得出父亲的情绪很低落。麦子心里一惊，涌入脑子里的第一个念头，是不是老父亲有什么重要的事情，需要向他交代？6月份以后，麦子明显感觉到父亲的身体状况每况愈下。上次回家，老父亲居然拄上拐杖了，父亲对麦子解释说："头昏，心口板闭，怕一不留神摔跟头。"麦子带父亲找了一位老中医看了看。老中医给父亲号完脉，看了麦子一眼。麦子马上明白，父亲的身体出状况了。果然，父亲起身往门外走时，老中医将药单子递给麦子，悄悄叮嘱他，要特别注意，老人脉象非常弱，随时都有可能走。

麦子毫不含糊地对父亲说："行，我明天一早就回来。"父亲紧跟着又说："后面的秧鸡婶走了。"依然是没头没脑，麦子明白了，秧鸡婶这一走，父亲以后连看一眼能说上话的人的机会都没有了。那次为父亲和秧鸡婶说话儿的事，他听信了大嫂的胡言乱语，打电话阻止父亲和秧鸡婶来往。尽管那话儿说得委婉，但聪明的父亲一点就明。过后，他十分后悔，几次想给父亲解释，可有些话一旦出口永远都没有收回的可能。想想，还是放弃了。

第二天一早，麦子坐第一班车赶回了家。回家的时候，父亲已经穿戴整齐，对麦子说："你跟我一起去看看秧鸡婶。"

说完，父亲看了麦子一眼，拿起刺槐木拐杖，边往门外走边接着说："你是读书明事理的人，接触的人多见识多，识人识性比你那些兄弟强，你去看秧鸡婶，她高兴。"

麦子跟在父亲身后，走进了秧鸡婶低矮的土砖瓦房。低矮的土砖瓦房内干净整洁，墙壁屋角上没有一点蜘蛛网留下的黑吊儿。四壁上拉起了长长的绳子，上面已经挂了几张白纸祭文。堂屋上方的木桌上，趴着一位正在忙碌的老先生，老先生戴着一副老花镜，见麦子进门，招呼说："县城的秀才回来了，这活儿该你干，我这是班门弄斧献丑了。麦子和他谦虚一番。"

走进秧鸡婶的房内，父亲对麦子说，你给秧鸡婶敬炷香，磕个头。麦子顺从地走到下榻秧鸡婶的灵床前跪下。父亲说："秧鸡儿，我儿从县城赶回，给你磕头了。"麦子抽了三根香，双手捧着，送到长明灯的火焰上，翻转香头一一点燃。捧着香向秧鸡婶作了三个揖，插在香炉里，一落一起，毕恭毕敬地磕了三个头，父亲又说："秧鸡儿，我的时日也不多，你前面走，我后面跟着来。"麦子忽的一下，眼泪蒙住了双眼，他抽出一沓纸钱，烧了，再作三个揖，说："婶，我对不住您和父亲。"

长明灯上的灯花"嘭"一声炸开，火星四溅。

玉台山

一

晚上10点，杜仲关灯钻进被窝，准备睡觉。

"轰隆隆"，一阵震耳欲聋的机器轰鸣声，把刚刚进入梦乡的杜仲拉回到现实。杜仲很恼火，一把掀掉身上的被子，惊动了另一头儿的老伴。老伴木香蹬了他一脚，说："你抽筋啊？人小动静大。"

木香嘴里说的人小，是指杜仲的个子小。木香睡觉是绝不允许人打搅的，尤其是刚睡着被吵醒，天王老子她都敢顶撞。有一次，县委宣传部一位副部长，午后1点打电话给杜仲，可不知怎么回事，杜仲的电话突然不在服务区。副部长连续拨打了几次，提示都不在服务区，便改拨他家的座机。座机在木香睡觉的床头边，座机一响，还没等杜仲反应过来，突然被惊醒的木香顺手抓起话筒，吼道："你还要人安生不？没人。""啪"的一声挂了电话。也不问是谁打来的电话。副部长碰了一鼻子灰，回过头又打杜仲的手机。巧了，这次一拨，电话就通了。好在副部长人随和，什么也没说，只说正事，通知杜仲下午3点到县委宣传部开紧急会议。搞得杜仲开会时见了副部长，解释不是不解释也不是，挺尴尬的。

杜仲打开床头灯，歉意地说："不是我抽筋，是外面抽筋，都大半夜了，还不让人安生。"木香一语中的，说："人家掐的就是这个点，该睡的都睡了，哪个还管得了这些闲事？"

杜仲走到窗前，推开窗户，窗下的玉台山亮如白昼，白天死蛤蟆一样趴在山边，一动不动的挖掘机和渣土车，此时，像被神仙点化了，都活蹦乱跳的，挖掘机左右腾挪，渣土车来来往往。杜仲死守了两个多月的玉台山，正在被拆改瓜分。

"家贼难防啊！"杜仲重重地关上窗，回身摸手机，这才发现自己只穿一身单薄的内衣。老伴提醒说："身体可是自己的哦，别着凉了头痛，在床上要死要活地折腾就行。"但杜仲顾不了那么多，他拿起手机拨通了老部长的电话。

老部长叫厚朴，退休前在回澜县委宣传部工作，与文化人有着深厚的情谊。长期和文化人打交道，日久天长自然有了文化情结。

回澜县城有一条河穿境而过，上游筑坝成库，汇聚大别山南麓之水，蓄水抗旱、发电和人畜饮用，下游出口便是长江。两年前，回澜县将回澜河一河两岸，纳入回澜县城棚户区改造项目，利用国家棚户区改造政策，进行整体设计改造，依托一河两岸文化，计划将回澜县城打造成4A级景区。可是，工程范围涉及两千多户居民的拆迁、安置等一系列民生问题。县政府工作报告连续提了三年，换了一任县委书记和两任县长，举全县之力，启动了这项重大的民生工程。但启动后问题频出，老问题解决了，新问题又出现了。最为突出的问题是一河两岸文化的保护与开发商之间的利益冲突。

一般好地段都汇聚了丰富的文化资源，回澜县城一河两岸有八景，玉台山因玉台井而入八景之一。据《大清一统志》

载：玉台山在回澜县城东南角，是回澜县城的制高点，产白石如玉，故名玉台山。相传东汉末年曾任江州令的张道陵，后弃官修道，人称张天师，来此凿洞开井炼丹，后人称此洞为"仙人洞"，称此井为"丹井"。又据《回澜县简志》载：张天师炼丹已成者三，鸡食其一，化为凤，飞栖回澜河上游二里山中，故此山得名"凤栖山"，曾有苏轼书"凤栖石"石刻，后毁于文化大革命。清代名士张师圣有咏《登玉台山》："曲水环城堞，烟光望里奢。远山悬暮雨，娇鸟啭春花。井畔芳踪杳，洞门石径斜。丹成普化凤，何处妥仙槎。"玉台山北山脚下，据说就是苏轼来回澜县醉卧的绿杨桥，有其《西江月》词为证："照野弥弥浅浪，横空暖暖微霄。障泥未解玉骢骄，我醉欲眠芳草。可惜一溪风月，莫教踏碎琼瑶。解鞍欹枕绿杨桥，杜宇一声春晓。"

由此可见，玉台山蕴含了一山的文化资源，是回澜河文化的中心。可是玉台山南临回澜河，北依回澜县城最大的公立幼儿园，东靠一座贯通一河两岸四车道的大桥北出口，西傍是回澜县政府机关办事机构。是一片寸土寸金的黄金地带。

一河两岸整体开发方案出来后，县"一河两岸整体开发办公室"召集各路精英研讨，想听听方方面面的意见和声音。县一河两岸整体开发办公室主任由县委办公室王主任兼任，会议由县政府一名分管领导主持，县委书记苏野参加听取意见。可见会议规格之高。

回澜河一河两岸整体开发，通过计算机三维仿真软件技术，模拟真实环境高仿真虚拟图片展示，布局一目了然。宽窄建设集团公司副总、回澜河一河两岸工程部部长白及，第一个站起来说："我来讲两句。"

宽窄建设集团公司是回澜河一河两岸整体开发3个施工单

位之一。白及走到高仿真虚拟图前，伸手成抛物线状将玉台山画了一周，说："这里应该打造一片高档住宅小区，再在沿河公路旁，建造仿古一条街，集美食、购物和休闲于一体，岂不是景上添景金上镀金的美事？我个人认为，回澜河一河两岸整体开发，落脚点在开发和利用上，利用最小的成本产生最大的效益，这是核心。"

坐在会场一角的厚朴，一生视回澜古迹文化遗址如生命。他听了白及的建议，坚决反对将历史文化厚重的玉台山推平开发成高档住宅小区。白及的话音刚落，厚朴接过话题说："我赞成白总的观点，利用最小的成本产生最大的效益，但我不赞成他'毁古造新'的做法。请问白总：有什么价值大得过文化价值？文化是不可再生的稀缺资源，同样，玉台山历史文化是不可复制的，我们毁了玉台山，玉台山的历史文化随之就消亡了。"

白及插话说："武部长，我插一句。我很爱惜回澜河一河两岸文化，那是前人留给我们不可再生的文化资源，在保护历史文化方面你我观点一致。我所说的打造高档住宅小区，玉台山景点包含在其中，只是浓缩在高档住宅小区内，我觉得这样更接地气，更易于管理，文化传承也更长久。"

听了白及的高论，武厚朴毫不客气地反问道："你以为在你家后花园造个假山，就是历史就是文化，就是公共文化资源，是吧？"

这话说得有点重了，一下子就把白及堵得哑口无言。

会场顿时有了一股火药味儿，主持会议的副县长及时插话斡旋，说："二位少安毋躁，你们说得都很好，都有自己的真知灼见。至于玉台山是保留原样还是浓缩，县委、县政府会根据一河两岸的整体方案，慎重考虑玉台山的落实方案。这样，玉台山先放放，下面请大家说说一河两岸其他几个景点。大家有什么看法和意见都说说。"

可是，没想到玉台山这一放就是两个月，直放到工程机械进场。

杜仲家就在玉台山西面一栋五楼上，他家东面有一扇窗户，能将玉台山尽收眼底。工程机械一进场，杜仲第一时间打电话给武厚朴，武厚朴知道消息后，直接到县委找县委书记苏野对话，省了来来往往推诿拖延的麻烦。

二

电话接通后，因为着急，杜仲去了平时的客套，直奔主题，叫道："完了完了，玉台山全完了，我们白白坚守了两个多月。他们已经开始毁灭性的总攻了，武部长！"

往日，电话那头的武部长听了杜仲反馈的情况后，会淡定地说："你放心，他们翻不了天，玉台山不会有问题。"可是，这次杜仲反馈情况后，电话那头半天没什么动静。杜仲对着话筒轻轻喊了两声："武部长，武部长，武部长你没什么事儿吧？"话筒里传出电流的"嗞嗞"声。过了好一会儿，电话那头传来"咣"的一声，紧接着，是武部长的老伴涂医生的尖叫声。杜仲心里一紧，握紧话筒，喊道："武部长，武部长，武部长你怎么了？"回答他的是一串长长的忙音。

杜仲丢了电话，急急忙忙地找衣服。老伴问："怎么啦？出什么事了？深更半夜的，你穿衣服去哪里？"杜仲将一件羽绒服领口提起来，一个旋转，羽绒服到了背后，穿上，边拉拉链，边说："武部长可能出事了，我得去看看。"老伴问："这大半夜的你去哪儿看武部长？"杜仲愣住了，和武部长打了十多年的交道，他却从没登过武部长的家门，这时候的确不知道去哪儿能看到武部长。羽绒服的拉链"嗞"的一声打开了，杜仲手上带着愤怒，把脱下的羽绒服往床上一丢，在房间里来回地转圈儿。老伴不乐意了，说："你不睡觉我还要睡觉呢！要转去外面转去。"

杜仲停下来，看了老伴一眼，没作声，走到床边，捡起床上的羽绒服，穿上，拉好拉链，拿起床头的手电筒，说："我去下面看看，天气预报说明天有大暴雪。"木香不放心，说："这黑灯瞎火的去干什么？你这肉身还抵得住钢铁不成？"杜仲压住火气，问："你到底要我怎样？我在房里走两步，你嫌吵着你睡觉了。好，那我就去外面转转，可你还是有话说。"木香自知理亏，笑了，说："那你还是在房里转吧！我睡觉不管你了。"杜仲的倔劲上来了，不吃老伴那套，依然拿着手电筒出门了。

手电筒是两个月前武部长送给他的。那天，武部长把杜仲约到河对岸的文昌公园，站在凉亭之上，指着一河之隔的玉台山，说："我见过县委书记苏野，就一河两岸文化保护问题，我谈了自己的看法。苏书记表示同意我的看法，答应马上开县委常委扩大会，专题讨论一河两岸文化保护与开发问题。"听了武部长带给他的消息，杜仲很激动。自从前天工程机械进场后，他心里像有成千上万只蚂蚁在蠕动，却无能为力，他害怕那些"铁壳虫"动起来，像天狗吃月一样，把玉台山一点点蚕食掉。现在好了，只要县委一把手保护文化的意识上来了，事情就好办了。

看着杜仲一脸的高兴，武部长突然话锋一转，说："现在还不是高兴的时候，苏书记只说开会讨论，没硬性拍板叫停玉台山工程。只要玉台山工程机械一天不撤出玉台山，玉台山就有被夷为平地的危险。尽管苏书记表示，目前玉台山工程不涉及主体部分，但谁能保证主体以外的工程，不危及玉台山的文化保护呢？因此，在县委常委扩大会议召开前，玉台山能否保护得了，还有很大的变数。"杜仲一想，的确如此，他问武部长："那我们该怎么办？只要我能做的你尽管吩咐。"

武部长一笑，说："我要的就是你这句话，有一件事只有你做最合适。"说完，他转身从背后凉亭里，拿起一个精致的硬塑料袋，递给杜仲，说："这里有一把手电筒，一条毛巾和一件雨衣。"杜仲接过袋子，笑道："武部长这是江堤防汛的装备吧？"武部长说："你眼睛毒，这的确是我在任上最后一年，长江水位告急，所有的国家公职人员都放下手头的工作，被拉到长江大堤上，一个单位划分一段，分段防守，日夜巡查。防守人员人手一把手电筒、一条毛巾和一件雨衣。汛期结束后，我就退休了。工作交接完后，这套防汛标配退给了我。办公室的同志告诉我，这东西收回去，长时间不使用也是废品，不如交给各人保管。我说，保管不是为了来年再用吗？我都退休了，还用得上吗？办公室的同志笑笑说，退休不退岗，你还是拿着吧！说不定用得上呢？所以我就留了下来。没想到真的用上了。不过，毛巾不是当时的毛巾，雨衣我清洗晾干后一直保存着，手电筒我隔一段时间用用，充充电，还像新的一样亮。现在我把这些交给你了。"

杜仲从塑料袋内掏出一卷黄色警示带，疑惑地问："这给用"警示带"是……"还没问完，他突然明白了武部长的意思，说："武部长这是要我严防死守玉台山啊？"武部长笑了，说："正有此意，这活儿非你莫属了。你家紧挨玉台山，居高临下，有得天独厚的条件，这事儿只能拜托你了，一旦工程机械靠近玉台山主体，你第一时间告诉我。"杜仲抬起头，伸直腰板，说："武部长，保护祖宗留下来的宝贵财富，是我们每一位后世子孙义不容辞的责任，说什么拜托，这事儿我保证能干好。"武部长上前一步，双手紧握杜仲的手，说："我们一起努力吧！决不能让这宝贵的资源，毁在我们手里。"

杜仲是回澜县博物馆退休干部，文物专家，一生热衷于对本土历史文化研究，尤其对回澜河一河两岸的历史文化渊源情有独钟。武厚朴在仕途上走着走着，走到宣传部长这个位置上，就走不动了，一待就是十多年，直至退休。细想起来，他仕途的停滞，与本土的文物专家们不无关系。

这很好理解，一个长期浸泡在追本溯源的学究们之中，难免会沾染上学究们的职业病，这不是什么难事。学究们面对一处文物古迹，尽一切可能寻求历史真相，努力还原历史。这叫执着的学术精神。而他武厚朴呢？仕途之人，难得糊涂，可是他在该糊涂的时候，却表现出对学术的执着精神。仕途哪容得了你追本溯源要真相？仕途就是这样，我说你行，你不行也行；我说你不行，行也是不能行的。这就是真相。

杜仲和武厚朴走得近，喜欢说真话，他曾对武厚朴开玩笑说："武部长，别人是玩物丧志，你是爱物失仕途啊！"武厚朴听了，哈哈一笑，说："我乐意。"像个孩子，带着几分得意和自负。

杜仲领了守护玉台山的任务后，武厚朴带着他一同前往玉台山。

玉台山已经纳入工程施工作业面，被蓝色的铁板高高地围了起来。门里围成铁桶似的是玉台山，门外是车水马龙的大马路。两扇高大的铁门板，开合供工程机械出入；右边门板上留有一扇小门，开合供工作人员进出。武厚朴和杜仲走到小铁门前时，一位头戴黑色安全帽，嘴兜蓝色的医用口罩，身穿黑色制服的安保人员，伸手拦住了他们，说："施工重地，严禁入内。"

武厚朴什么没见过？他笑笑说："来来来，你来给我解释一下，你们这个工地有多重要？是战略要地，还是危化重地？"安保人员也不是吃素的，他霸气十足地回身往门里一比画，说："这里我说了算，我说它是施工重地，它就是施工重地。"

武厚朴脸一沉，不再和他纠缠，退后一步，掏出手机，给回澜县一河两岸整体开发办公室打电话。电话一接通，他说："我是武厚朴，麻烦你请宽窄建设集团公司的白及来玉台山一趟，我在这儿等他。"手机那边积极响应，连连说："好的好的，武部长您稍等，我这就联系。"

一旁的安保人员，一字不落地听清了通话内容。还没等武厚朴收起电话，安保人员已经往门侧后退了 1.5 米，将口罩往下拉了拉，让鼻尖顶住口罩上沿，露出半截脸，笑眉笑眼地说："您是武部长啊？怎么不早说，您请进您请进。"弯腰往门内指引。杜仲呵呵一笑，问："你不是说施工重地，严禁入内吗？"安保人员说："施工重地也要看人不是，对别人是施工重地，对你们就不是了。"杜仲反问："刚才对我们不也是重地？"武厚朴没作声，跨过铁门，几步就走远了。杜仲丢下尴尬的工作人员，跨进铁门，紧走几步赶上了武厚朴。

三

玉台山南面河边的施工作业面，在一步步蚕食着玉台山；北面在清理拆迁的房屋垃圾时，连带玉台山的山坡一并清理。所有的工程都是机械化作业，机器的轰鸣声，大型工程车来来往往的鸣笛声，像一把把割肉的刀，围着玉台山在慢条斯理地切割。玉台山像唐僧肉，在一点点被削减。

玉台山属回澜县公安局旧址，方圆一公里高墙之内自成一体。山顶北面坐北向南的是办公大楼，楼前是沥青铺地的操场，左侧是上山的沥青铺地的车道，入口处有两棵香樟树，树身有俩人合抱那么粗。杜仲家在大楼右侧围墙之外一座六层单元楼上，他家住五楼，东边木制玻璃窗正对操场。公安局没有搬迁的时候，公安战士每天早上晨练习操，傍晚跑步打篮球，居高临下尽收眼底。

武厚朴带着杜仲登上玉台山顶，搬迁后的山顶一片狼藉，办公大楼成了一片废墟，原来黑亮的操场地面，都是被扔下的烂桌烂椅破瓶破罐果皮烂屑。他们踏着废墟，沿山边东南西北走了一圈后，武厚朴问杜仲："我们从史料上得知，张天师在此凿洞开井炼丹，依你的研究，洞口应该在什么地方？玉台井离洞口有多远？还有，苏轼来回澜县醉卧的绿杨桥，绿杨桥是现在的老大桥，还是党政幼儿园到后街的出口的地方？这些，你能给我提供具体确切的位置吗？我现在需要这些来确定玉台山的保护范围。"

杜仲走到东南侧，指着山下一处杂木丛生的陡峭崖壁，对跟上来的武厚朴说："武部长你看，那片丛林下有一个洞口，我们曾冒险进去过一次。洞深50米，东西走向。洞入口高1米，里面洞高1.5米，白云岩石层坚硬如铁。离洞口8米深处，以8米点为圆心，有一处直径3米的圆形空间，圆形空间地面凸凹不平。清理浮尘后，若隐若现一幅阴阳八卦图。再往里走，在离洞口25米深处，以25米点为圆心，有一直径5米的圆形空间。在5米的圆形空间内的积尘中，我们取样通过化验，积尘中含有大量的碳元素。整个洞内，除了那幅阴阳八卦图和含有大量碳元素的积尘外，我们再没有找到《大清一统志》所载：张天师来此凿洞开井炼丹的直接证明。"

武厚朴笑笑说："一千多年什么毁不了？阴阳八卦图不就足以证明，此洞与道教有渊源？积尘中含有大量的碳元素，尽管不能直接证明是张天师炼丹所用的炭火材料，但至少不能否定有这种可能。再结合《大清一统志》所载传说，能说这是子虚乌有的事吗？你接着说说第二个问题。"

杜仲接着说："关于玉台井，据我考评，应该在洞口右侧下15米低洼的地方。你看，就在那棵最大的柳树旁，那儿有一直径50厘米，被淤泥砂石填塞的泉眼，水温冬暖夏凉。我们勘探过，泉眼深度9米，泉眼口径大小符合古井建筑风格。"武厚朴一边听着杜仲的介绍，一边想象着一千八百多年前，云游至此的张天师，身穿布衣，结庐而居，筑坛炼丹的情景。以至于杜仲移步前往北面，他还沉浸在自己的想象中。杜仲回头，唤一声："武部长。"他才如梦方醒，边应答，边移步往北面走去。

东面山坡上有两个人，一前一后往山顶走来。杜仲提醒："有人过来了。"武厚朴说："白及。"杜仲一时没明白，疑惑地看着他。他笑笑说："宽窄建设集团公司副总、工程部部长，也就是玉台山到回澜河上游1公里之内的开发商，后面是他的副手。我们继续。"可是，走到山腰的白及看到他们，边挥手边喊："武部长，武部长。"武厚朴皱皱眉，向一步步上来的白及招了一下手，算是打个招呼。回头对杜仲说："你继续。"

杜仲刚要开口，白及人未到话先到了："武部长，您过来怎么也不给我透个风儿，我好在这儿迎接您啊！刚接县领导的电话，才知道您来这儿视察工作。底下人不识数，为难您了吧？不好意思哈，我刚骂了他们，并且交代了，以后只要是武部长您来，我们的大门永远是敞开的。小朱，你记住这事，武部长是县领导，他来我们这儿，是对我们工作最大的支持。"和白及一起来的副手，长得黝黑粗壮，与白及站在一起，形成了鲜明的对比。白及个儿高，胖瘦匀称，外加一副怎么晒都晒不黑的好皮囊。小朱连连点头应承："好的好的，一定一定。"

武厚朴意味深长地笑了笑，说："那得谢谢白总了，我喜欢到处转转，以后少不了要麻烦你们。你们不会嫌弃我这老头子吧？"白及连连说："岂敢岂敢，武部长能来工地转转，是对我们工作最大的支持，我们欢迎还来不及呢！"武厚朴顺坡上岸，说："白总这么说我就放心了，请你来是有重要事和你商量。"白及点头诺诺，说："武部长有事尽管吩咐，千万别这么客气。"武厚朴说："那好，我们直奔主题，玉台山的重要性我不用多说你也知道。你是忙人，这一处施工你是有星难照月，我也不可能天天看着你们的人施工。不如这样，我们依据玉台山的文化核心，划定施工安全区和文化核心保护区，你看如何？"

白及哪有不答应的理由，当即点头说："这个办法好，武部长给我们划定施工安全区，我们也不用每天看着他们施工。武部长你不知道，我反复和他们强调无数次，施工的同时，一定要保护好玉台山的历史文化。您、我的想法是一致的。"武厚朴盯着白及，问："是吗？那太感谢白总了，回澜县人民不会忘记你的。"白及苦着脸说："武部长啊！我也是一个热爱文化的人，也怕毁了回澜河的历史文化，不想成为被回澜河人民戳着脊梁骨骂的历史罪人。你不知道，你那天在一河两岸整体开发讨论会上讲的话，我都记在心里了，文化的确是不可再生的稀缺资源。"

作为在政界摸爬滚打大半辈子的武厚朴，他太了解商人了，商人逐利，这是法则。所以商人在利益面前，说的话你不能全信。他微微一笑，说："非常感谢白总能理解我们的苦心。"
白及说："理解理解，必须理解。"他看了看杜仲手里提的塑料
袋，袋内黄色警示带他不陌生，是用来阻止非施工人员误入作
业区，他们在施工现场经常用。他明白了，武厚朴接下来要干
什么了。

　　白及掏出手机看了看时间，说："武部长，我还有一个会，
有什么事儿您尽管吩咐。小朱你留下，一定要全力协助配合好
武部长，划定两个区域。我先走一步。"趋前一步，向武厚朴
伸出双手要握。可突然想起来，疫情期间，不宜有肢体接触
的。他把伸到中途的手，改为上抬挥手告别动作。武厚朴不动
声色地问："划定施工安全区你不参与？"白及表态说："您是
领导，你划定施工安全区就是指令，我们一定照办。失陪失
陪。"且说且退，退到山边，一抱拳，一转身，往山下匆匆
走去。

四

　　隆冬，北风刮过山腰，黄色的警示带发出"呜呜"的响声，
仿佛对步步进逼的工程机械示警：不能再往前了。的确，再往
前就越过了施工安全区，进入文化核心保护区了。

　　杜仲左手提着一把铁锹，右手握着一面小红旗，沿着玉台
山黄色警示带巡视。黄色示警带在玉台山山间起伏，杜仲挂着
铁锹高一脚低一脚地走一圈后，发现了问题。工程看起来是在
文化核心保护区外作业，但却是贴着警示线往下垂直地挖掘，
把本该是斜坡挖成了悬崖峭壁。玉台山南面紧邻河边，示警线
下约两米是白云岩石层，底子硬雨水季抗崩塌。西边是紧贴山

体的建筑物，尽管山势陡峭，但历经风雨数十载，该风化崩塌的早已风化崩塌，保留下来的就是固若金汤的堡垒。唯有东面和北面，是小米一样金黄松散的沙质土，挖掘机一铲子下去，一方山体就没了。

杜仲奇怪了，工程已经进行到了示警线下了，自己每天都到自家东边窗前看着，居然没发现这个问题。原来，有两台挖掘机借助山体的遮挡，从东面像蚕吃桑叶一般，向示警线深度隐蔽地掘进，已经贴着示警线挖了一米多的垂直高度了。看来他们是知道杜仲的监视点和行踪。

杜仲几步赶到示警线前，手摇小红旗，示意挖掘机停止作业。可是，人家根本不理会他。开挖机的是一位年轻人，人家是计件拿钱，你一个白发苍苍的老头子闲得没事干，跑来捣什么蛋？挖掘机继续按部就班地掘进。杜仲急了，哧溜一下，贴着山体，沿示警线滑了下去。

挖掘机机斗在半空中抖了几下，停了下来。那年轻人从工位上伸出脑袋愤怒地吼道："你找棺材板啊？找棺材板找错地方了。"吼完，坐回工位，开动机械，移动机斗继续工作。他没时间和杜仲纠缠，人家要争分夺秒地工作、挣钱。可是，一声傲慢的怒吼，把本想好说好商量的杜仲惹火了，他如张飞横矛当阳桥，手握铁锹，跳到挖掘机新的作业面上，挥舞铁锹，完全是一副要拼命的架势。挖掘机这才熄了火。那年轻人掏出手机，拨了一组号码，对着手机说："朱总，你过来一下，有人在这里闹事。"说完，收机，坐在工位上，跷脚抬手点燃一支香烟，慢悠悠地抽着，等待手机那头的朱总过来，他懒得和面前这个老头子说话。

那天陪杜仲他们一起拉示警线的小朱，从山下那道蓝色的大铁门进来，跑步过来，听了杜仲的解释后笑着说："杜老师，我问你，这示警线是你们划定的吧？"杜仲回答："没错，是我们划定的，可是，你们不能这么挖法，这样挖下去，山体还能保住吗？"小朱说："山体保不保得住，那不是我们考虑的问题，我们严格按划定的区域作业。上面是文化核心区，这下边是我们的施工安全区，都是你们划定的，你们不能前面划定，后面又否定吧？再说，文化核心区小点就小点，意思到就行了，缩小的玉台山它不还是叫玉台山吗？"杜仲很生气，反问："你以为随便一个山就能叫玉台山吗？"小朱自知理亏，把手往前一挡，说："您有什么事儿找我们白总商量，好吗？"坐在工位上的年轻人补了一句："别和我们这些土里扒食的人说这些没用的，我们忙着呢！知道你这么闹一下，耽误我多少钱吗？少说这个数儿。"亮出散开的五指，接着说："五百元没了。"说完，开动机械，那架势是要送客了。

和他们再怎么说也没什么用。杜仲十分沮丧地退出了作业面，回到文化核心区内掏出手机，他得给武部长打电话，汇报现场的新情况。

武厚朴听完杜仲反映的情况后，电话安静了，安静得能听到彼此的呼吸声。杜仲知道武厚朴遇到棘手的问题了，当初拉示警线的时候，他们是沿着文化核心区的边缘走，完全没考虑边缘外山体的坡度问题。过了好一会儿，武厚朴像是自言自语，又像是对杜仲说："如果按他们现在施工的思路，继续不加阻止地进行下去，示警线下至少是15米的悬崖，很有可能会造成山体大滑坡，玉台山将灰飞烟灭。"杜仲回应道："是的。"武厚朴没有理会电话这头杜仲的回应，他继续沿着自己的思路说："难怪把玉台山围得水泄不通，他们可以瞒天过海地甩开膀子大干。不行，我得找县委书记苏野去。你等我的消息。"

可是，杜仲等来的却是连续的雨雪天气，加上总攻式毁灭性的挖掘，造成玉台山山崩地裂的大滑坡，东北面半个玉台山都趴下了。

在回澜古文化里摸爬滚打了大半辈子的杜仲，也趴下了。武厚朴给他打电话的时候，他已经躺在县人民医院了。电话是杜仲的老伴木香接的，武厚朴听到这个消息愣住了，过了好一会儿，像是自言自语说："对不起！"说完，轻轻地压了电话。

五

一年后，被夷为平地的玉台山原址上，吹糖人似的立起一片高档住宅小区，取名"玉台山小区"。小区呈品字形，建了三栋高层楼房，每栋三十三层，竖立在回澜河边，巍峨壮观。小区正中仿玉台山再造了一座微型小山，微型小山依据传说，建有张天师炼丹所凿之洞和所辟之井，洞在东侧杂木丛生的陡峭崖壁上，井在洞口右侧下低洼的地方，井旁有棵柳树。小山的北面依照传说建了一座小桥，取名"绿杨桥"，小山依原样推了一个缓坡，那就是苏东坡当年"我醉欲眠芳草"的地方。

某日，上面一位姓钟的领导来回澜县调研，看完河边集美食、购物和休闲于一体的仿古一条街后，信步走进玉台山小区，第一眼就看到了那座模型似的小山，好奇地问："这个小山有故事吧？"陪同的县委书记苏野上前一步，说："这里原有一座山，叫玉台山，相传苏轼来回澜醉卧绿杨桥，就在玉台山北面山坡下，有词为证：'照野弥弥浅浪，横空暖暖微霄。障泥未解玉骢骄，我醉欲眠芳草。可惜一溪风月，莫教踏碎琼瑶。解鞍欹枕绿杨桥，杜宇一声春晓。'这座小山原景原貌复制了玉台山。"钟领导回头看了一眼苏野，苏野突然意识到自己把自己架上了火堆，解释说："原来的玉台山因为一场大雪，出现山体大滑坡，毁塌严重，造成道路堵塞，我们不得不清理后重新规划。"

钟领导绕微型小山走了一圈后，说："这里有山有文化，好，不过，这里还差一件东西。"说着，双手一比画，苏野马上明白，说："您是说差一块石牌。"钟领导点点头，说："对，把玉台山的历史变迁载入其中，让人看了一目了然。毁了的恢复不了，珍惜现有的文化资源吧！""钟书记的指示高屋建瓴，我们马上落实。"苏野说完，回头对县一河两岸整体开发办公室主任，也就是县委办公室主任说："王主任，请你抓紧落实钟书记的指示精神，一周之内办好这件事情。"县委办公室主任连连表示："好的好的，我这就去落实。"说完，掏出手机，一旁落实去了。

一个小时后，撰写玉台山碑文的事，落在了县博物馆文博类有着正高级职称的杜仲头上。县文化和旅游局党委书记亲自给他打电话，是作为一项政治任务下达的，要求两天之内必须完成碑文，没有商量的余地。

当长长的碑文交到白及手上时，白及翻了翻满满三页纸的碑文后，对一河两岸办公室王主任笑笑说："这么长的碑文，我们要花不少的钱。"王主任脸上毫无生气地说："玉台山一山的文化，未必不值你一面碑文的钱。"白及看出王主任不高兴了，连忙说："值值值，我这就去办。"

数日后，微型玉台山前立起一面一人多高的碑石，上面刻满了密密麻麻的碑文。不是细心的人，谁有那个耐心去读完哩。

玉台山从此被森林般的楼群淹没了。

史无前例

一、高腔

深夜零点，巡堤上下班交接完毕。

回到江堤下的野猪滩民房里，困乏的吴非指着空调下并排的两张木板床，对小麦说："你睡里面那张。"说完，他一头倒在外面那张木板床上睡着了。睡梦中的吴非突然听那小子叫了一声"妈"，一头翻起，见那小子坐在里面那张床上，环抱双手，圆睁双眼唱开了："临行喝妈一碗酒，浑身是胆雄赳赳，鸠山设宴和我交朋友，千杯万盏会应酬……"

吴非以为那小子一时兴起，忍不住要吼两嗓子。他探身轻轻推了那小子一把，压低声音说："半夜了，该睡觉了。"那小子"哼"一声，顺势倒下，睡去了。

原来小麦由于兴奋，梦游的毛病犯了。他得提防着。

吴非是县京剧团团长，小麦是吴非招录的京剧演员。

八年前，县京剧团扩招，吴非带队到小麦所在的北部山区，挑选演员苗子。当时，小麦面临小学升初中，他和母亲正在考虑，要不要继续把书读下去。因为小麦有梦游的暗疾，不便示人。小学离家近，小麦早晚在家，暗疾除了家人，外人自然是不知道的。但进了初中，吃住都在学校，与同学们朝夕相处，小麦梦游的事儿难免不被人发现。因此，暗疾是小麦把书继续读下去的障碍，同时也是父母最大的一块心病。

天无绝人之路，吴非带着县京剧团扩招的使命，和他的扩招团队走进了小麦所在的十三小学。面试的时候，小麦唱的是现代京剧《红灯记》选段"浑身是胆雄赳赳"，那声音高亢激越，唱到动情处，一伸手、一转身，轮睛鼓眼的动作，把吴非镇得目瞪口呆。小麦那边刚落音，这边的吴团长桌上一拍巴掌，说："好，这小子我们要了。"一板就这样拍了，拍得同行的三位权威都没什么异议。那时候团长吴非并不知道小麦有梦游的毛病。

因为一个出色的小麦，吴非跑县政府、县财政局、县人社局、县文旅局，找局长、找县长签意见，递申请报告，联系市艺校委托代培。一个个的流程走下来，他始终是兴奋的。可是，小演员报到那天，小麦的母亲槐花一席话，却让吴非的兴奋劲儿一下子掉到了谷底。

那天，槐花带着小麦，拿着盖有县京剧团公章的录取通知书，找到吴非。千恩万谢一番后，神神秘秘地把吴非拉到避人的地方，低声下气地说："吴团长，有件事我考虑了很久，觉得还是告诉你的好。"

吴非微笑地看着槐花，问："什么事？你请讲。"槐花扭头看了儿子一眼，一副欲言又止的样子。吴非鼓励说："有什么困难你尽管讲，只要我能解决的一定帮你解决。"槐花一咬牙，说："我家小麦有病。"这不亚于京剧团演出时舞台垮塌。吴非睁大双眼，追问道："什么病？"小麦母亲说："梦游。"吴非稍稍松了一口气，他以为小麦有什么要命的大病。

但梦游尽管算不得什么大病，作为演员，将来长年在外演出，谁能保证不出什么大乱子？因此，吴非在惋惜的同时，心有不甘地问："是经常梦游吗？"这话问得有点含糊，槐花不好回答，吴非补充问："多长时间发生一次？"槐花明白了，说："这个没规律，有时候一年都不发，如果兴奋了，一年发两三次都有可能。"

京剧团大院内，家长带着孩子报到的，购买洗漱和床上用品的，出出进进吵吵嚷嚷。吴非回头看着孤零零的小麦，问槐花："你为什么要告诉我这些呢？"话语里有责备，也有同情。槐花听出来了，她觉得有点对不住吴非，低声说："纸是包不住火的。"说完，她抬头眼巴巴地看着吴非，等待这个能决定儿子命运的人开口。可是，吴非盯着小麦，沉默了。

再躺下，吴非怎么也睡不着。他摸过手机看了一眼时间，凌晨两点，正是睡好觉的时候。他扭头看了看里面床上，那小子正舒舒坦坦地在酣睡。他苦笑了一下，回头闭上双眼，想象眼前飘过一朵朵白云，白云下面是什么呢？

白云下面是连绵起伏的大山和郁郁葱葱的植被，那小子赶着几只如白云一样的小尾寒羊，一步步走过来。

和那小子一起招录的另外二十九名小演员，正在市艺校加紧训练，吴非每隔十天半月都要过去看看。县京剧团传到他这儿，已经半个多世纪了，昔日的辉煌都挂在老一辈艺术家的嘴上，印在出外演出推介的宣传册上，留在白纸黑字的县志里。招录新演员的目的很明确，县领导要求县京剧团，要重振雄风，恢复昔日的辉煌。因此，吴非不敢有丝毫的懈怠。

按说，招录的二十九名小演员，学习很努力，进步也很大，才三个月，小演员们唱、念、做、打，"四功"整得有模有样的。可是，吴非每次去市艺校，总感觉缺点什么，心里始终是空落落的。

究竟缺什么呢？吴非自己也说不清楚。直到有一天，小演员们列队站在他面前，目不转睛地看着他，等着他说点什么。吴非看着五纵六横站得整整齐齐的小演员们，他从左看到右，从前看到后，突然问："后面怎么少一个？"随行的一位副团长提醒他："不少，只有二十九名。"他脱口而出，问："我们招录的不是三十名吗？"突然愣住了，他想起小麦已经走了，这才意识到，他心里缺少的是小麦。唯一一位令他惊喜得不征求任何人的意见，独断专行拍板招录的小演员，现在却不在了。

从此，吴非心里放不下那小子了，老是问自己，那小子怎么样了呢？这样问得久了，他就想去看看那小子了。

9月的山里，经过一春一夏季风的抚慰，万物更迭，播下的在生长，生长的在成熟，成熟的在收割。吴非一路问到了小麦的家，小麦的母亲槐花站在家门口，双手拢嘴往对面山上喊了一嗓子，小麦在对面山坡上应了一声，那声调带着高亢激越的京腔味儿。过了一会儿，小麦赶着一群白羊，从山坡上下来，仿佛踩着一朵朵白云飘到吴非的面前。

可是小麦见了吴非，小脸一沉，扭头就往家里走，被槐花喊住了，说："见了客人要有礼貌，要和客人打招呼，喊吴团长好。"

吴非急忙给那小子打圆场，说："已经招呼了，我们是对眼神的。"说完，给小麦做了一套孙猴子抓耳挠腮的动作，那小子一下子被逗乐了。小子一高兴，吴非紧接着就问那小子："还想不想唱京戏？"那小子转身问："你是说我可以回京剧团了？"吴非点点头，说："我今天来就是接你回去的。"

槐花一脸的惊喜，连忙问："这是真的吗？吴团长你不是骗我们吧？小麦真的可以回剧团了吗？我这不是做梦吧？小麦天天盼着回剧团，快，小麦，快谢谢吴团长。吴团长，快进屋喝口水，他爸，快，贵客来了，杀鸡，不，杀羊，我们要好好招待我们的大恩人。"

午饭后，槐花给儿子小麦收拾好生活用品，还是不放心，问："吴团长，小麦会给你和剧团添麻烦吧？"吴非说："不会，小麦会给我们京剧团添光加彩的。"槐花心里有障碍，总担心这事还会反复，还会像上次那样，高高兴兴地去，灰头土脸地回。农村人本来脸面就窄，丢过一次脸面已经什么都没有了，再丢就是丢祖宗先人们的脸面了。她试探性地对吴非说："要不我给你写一份保证书，签上我和他爸的名字，保证小麦以后发生的任何事，与剧团都无关。"吴非明白了，槐花是想要一份他的签名，盖上京剧团公章的协议书。

吴非来之前，打算把小麦作为编外人员，先送市艺校学习，一是观察小麦梦游的暗疾是否严重，二是验证自己的判断，看看小麦的潜力如何，再决定是否将小麦收编为正式演员。现在看来他的想法是错误的，太简单了。不过，既然小麦的母亲主动要求写保证书，也就是主动消除了他的后顾之忧，让他没什么可担心的了。吴非爽快地说："好啊，我们同时签一份协议书，彼此都安心。"

吴非明明和那小子的母亲槐花签好协议书，拿上槐花夫妻的亲笔保证书，拉着那小子的手离开他的父母，怎么手里就没了那小子呢？

一梦惊醒，迷迷糊糊的吴非睁开双眼，发现一个人影拉开房门，走了出去。吴非扭头看了一眼那小子，哪还有小麦的影子？那小子开始梦游了。吴非翻身下床，紧随其后。

江堤下的野猪滩正在沉睡，西边有鸡鸣声传过来；江堤上的灯光，闲散地照过来，令人昏昏欲睡。

吴非手提一把铁锹，紧盯着前面那小子，若即若离。江水滔滔，高位运行，吴非真怕那小子如传说那样一路走进江里，一去不回。尽管京剧团有邱小麦父母的保证书，但防汛期间出现意外，作为单位负责人该承担的责任一点都少不了。这还不是关键，关键是吴非怕那小子真有什么闪失，对县京剧团将是毁灭性的打击。那小子通过吴非几年的精心培养和调教，果然如他所愿，成为县京剧团的台柱子，备受观众追捧，并得外号"震破天"。

那小子脚穿深筒雨鞋，一手拿着手电筒，一手提着一把铁锹，在盖过脚踝稠密的草丛里，弯腰仔细查看江堤堤脚的同时，嘴里还念叨个不停："查堤顶、查迎水坡、查背水坡、查堤脚、查平台、查穿堤建筑物；眼到、手到、耳到、脚到、工具物料随人到……"这是防汛指挥部《巡堤查险"六六五三三"要求》，要求每一位防汛人员烂熟于心，县纪委随时随机抽查。可是，文旅系统工作人员年龄普遍偏大，要让大家真正记得住，掌握得牢，不是一件容易的事情。于是，局领导想了一个办法，要求巡堤人员交接班的时候搞交接仪式。交接仪式上双方分列两排，背诵"六六五三三"要求，譬如：交班的背"六时"，接班的就背"六到"；交班的背"五到"，接班就背"三清"和"三快"。众志成城，声音洪亮，威震江河，提神带劲，这就记得住，掌握得牢，不怕纪委随时随机抽查了。搞到后来，大家倒一直念叨，纪委怎么不随时随机抽查了呢？好像纪委不抽查，辛辛苦苦背下来的"六六五三三"要求劳而无功。

小麦巡堤查险的路线，是大家惯走的路线：以住宿地为起点，右拐往西巡查到 30 号哨卡连接点，再折转往东，一路巡查到 28 号哨卡连接点，全程一公里的防线才算完成一轮巡查。30 号哨卡连接点是个大闸口，闸口里是一座货运码头，汛期闸口封闭，整个码头都在江水里。闸口外是十字路口，十字路口东西向，是上坡的沿江公路；南北向是闸口和直达县城的水泥公路。

前面转弯就是十字路口，吴非看看天，深蓝色的天空，星星像大米粒一样晶莹剔透；看看地，周围一片寂静。他担心那小子的诡异行为吓着当班巡查人员，同时，他也怕惊醒了梦游中的那小子。这种时候什么意外都有可能发生。防汛期间出现任何意外都是捅破天的大事。因此，他趁那小子查看迎水坡时悄悄溜到前面去了。

令吴非奇怪的是：他一直走到闸口，都没发现当班的巡查人员，倒是在闸口外的十字路口发现了一辆小车，车头正对着他。吴非好奇，这夜深人静，小车怎么停在十字路口中间呢？他走过去想一探究竟，没想到小车闪了两下灯光，原来车里有人。吴非一惊，大喊一声："干什么的？"这空寂无人的夜晚，遇上一辆反常的小车心里还是有些胆怯。

小车副驾车窗里探出一颗脑袋，说："我们是县纪委监委，在这里等了你们 1 小时 25 分钟，县防汛指挥部三令五申巡堤查险二十四小时不间断，你们为什么这么久才巡一次堤？巡堤为什么只有两个人？"

吴非心下叫苦不迭，喝凉水塞牙了，但既然撞上了就得应对。吴非几步凑上去，解释说："我们刚从这边巡查过去的，他们巡查那头去了，我们俩是进哨棚喝口水，没跟他们一起过去就到这边来了。"突然，车内有一个人喊："吴团长，你们守这段啊？"吴非心里一阵狂喜，这是熟人临危救场，他连连应声说："哦哦，是是是，是你啊！你们辛苦了，这大夜深的还在督查！"

三生折不了一熟，坐在副驾车位上的人口气和缓地指了指背水坡上的手电光，问："那人叫什么名字？巡堤查险就要像他那样，认真负责，不怕麻烦，不遗漏一处。"吴非顺着话儿说："是的是的，他叫邱小麦，是我们京剧团的演员。"那人一惊，紧跟一句："是外号'震破天'？"吴非说："对对对，就是他。"那人说："我们得向他学习。"说完，车灯大开，小车启动转向，往西上沿江公路走了。

小车一走，吴非马上打电话给文旅局带队领导，汇报纪委监委督查情况。带队领导吓得半天说不出话来，缓过劲儿后，一圈电话打下去，十万火急，当班人员像山上滚葫芦，一个个骨碌碌地滚下床，丢三落四地往江堤上跑。

那小子巡查到堤顶时，突然兴奋了，面对泱泱长江，高腔亮嗓："临行喝妈一碗酒，浑身是胆雄赳赳，鸠山设宴和我交朋友，千杯万盏会应酬……"

当班的巡查人员循声而来，欲上前制止这种深夜扰民的行为，被守候在此的吴非拦住，说："让他唱完，年轻人第一次经受这种考验，释放一下是好事。"

事隔一天后，全县纪委监委通报出来了，通报表彰邱小麦，巡堤查险认真负责，并号召全县党员干部向邱小麦学习。

29号哨卡及时组织防汛队员学习，那小子听了表彰通报，一脸无辜地问："这是我吗？这个时间点我不是和吴团长正在睡觉吗？吴团长，是这样的吗？"

吴团长笑笑，说："县纪委监委白纸黑字的文件还会有错？是你记错了。"

小麦挠挠脑袋，怎么也想不明白哪里出了问题。吴非说："错不了，那就是你，你不仅给我们京剧团争得了荣誉，更给我们文旅局的集体争得了荣誉，来一段高腔，庆祝一把。"

那小子一听，劲头十足，起身环抱双手，圆睁双眼，一个侧身亮相，高唱："临行喝妈一碗酒，浑身是胆雄赳赳，鸠山设宴和我交朋友，千杯万盏会应酬……"

声音高亢激越，直冲云霄。

二、长笛

深夜，川柏交完 7 点至 11 点的班，回到二号民房睡了。

川柏睡得正惬意时，被一声长笛硬生生地拽出了梦乡。他很恼火，这谁啊？深夜吹什么长笛。川柏是县京剧团乐队演奏员，为了生存，县京剧团也搞现代歌舞专场，各种西洋乐器自然少不了，川柏在现代歌舞专场演出时吹的就是长笛。他猛然睁开双眼，盯着天花板，双耳像雷达一样在房间里扫了一圈，确定了那长笛似的鼾声来自左侧上方的大床上。川柏记得很清楚，大床上睡的是桑椹和问荆，他们同在电影公司上班，桑椹是支部书记，问荆是副经理。

长笛似的鼾声从低音，婉转悠扬地往高音一路飙升，飙到不能再飙的时候，忽的一下，如高台跳水，入水无声。房间里一片寂静，静得掉一根绣花针都听得见。川柏以为天下太平了，可以接着睡觉了，他慢悠悠地又进入了梦乡。可是，忽的一声长"吁！"，大床上又响起了长笛声，依然从低音婉转悠扬地往高音一路飙升，飙到不能再飙的时候，忽的一下，如高台跳水入水无声。如此循环往复接连不断。

川柏一挺身坐了起来，发现大床上只有桑椹没有问荆。问荆是受不了桑椹的鼾声躲出去了吗？可是能躲哪儿去呢？租的民房里睡得满满当当的，江堤哨棚的集装箱里，不也睡着七八个人？还有堆放的防汛物资和一箱箱的方便面，同样是插脚不进。

川柏叹了一口气，硬着头皮倒下去继续睡觉，可是长笛似的鼾声再起时连身侧的床铺都震动了。这还要人活不？川柏恼了，抬脚一蹬，大床上的桑椹顺势一个侧翻身，川柏一见，大事不好，一个弹跳，抱住已经滚到床沿的身体。扳正身体一看，桑椹那管悠扬的长笛丝毫没受到影响，继续从低音往高音一路飙升，婉转悠扬。

川柏回到自己的矮床上，再也不敢折腾了。他扯两片卫生纸，搓成坨儿，塞住两只耳朵再蒙住头强迫自己睡觉。可是耳边"长笛"声声，连偶尔眯一会儿做个小梦都不可能了，搅得他一夜无眠。

屋外的小鸟开始此起彼伏地鸣叫，天快亮了，川柏干脆起床。走出大门，川柏发现问荆在大门口，正抱着一只塑料凳睡觉。他不好打搅，侧身绕过去，上江堤往29号哨棚走去。

局党委书记喜树左手端一杯水，半裸的手臂上挽一条白毛巾，右手握毛笔似的拿一把牙刷，牙刷上挤满了牙膏，刚走出29号哨棚，迎面撞上往里走的川柏。他问："川柏，你昨晚不是值过班了？不在下面睡觉来这里干什么？"川柏毫无表情地说："找地方睡觉。"喜树笑笑，问："你不是在下面睡觉吗？"川柏说："是在下面睡觉，可是没法儿睡。"喜树问："那是怎么回事儿？"川柏说："桑椹的鼾声像长笛似的能翻过山头。"喜树"哦"了一声，接着关切地说："你赶紧去里面那张床上眯一会儿，我洗漱完去堤上看看。"说完，喜树端着洗漱用具往江边去了。

作为文旅局党委书记，江堤29号哨棚的最高指挥官，他必须坐镇防汛最前沿的29号哨棚里。按县防汛指挥部要求，他得吃住在哨棚里，确保能第一时间在现场处置突发事件。因此，喜树在29号哨棚的集装箱里，有一个专属的铺位也在情理之中。川柏也不讲究，几步走到喜树的床铺前，往下一倒就睡着了。

早饭是在野猪滩农家菜馆吃的。农家菜馆门前有一条宽阔的水泥公路，公路两边是一排排的房子，往西三百米折转向东，是上江堤的 29 号哨棚；往东折转向南，是文旅局租住的民房。出农家菜馆，往西是当班巡堤查险的少数人；往东是待命和补瞌睡的多数人。

　　喜树吃完早饭，出门往西刚走几步，问荆便紧跟着赶上来，和他打了一声招呼，两人并排走过一段后，问荆开口道："郭书记，能不能再租一间房？"喜树侧脸看了问荆一眼，笑笑问："想清静？"问荆不好意思地笑了笑，说："桑椹的鼾声太大了，我昨晚和他睡一张床，硬是没办法睡，只好在大门外的塑料凳上趴了一夜。"喜树没作声。也难怪，再租房需要钱，现在只要提到钱的问题都头痛。问荆能理解，他接着说："再租房子的钱不要局里出。"喜树一笑，问："你出？"问荆脸上笑成一朵花儿似的说："我哪有那能耐？当然是单位出，这个我可以和桑椹书记商量。"喜树脸一沉，说："别说是单位出，你私人掏都不行，这是纪律。"问荆说："我这是为大家着想，巡堤这么辛苦，想好好睡个觉却被鼾声搅了，人没睡好觉哪来的精神巡堤查险？"喜树问："再租一间房就能保证大家都能睡好？"问荆说："再租一间房，把打鼾的人都安排到那里去，大家不就相安无事了？"喜树盯住问荆，问："就这么简单？"问荆迎着喜树的双眼，回道："是啊！就这么简单。"喜树摇摇头，说："恐怕行不通。你是想当然。"说完拍拍问荆的肩膀，往前走了。

　　问荆紧赶几步，又和喜树并排走着，再没说什么。走到 29 号哨棚前，两人分开，喜树往集装箱门口走，问荆沿着江堤继续往前走。问荆刚走几步，走到集装箱门口的喜树一脚门里一脚门外，回头招呼他："问荆，你叫桑椹来一下。"问荆应了一声，继续沿着江堤往前走，前面五百米左拐下江堤就到了租借的民房。

　　文旅局六十名防汛人员分两批次，轮流上江堤值守，二十四小时一轮，交接时间点是傍晚7点整。川柏他们回到县城休整一天后，刚刚缓过劲儿，又被一车拉到了江堤，继续前一天的巡堤查险工作。

　　桑椹下车，踩着落日的余晖回到二号房，悄悄塞给川柏一个包装盒，压低声音说："我送你一套眼罩和耳塞，你戴上能睡个好觉。"

　　川柏拿着包装盒，在手里旋转三百六十度，包装盒上的图案诱人，让人看了有想睡觉的感觉。但川柏却说："这玩意儿能屏蔽你婉转悠扬的长笛声不？"说完川柏自己忍不住笑了，桑椹很配合，边笑边说："你真是三句话不离本行，你是不是听到什么声音都像长笛？"川柏笑而不语。桑椹说："你先睡，我去江堤上跑跑步。"川柏问："你跑步怎么还长这一身赘肉呢？"桑椹说："过去哪跑过步哦！每天两点一线，不是在单位坐着就是回家躺着，日子过得悠闲，赘肉就悄悄上身了。这不，前天不是郭书记提醒我，我还不知道我的鼾声影响到你们睡觉。"川柏惊诧，问："你不知道自己打鼾？"桑椹说："怎么说呢？也就是这几年的事吧！我老婆开始打鼾，后来鼾声越来越大，吵得我不得安生，去年我干脆和她分床睡。睡了一段时间后，我老婆突然对我说，你打鼾吵着我睡觉了。我说她故意埋汰我，她就再没作声。没想到，我还真是打鼾。我怕身体出大问题，昨天去医院检查过了，医生说身体没什么毛病，打鼾是因为肥胖的原因，建议我加强锻炼。"川柏"哦"了一声，桑椹打开房门出去了。

　　问荆也得到了一副眼罩和耳塞，和川柏的一模一样。桑椹满以为这下三人都相安无事了。可是，问题远不是他想象的那么简单。

夜深，江堤上跳广场舞的女人们散场了，忙碌了一天的野猪滩渐渐安静了下来。川柏抢在桑椹回来睡觉前戴上眼罩耳塞，平躺在矮木床上，闭上眼，深呼吸，缓缓放松自己，想天上飘过的白云，想地上白茫茫一片棉花地，数一到一百的数字。可是不行，每一种别人试过的良方到他身上都不灵验了，他身上的每一个毛孔好像都张开着，都像有了听力，能听到屋外门前的枣树上小枣脱枝砸在地上的沉闷声；能听到东边的狗有一声没一声地吠叫；能听到江堤上巡堤查险人员走过的脚步声。每一种细微的响声都是那么清晰，都像是在催促他赶紧入眠。可是他睡不着，越是睡不着他越急，心里急的同时似乎又隐隐地期盼着什么。期盼什么呢？

川柏想起了一个段子：一位患心脏病的老人，楼上新搬来一位小伙子。晚上，老人睡得正酣，楼上突然响起"咣、咣"扔靴子的声音，此后每晚如是。时间一长，老人受不了，找上门说："小伙子，我有心脏病，你看晚上能不能别扔靴子呢？"小伙子礼貌地答应了。当天晚上，小伙子回来，"咣"的一声，他刚扔下一只靴子，另一只靴子还在手上，想起了楼下的老人，便双手托着第二只靴子，轻轻地放在地板上。第二天，老人找上门说："小伙子，你还是扔两只靴子吧！昨天晚上我等你第二只靴子落地，一夜没敢合眼。"

川柏突然明白，他等的不就是悬在老人心上的那只靴子落地？果然，当桑椹跑步回来，像长笛一样的鼾声响起时，他的心才落定踏实。

可是，心落定耳朵清净不了，桑椹长笛似的鼾声一起，婉转悠扬，声声入耳，令川柏烦躁不安。

川柏一头翻起来，抓掉眼罩，借助空调微弱的小绿灯，他发现问荆先于他坐在大床上，双手抱胸入定一般看着正前方。

听到响动，问荆扭过头，喉管里发出了一连串的"呵呵"声后，轻声问："耳塞眼罩也不管用吧？"不提还好，一提到耳塞眼罩川柏就来气。他一把甩掉眼罩，气愤地拔掉两个耳塞往大床上的桑椹砸过去，两个轻飘飘的耳塞，在长笛似的鼾声中如一粒尘埃，落地无声。问荆说："别费力气了，睡过山了牛都拉不回来。要不我们去江堤坐坐？"川柏点点头，说："好。"

说着，二人下床，轻轻摸出门，上了江堤 29 号哨棚。

三十位防汛人员，除每个班五名巡堤值守外，二十五个铺位一人一铺各据一位，没有多余的铺位倒腾。川柏和问荆一人提了一张塑料凳，坐在 29 号哨棚外，有一句没一句叽叽咕咕地聊着大天。

凉爽的江风吹上来，裹挟着他们梦幻般的夜话，吹进了集装箱里，送进了安睡的喜树和其他防汛人员的梦乡里。

喜树被惊扰了，惊扰后的喜树再也睡不着，起床走出集装箱，一看是川柏和问荆就明白怎么回事儿了。他轻声问："还是睡不着？"川柏说："郭书记，耳塞不顶事儿啊！"喜树问："你俩是白天的班吧？"川柏说："是咧！"问荆补充说："是上午 11 点到下午 3 点的班。""呜呜"，喜树的手机在振动，他掏出手机看了一眼，对川柏和问荆说："你俩去我的床上挤挤，赶紧睡一会儿，刚才气象台发出黄色预警，今天高温达到三十七摄氏度，注意休息和防暑降温。"

川柏和问荆借着微弱的夜光，对望了一眼，偷偷笑了一下，同时起身应道："好嘞。"几步跑进了集装箱。

川柏他们第三次轮岗上江堤时，文旅局已经有 4 间民房了。

文旅局另外租的一间民房，房主夫妻长年在外打工，家里只有一位双耳失聪的老人。用野猪滩村村主任的话说，在这房里睡觉不怕鼾声大，只要不把房子震塌了就行。房子有八成新，有老人的打理，干净整洁。

房子是有了，可分配是个问题。都是江堤防汛人员，都是文化人，都好个面子，你不能说这另租的一间房子是专门提供给鼾声大的人吧？这不明显带有歧视性质。怎么办？

喜树有办法，他打电话给桑椹，说："你上次提的意见，我和周局长商量了一下，按照你的意见再租了一间房子，这间房子就交由你来管理，你要落实好住宿人员。这个没什么问题吧？"在县城休整的桑椹，正在为他的鼾声而苦恼，一听说喜树又租了一间房子，有点不相信，问："郭书记，这是真的吗？"喜树说："你那鼾声太大了，吵得别人不得安生。"桑椹心里笑了，连声说："那是那是，你放心，在到达江堤前，我保证完成党组织交给我的这一光荣而艰巨的任务，保证落实到位。"

桑椹按喜树的要求，带走了四位鼾声大的人，都是清一色的肥胖，大家皆大欢喜。可是第四次轮岗时，睡到半夜，县纪委监委突然神兵天降，拿着名单数铺位查人头儿，1号、2号、3号房查完，纪委监委领导看看跟在身后的喜树，喜树马上明白，说："还有五个人住在另外的房子里，离这儿有点远。"领导问："为什么离那么远？带我去看看。"喜树前面带路，边走边解释原因。

到了野猪滩村主任说的不怕鼾声大的房子，纪委监委领导核实了人头后，突然回头问喜树："你知道什么情况下，灾难死的人最多吗？"喜树心里一震，知道坏事了。没等喜树回答，领导接着说："灾难来得突然迅猛，让人猝不及防。江堤防汛重在防，白天好说，到处都有眼睛盯着。那么晚上呢？难道让你们都睡得像死人？叫你们来是享福的吗？是不是想给你们每人开一个单间？"

喜树额头开始冒汗，诚惶诚恐地说："我们马上整改。"

领导说："你们都没有脑子吗？防汛期间，防汛队员什么状态最好？那就是在半睡半醒之间。"喜树马上表态说："领导批评得好，我们完全接受。"领导说："好，明天上午 10 点前把整改情况报给我。"说完，一行人踏着夜色走了。

听着渐行渐远的脚步声，所有人都看着喜树。喜树说："你们看着我干吗？你们以为是来旅游啊？从今天开始，所有的人都集中到一起睡。早晚沿江堤徒步锻炼一个小时，开始减肥！"说完也走了。

四个鼾友看着桑椹，桑椹一笑，说："谁叫我们平时胡吃海喝呢？"

于是，所有的人重新集中到一起睡，屏声静气，精神为之一振，听那彻夜长鸣的"警笛"，安然无事，胜利地完成了为期一个月防守江堤的任务。

还是领导英明。

三、管涌

江堤长天白日，值守寂寞难熬，没事儿找事儿的人少不了。

民房里，荆芥正在看《小说月报》，大青躺在一张木板床上刷手机，他刷到一个好玩的段子，忍不住和荆芥分享："你听听这个，一次培训，有一男一女同名同姓的学员，都姓李名péng。第一次见面，大家相互作自我介绍，女学员说，我叫李朋，在哪哪工作。轮到男学员，他说，我也叫李鹏，不过，我比她多个鸟……"还没念完，大青丢了手机，哈哈大笑。笑过后发现荆芥依然安静地看他的书，对他的段子没什么兴趣。大青觉得无趣，收了笑容，捡起手机继续刷。

屋外的枣树上一只蝉在鸣叫，另一只蝉在远处接应。大青刷了一会儿手机，觉得无聊翻身坐起来，下床向门外走去。门外的客厅里有人坐在塑料凳上，有人躺在躺椅里，边刷手机边有一句没一句地聊天。文旅局租借的另两间房里，有坐着聊天和刷手机的，也有躺着睡觉的，空调机都在"嗡嗡"地响着。大青巡视了一圈后走出大门，站在门口的枣树下。天上没有一丝儿云彩，头顶圆溜溜的青枣压弯了枣树枝条，挂不住的青枣掉在地上变成了霉烂的赤红色。江堤上有巡堤查险人员，戴着草帽扛着铁锹，从东边一字儿排开走过来，看见枣树下的大青，有人打趣说："大青，找红枣啊？红枣不在天上，在地下。"另一个人补刀笑道："哪在地下？明明在大青的裤裆里。"几个巡堤人"哄"的一声大笑，有年轻女人路过，掩嘴而去。

枣树上那只鸣叫的蝉好像被吓着了，静了声。大青瞧准一枚大枣，蹦起来，一伸手，像鸡啄虫子一样拽下了那枚大枣。同时，那只被吓着的蝉，"吱"的一声蹿了出去，飞向江边的柳树林里。大青张开手，看了看那枚大枣，觉得与树上其他枣子没什么区别。他双手合拢，捧着那枚大枣搓了搓，放进嘴里咬了一口，有淡淡的青气味儿，不甜也不涩。本想丢了，但一想，不妥，楼上住着主人，万一房主撞上，人家不说自己也觉得尴尬。你摘人家枣子糟蹋，主人肯定不高兴。大青咬了第二口，觉得寡淡，瞧了一眼楼上没人，丢进了草丛。

大青回到他的木板床上，继续刷手机。荆芥依然在看他的小说，大青刷了一会儿手机，突然说："想不想去看一个人？"见荆芥没什么反应，补充说："是一个女作者。"荆芥抬头看了大青一眼，大青心里有底儿了。

荆芥是县文化馆的文学辅导干部，自从十年前作为文学人才引进到文化馆后，他一边潜心个人文学创作，一边致力于发现和培养本县文学人才，不放过任何一个可培养的对象。大青是老作者了，知道荆芥的痒肉儿在哪里，他专瞧着荆芥的痒肉儿挠，说："那女作者写诗和散文，有时候也写小说。听说诗和散文写得还不错，要不要去看看？"荆芥放下书，笑着问："比你的爱情诗写得好？"

大青写爱情诗，被众人誉为爱情诗人是有典故的。有一次，大青失恋了，失恋的大青一晚上写下千行长诗，东方日出时，他把千行长诗往自己的QQ空间里一放，感动一大片，评论区光评论哗啦啦就占满了二十多页。可惜还是没有挽回他的爱情，倒是落下了爱情诗人的美誉。刚开始称他为爱情诗人，他涨红着脸老大不乐意，觉得别人在揭他的短，后来叫得多了，习惯了，也就欣然接受了。

大青嬉皮笑脸地回荆芥，说："你是吃这碗饭的，你最有发言权，所以得你亲自去看看。"荆芥盯着大青看了一眼，笑道："你不会又给人家写了千行长诗吧？"大青假戏真做，笑嘻嘻地说："是啊！不给她写长诗怎么知道她懂诗？这不帮你发现了一名业余作者，也算是给我县文学做了一点贡献吧？"荆芥哈哈一笑，合上书，说："好，那就看在你给文学做过贡献的分上，去看看你心中的女神。"

大青所说的女作者网名叫紫苏，在县堤防总段办公室上班。

堤防总段在野猪滩，一座四四方方院落，院落北面是门楼，正对水泥公路，大青他们去农家菜馆吃饭时，经常路经此处。院落的南面有扇低矮的小门，出小门就是江堤斜坡，斜坡右上方堤顶就是29号哨棚。

快要走进堤防总段门楼时，低头鼓捣微信的大青突然抬头对荆芥说："今天有市领导下来督查防汛工作，中午在堤防总段吃饭，紫苏他们正在厨房帮厨。"荆芥停下脚步，看了大青一眼，说："那我们还去干什么？"说着，转身要往回走，大青一把拉住说："来都来了，去堤防总段看看又何妨。"也是，从大处说，江堤防汛，他们担负的是共同的责任和义务；从小处说，他们这是替堤防总段分忧解难。因此，到堤防总段串个门，也是顺理成章的事情。

堤防总段院子里种着红、黄、绿、橙各种花卉，错落有致。大青在前，一直往主楼走，主楼大厅门口左侧是疫情期间公共场所的标配，一张红色条桌上摆放着测温枪、75%酒精的喷壶和登记表。一名工作人员拦住他们，问："你们找人吗？"大青说："是的，我们找办公室小姜。"工作人员说："请登记。"手指条桌上的登记表。大青按登记表上的要求，填写好姓名单位和联系方式后，工作人员说："小姜他们在厨房帮厨。"大青说："知道，谢谢！"说着，拿起酒精喷壶在自己手上喷了几下递给荆芥，边搓手边往里直走。左转时，他回头看了荆芥一眼，荆芥晃晃手，示意他只管走自己的，他会紧跟其后。

大青还是等荆芥走近了，指着前面长长的走廊，说："那边有烟火气，应该是厨房。"说着，往走廊的尽头走去。快到尽头，荆芥发现走廊两边各有一间餐厅，摆着餐桌和木椅，左边那间餐厅有人正在弯腰拖地。进厨房，大青径直往案板旁边走过去，在一位穿黑色连衣裙的女人肩头拍了一下。那女人手里正拿着菜刀在切茄子，忽的一下左转身，右手明晃晃的菜刀正对着大青，吓得大青往后退了一步，说："家门，是我，大青。"那女人看清人后，哈哈一笑，放下菜刀，问："你怎么来了？"大青嘴瘪，说："找家门啊！不欢迎啊？"那女人笑着，说："醉翁之意不在酒，找你的诗友吧？"大青双眼笑眯眯地说："含蓄点撒！说这么直接干吗？"那女人说："说中了吧？"说过后，发现大青后面还有一个人，便问："这位是……？"大青连忙介绍说："哦，这是我县大作家，县文化馆文学辅导老师陆荆芥，陆老师。"那女人双手一拍，惊道："啊，陆老师光临，网上看过陆老师的小说。"说着，高声喊道："小姜，陆老师找你。"

厨房里男男女女都朝这边看，闹得荆芥都不好意思了，连连说："哪有什么老师，就是文化馆一般工作人员。"

刚才餐厅里拖地的就是小姜，她听了喊声，放下手里的活儿，走进厨房，见了大青笑笑，说："原来是大诗人来了，陆老师好。走，到我们办公室去坐坐。"说完，前面引路，带他们去了大厅右侧第一间办公室。

大青屁股刚落座，见小姜拿茶叶，他便起身走到小姜身边替她摆纸杯，小姜放好了茶叶，他提着开水瓶准备倒，小姜说："你是客人，我来吧！"大青抓住开水瓶不放手，说："你可不能把我当客人，这里只有一个客人，那就是大作家荆芥先生。"荆芥听了有点不乐意，方寸之外我们还是同路人，怎么到这方寸之地你大青却摇身一变成主人了呢？他接过话头说："对对对，小姜你就让他倒，大青热情好客，到哪儿都不拿自己当外人。"前半句说得大青舒坦，后半句就像一粒沙子有点硌牙。大青倒完水，借转身放开水瓶的当口白了荆芥一眼。荆芥装着没看见，边道谢，边双手接过小姜送上来的茶水。小姜微笑道："你是老师，别太客气。"大青插话说："小姜，你看他像客气人吗？"荆芥笑笑，没作声。

一杯水象征性地浅抿两口后，荆芥放下茶杯，说："你先忙，不打搅了。"起身道谢往门口走去。弄得刚端茶杯在手的大青，喝也不是，放也不是，只得端着茶杯随同荆芥往门口走。小姜说："真不好意思，的确太忙了，欢迎常来。"荆芥回头刚想回应，大青抢先说："没事没事，我们离得近，出了后门就是我们的防汛点，来去方便。哦，想起来了，你不是写过几个短篇小说？陆老师是行家，可以给他看看。"小姜双眼亮了一下，客气地说："我那上不了台面的东西，陆老师看了会笑话。"大青大包大揽地说："不会不会，陆老师为人挺随和的。"小姜看了一眼荆芥，笑笑说："谢谢，改天一定请教陆老师！"

清晨，睡了一晚的大青一头翻起来，拉上荆芥就往江堤走。

两人在江边的台阶上并排坐下后，荆芥问："有事？"大青看看荆芥，说："没事，就是拉你出来呼吸一下江边的新鲜空气，你不觉得早上的空气很新鲜吗？"荆芥说："我数三下，不说我就走人，一、二……"

"三"即将出口，大青举手叫道："我说我说，的确有事。"荆芥哈哈一笑，说："能让你大青如此上心不外乎一种可能，那就是小姜的事。说吧！什么事？"大青向荆芥竖起大拇指，说："高，实在是高。的确是小姜的事，并且你心里肯定也知道什么事儿。"荆芥笑笑说："当然，你那肚子装了几斤几两油我太清楚了。"大青说："那我就不转弯抹角多费口舌。小姜传了两篇小说给我，让我找你看看。"荆芥扭头望着大青笑了笑，大青马上明白那笑是有意味儿，连忙解释说："不是你想的那样，小姜说她有点怕你，那天见到你时你没发现她很紧张？"荆芥说："别解释了，越解释越显得有些假。小说呢？给我看看。"大青说："在我手机里，我这就传给你。"说完，手指像鸡啄米似的忙碌一通，一声鸟鸣，荆芥说："过来了。"

荆芥掏出手机，打开后屏幕上跳出两个文件，他点开了一篇题为《青铜镜》的小说。这是一篇传统文化题材的小说，荆芥以为这样一位初学写作者写不好具有传统文化含量的小说。可是没想到，他刚看了一段，就被小说的语言打动了。身边的江水泱泱，绿柳依依，水鸟穿梭其中，绿柳下的渔船随风荡漾。晨风清凉，有渔民提着鱼篓，小心翼翼地踩着水泥勾缝的石块，下到水边收拾罾鱼虾的网。远处江堤上跳广场舞的女人们在宽阔的江堤上随着音乐的节拍舞动。这些都干扰不了沉浸在小说中的荆芥，他看完一篇，想了想，接着打开第二篇小说。

两篇小说看完后，大青迫不及待地问荆芥："还不错吧？"

荆芥点点头。大青说："那先在你们馆办刊物上发表，再帮忙推荐到市级甚至省级如何？"荆芥扭头看了大青一眼，笑笑说："我话还没说完呢！"大青看着他，问："有问题？"荆芥说："当然有问题，首先，我承认两篇小说还不错，只能说这两篇小说有两个好核儿。核儿她是有了，但从核儿到小说还有一个剪裁创作的过程。她写的这两篇小说，是不自觉的写作，也就是她写的都是生活原型……"

大青听得一头雾水，头都大了。他抢过话头，掐头去尾地问："我就问你，这两篇小说还能改不？"荆芥说："当然能改。"大青问："该怎么改？"荆芥站起来，盯着大青的脸看了一会儿，咧嘴嗦嗦牙花，说："这事儿最好能和作者面对面沟通。"荆芥说完，转身上台阶往堤顶走去。大青站了起来，紧紧跟在荆芥的身后，挠挠后脑勺，试探地说："这个……要不我们再去堤防总段，到她的办公室去聊？"荆芥不动声色，问："噢，三包服务啊？"大青笑了，说："你是文学辅导老师呢！"荆芥说："那也得看我乐意不乐意，我现在是在江堤防汛，是在做压倒一切的重中之重的工作。上面一级级的文件和命令你都学哪儿去了？"大青说："要不，我让她主动邀请你去她的办公室聊？"荆芥走到堤顶，挥了挥手，说："算了，我把修改意见逐条罗列给你，你转给小姜吧！"说完独自走了。

傍晚，轮班回城时，同在一车上的大青给荆芥发微信，说："9点，'五里香'请你喝酒！"荆芥看了消息，望着大青摇了摇头。大青又发微信说："别啊！兄弟我今天高兴，就想喝酒。"荆芥把手机揣进荷包，闭眼假寐，不再理会。

事隔不久，再乘车赴江堤轮换时，一直不见大青上车。荆芥正疑惑，文旅局办公室主任上车了，后面是野猪滩29号哨棚总负责的郭书记。上车后，办公室主任拍拍巴掌，说："大家静一静，郭书记要强调几件事情。"

郭书记咳了一声，说："我知道，文旅局的人好浪漫，但浪漫也要看时候，防汛抗旱，救灾抢险，实施的是战时纪律。作为文化人，战时纪律不用我多解释吧……"

除了开场白是新鲜话儿，后面的都是文件一再强调的内容，听得人头发晕。不过，荆芥听出了弦外之音，他想，郭书记强调的这些，是不是与大青有关呢？

果然，到了野猪滩，小道消息就传开了。原来，前一天晚上，有人发现大青从堤防总段的后门带出一个女人，钻进高粱地了，说是查管涌。事后证明，没有什么管涌。这还了得？上面一级级地强调防汛纪律，压实责任，这个时候闹出绯闻，不是往枪口上撞？

傍晚，荆芥收到一条消息，说："组织英明，我在错误的时间，错误的地方抒情了。所以我不用上江堤了。谢谢你！哦，还有紫苏。兄弟，你就进一步在江堤上接受考验吧！"

是大青发来的。荆芥看了，骂人的想法都有了。

水　花

水花没想到今年的春节过得如此郁闷。

根号二深深地陷在卧室的真皮沙发里，点一支烟，抽一口，望一眼水花，再抽一口，再望一眼水花，说："不是我说你，你看你都跟些什么人搅和在一起，上塆的牛鼻子、中塆的铁拐李、下塆的扯眼，不是烂鼻子就是跛脚子，再不就是斜眼睛。"

水花不理男人，好像眼前根本没有根号二这个人。她坐在一把小靠背椅上，手里拿把小指甲剪修理指甲，眼睛却望着电视屏幕里的小沈阳小丑似的台上台下地忙碌，嘴也不闲着，在有滋有味儿地哼着一首地方民歌——

情哥住在半山半岭岭半边啰
乖姐住在湾湖湖畔港汊前啰
船儿要走嘎沟嘎港嘎漩内经过嘞
丢锚下水搭姐上岸到姐家罗
……

根号二忍不住从真皮沙发上弹了起来，吼道："唱唱唱……

我看你和他们一样，精神不正常。"

水花"喊"了一声，说："跳什么？你跳起来有一锄头柄高吗？你以为你是小沈阳，跳跳就能成名人？不是我量你，你就是跳一生也成不了名人。自己的屁股不干净反倒编排腌臜我。你以为我不知道你那点裤裆的事？有本事你把外面的女人领回家，我给你腾地儿。"

水花的男人因为长得矮，读初中的时候，同学们送给他一个根号二的绰号。根号二是多少？1.41421啊！这绰号一经出笼，便一传十十传百席卷校园，以至于同学一场，同学们只知道他的绰号，而不知道他的尊姓大名了。冤不？

可是更大的冤还在后头，到了谈婚论嫁的年龄，因为长得矮，又有那很有学问的绰号为证，姑娘们一见他扭头就走。甚至有的女孩子一听说介绍的对象是根号二，连见面都省了，一口回绝。人家理由充足啊："你看我这不缺胳膊不少腿儿，会找一个二等甲级残废吗？"看看，他都划入二等甲级残废了。

这天底下说怪也真怪，臭猪头总有烂鼻子闻，根号二的娘为儿子的婚事，人托人、保托保地向人说好话，好话说了千千万，媒人总算挖到一个姑娘，是夏荷塆的水花。媒人一说，姑娘连愣都没打一个就答应了。回头，媒人向根号二和他娘把经过原原本本地演示了一遍，让根号二和他娘乐得几天都合不拢嘴。根号二的娘乐过后，一再叮嘱根号二：这门婚事来之不易，一定要好好待人家。可是根号二嘴上答应着心里却不免犯嘀咕，媒人上门提亲，一个姑娘家怎么连愣都不打一个就答应了呢？好像上赶着要嫁人一样。姑娘家多少矜持一点，犹抱琵琶半遮面才有味儿啊！

可是根号二哪里知道，媒人上门保媒的时候，水花正想争一口气把自己嫁了，这倒被根号二猜对了。但水花是一个清清白白的女子，如果正常的话，媒人上门的那天正好是水花出嫁后三周回门的日子。可是命运捉弄人，几天前的水花，心里还像3月的桃花，迎着阳光一瓣瓣打开。没想到，一夜之间寒流席卷而来，迎着阳光打开的桃花，一瓣瓣被撕得支离破碎——水花被别的女孩替代成了新娘，她被人托举过头顶狠狠地掼在地上了。

原来，那个要和水花结婚的男孩子脚踩两只船，在打工的时候，瞒着家里人在外面又谈了一个女孩子。这边家里正热热闹闹地准备结婚的事，亲家之间频繁接洽磋商，一切准备工作都随着婚期的临近按部就班地推进；那头的一对小恋人却在积极地谋划着，怎样暗度陈仓地顺利完成这桩嫁接的婚姻。

他们成功地嫁接了。男孩在结婚的前一天，赶到离家三十公里的县城，把女孩子接到一家宾馆住下，又急匆匆地赶回家和父母摊了牌，并表示，他必须和带回来的女孩子成婚，否则他就离家出走，让父母收拾这个残局。父亲听了，肺都快气炸了，抄起一根扁担，扬言要劈了儿子。母亲"嗖"的一声，拦在父子中间，蚂蚁上树一样抱紧扁担，死活不松手。事情闹到这种地步，无论哪一种选择都要收拾残局，父亲把男孩子关在家里骂了一晚上，母亲摇头叹息了一晚上，最后不得不把两张老脸不要，上水花家的门道歉赔小心，乞求水花一家原谅。最后，男方丢了脸赔了钱才舍了水花这头的婚事。

水花遭受如此大的打击已是心如死灰，对情爱之类已不再抱任何希望了。经过两天两夜的彻夜不眠，水花想通了，找个人不就是过日子？既然是过日子，跟谁过不是过？因此，让根号二捡了大便宜。

尽管根号二心里犯嘀咕，但真正把水花娶进门后还是打心眼里高兴。水花在喜雀塆说不上最漂亮，但绝对是耐看的女人，足够让根号二赏心悦目。根号二觉得水花就是一杯清凉可口的茶，喝下能解渴，品尝能出味儿，妙不可言。

当然，喜雀塆也不乏能品女人的高人，一品水花的女人味儿全出来了。水花的女人味儿一出来，根号二又诞生了一个绰号——牛粪。这"牛粪"当然是冲着水花这朵鲜花来的，水花就是一朵鲜花插在根号二这坨牛粪上。可见，喜雀塆那些能品出水花女人味儿的男人们，对根号二恨得牙根何等地痒？

好在这次别人送的绰号，根号二不怎么反感，他正偷着乐呢！在根号二看来，只要身边有水花这么一个耐看的女人比什么都强，其他都是浮云，都不叫事儿。因此，根号二把水花当心肝宝贝，捧在手上倍加呵护。

家里有个可心的女人做什么事儿都得心应手。根号二从学校读书回来后，为了成家过日子学了一门手艺。结婚后，根号二做什么事儿都来劲儿，东家修个房顶，喊："根号二，明天帮我把伙房的屋漏捡捡？""没问题，只要给钱帮谁做事不是做？"回得爽快。过一天西家又喊："根号二，我家猪圈要倒了，有空帮我修修？""好说，我还怕钱多了扎手不成？"应得响亮。这一喊一应之间，根号二的手艺自然明了。

心里乐滋滋的根号二帮别人做房上梁喝彩的时候，声音也是出奇地嘹亮。他站在半空的"山头"上，一手提着一只竹篾编织的小花篮，一手抓起一把花花绿绿的水果糖往人头攒动的地下撒去，热人的好词儿也出口了：

彩楼高高往上走啊
五书四经主家有啊
儿孙用意把书读啊
状元探花代代不脱柳啊

......

　　而立之年的根号二，身价日渐水涨船高，本事大了脾气自然也见长了。这没办法，风水轮流转，一转好风水都转到了根号二这头。如今的根号二在外面已经混出了人模狗样儿，他组建了一个工程队，手下有一百多号人仰仗着他吃一碗饭，都看着他的眼色行事，把他宠得五迷三道，都不知道自己姓甚名谁了，渐渐地，他敢把自己的女人当咽饭菜胡言乱语奚落了。

　　"你不就是嫌我矮吗？我的绰号再怎么不好也比你水花名字强，水花水花不就是水性杨花吗？你娘老子真是深谋远虑啊！二三十年之后的事都知道，难怪当初媒人一说就应了，敢情是急着嫁人找接盘侠啊！"看看，这叫什么话？

　　水花经过那桩倒霉的婚事后，把一切都看得很淡，她只想一家人和和气气地过个太平日子，不想夫妻吵吵闹闹搞得鸡犬不宁。可是根号二好像天生就是个折腾的命，不折腾点事儿心里就不踏实一样。一次两次，水花还能忍，三次四次，水花就不能忍了，那就陪着折腾吧！

　　"是啊，你就是个接盘侠，你有本事当初就别接我这个盘子啊？不是我量你，当年要没我这个盘子给你接，你有家吗？哦，现在能耐了，敢招蜂引蝶了。你就没想想，你要没我这个盘子稳住这个家，那些有家有室的女人敢招惹你吗？敢明目张胆地跟你根号二好吗？"

　　"我哪有你能耐，可你能耐人都跟些什么人在一起？你能不能好歹给我顾个面子，找个体面点的，能牵得过街的给我看看？"

　　水花站起来，一脚把小靠椅踢开，指着根号二的鼻子，吼道："根号二，你不是人。好，这话可是你说的，你记着，你等着。"说过后，水花一甩手，气冲冲地往门外走去。根号二眼看着女人离去，还不依不饶地追上一句："好，我记着，我等着。"

根号二有钱，有点花花草草的事也正常，谁家门前石头瓦片捡得干净？哪个男人女人没点花花草草的事情？可根号二自己玩了，反过来泼水花的脏水，把一些不着道的男人尽往水花身上扯，故意贬损自己的女人。这让水花很伤心。

水花是个实诚的女人，她只想一心一意和自己的男人过日子，不想招惹花花草草的事情，男女之事伤透了她的心。可是她不招惹花花草草的事儿，花花草草的事儿难保不会缠上她。

如今农村稍有点能耐的人都到外面闯世界去了，留下的不是妇女儿童，就是老弱病残。这些都是弱势群体，都是生活的弱者。但弱者中不乏强者，这些弱者中的强者，为了证明自己的能耐，他们认为，和女人来点风流韵事是件既刺激又显能耐的事儿。于是，上塆的牛鼻子，中塆的铁拐李，下塆的扯眼，整天像头骚牛似的跟在女人的屁股后面转。更下作的是铁拐李，别看他腿脚不方便，但趴窗撬门却有一套，他盯上的女人十有八九跑不了，吓得单门独户的女人太阳没下山就早早地关门闭户。水花这杯既能解渴又能出味儿的女人，当然少不了被骚扰和追捕，但没有一个人能得手。

可是根号二不信，他总是捕风捉影地怀疑水花，胡乱地猜测自己的女人，这就少不了夫妻之间见面就掐，吵吵闹闹是家常便饭。

不过，有一点好，水花大妻吵嘴从不张扬，不像有些夫妻吵嘴，芝麻绿豆大点事儿闹得满城风雨。水花夫妻俩在家里吵完了嘴，出门还是一个哈哈两个笑的，外人根本看不出什么苗头。但是隔墙有耳，与水花家一墙之隔的春草，对他们家大大小小的事儿了如指掌，春草不知道还不行，农村早期的房子做得粗糙，隔音效果差。不过，春草知道了也就知道了，她从不张家长李家短口吐莲花满世界宣扬。因此，水花有什么事儿也从不瞒她。

年说来就来，说去就去了。正月初三，根号二赌气开始收拾东西准备出门。走的时候水花还是想尽一个做妻子的责任和义务。她挽留根号二，说："你没什么事儿，不能初八投个吉利日子再走？"根号二没理她只管收拾衣物，收拾完了背起来就走。走到门口的时候，根号二却突然站住了，回过头说："我可把地儿给你腾出来了，你答应的话可别忘了。"水花一时没想起这话的来头，等根号二狡黠地望着她笑了一下调头要走时，她猛然醒悟。醒悟的水花顺手抄起一把锄头要和根号二拼命。根号二见势头不好撒腿就跑。水花眼见着根号二跑得没影儿了，她停下来，边喘气，边喊道："根号二，你不是人，你等着。"喊过后，眼泪便流了下来。

天气一天天变暖，光秃秃的树枝开始一点点吐出新绿，地上的小草渐渐长高了，脱去冬装的人们一天天活得面色红润，有滋有味儿。

一天中午，水花新买的手机"嘀"的一声，来了一条短信。水花有点纳闷，没人知道我的号码啊？怎么有短信？八成是信息台的。水花打开一看，却是隔壁春草的姐夫发过来的。

春草的姐夫在县一中教书，春草的儿子在县实验高中读书，春草想在外面找一间房子陪读。春草的手机坏了送手机店修理去了，借水花的手机给她姐夫打了一个电话，托她姐夫帮忙找间房子。她姐夫说："租什么房子，就在我这儿住算了，你姐也有个伴儿聊聊天。"可是春草不依，不仅因为姐夫家离儿子的学校远，更重要的是天长日久难免会打扰人家的生活，这是春草和丈夫商量好的事。春草坚持，她姐夫只得依她。姐夫把事情办妥后，给春草发了一条短信。

短信自然是发在水花的手机上了，水花把这事儿转告给了春草，春草心里有点不舒服，你好歹打个电话来说一声啊！就这么发条短信让别人转告，也太不把她的事儿当事了。

春草心生一计，想捉弄捉弄她姐夫。于是，她编了一条短信让水花发了过去。很快，春草姐夫的短信回复过来。春草看了，说："来，接着发。"水花不干了，把手机往春草怀里一塞，说："要发，你自己来发。"春草不接，说："你这手机我用不惯，你就好事做到底，帮人帮到家啊！"水花举着手机，望着春草笑道："我发现你这个小姨子好坏哦！想测试你姐夫对婚姻的忠诚度吧？"春草反驳道："心里有鬼才怕走夜路，心里没鬼到哪儿都安全。听我的，接着发。"水花无奈，只得由着春草。

短信来来往往发了几个来回，春草和水花都笑翻了天。笑过后，春草突然盯住水花看。水花莫名其妙，低头看看自己，调头看身后，确定春草是在看自己，顺手推了春草一把："你要死啊！这么瞄着我。"春草笑嘻嘻地说："这不是一举两得的事吗？"水花糊里糊涂的不知道春草葫芦里卖的什么药，掐了春草一把："你发神经啊！什么乱七八糟的。"春草笑过后才说："你不正好用这个吓吓根号二？还不明白？短信，就是我姐夫的短信，你只要把你的手机给根号二看看就行了，吓死他。"

水花脸一红，说："不行不行，真要是闹出事儿来怎么收场？另外，你姐要是知道了不撕了你才怪。""有什么不行的？只要你不来真的就行，没什么不好的，就这么定了，出了事我替你兜着。不过，仅仅靠这些还不够，我们还得来点技术处理，要弄就弄成比真的还真。来，把手机给我，下面的事我帮你处理，你瞧好了。"

根号二的手机响的时候，他正在武汉的工地上人五人六地训斥着他的工人。他一手撑腰，一手像刀片切萝卜，刀刀见白，嘴里唾沫星子溅到人家的脸上，但被训的人不敢计较。手机解救了被训的人，他手指着根号二腰里的手机，说："电话，电话，您的电话。"根号二气还没出完，吼道："什么电话，你听好了，你能干就干，不能干就滚蛋。"说完，手一挥，让那人走开。

　　根号二掏出手机一看，是水花的电话，立马接通。电话那头传来水花的笑声，根号二心里一紧，感觉老婆有情况。他故作镇静，问："你不会让我回来帮你相亲吧？！"水花平静地说："你交代的任务我哪敢不完成。"根号二一听，半天没吱声，过了好一会儿，才不相信地问："你不会来真的吧？"水花依然平静地说："我为什么不来真的？不是你希望的结果吗？"根号二心里像塌了天一样，空空的。他轻轻按了电话。

　　根号二乘当天最后一班车心急火燎地赶回家，包都没放下，问水花："你是开玩笑的吧？你怎么可能来真的，我相信你不会来真的。"水花笑笑，说："你出门交代的任务我得完成啊！不来真的怎么行？"说着，水花掏出新买的带摄像功能的手机，递给根号二，说："都在这里，你看看是不是真的。"根号二用双手接住水花递过去的手机，望望水花，低头翻看水花的手机。

　　手机页码慢慢往上翻动，速度渐渐加快，快到最后都能感觉到手机"唰唰唰……"声，像履带一样滚动。水花在一旁看得心花怒放，像3月的桃花迎着阳光一瓣瓣打开。

　　突然，根号二停下翻动的手指，抬头盯着水花的双眼，问："就这些？"水花反问："这还不够？"根号二把手机往水花怀里一丢，丧气地说："呸，害得我白跑回家一趟。"

水花问："什么意思？"根号二哈哈一笑，说："这样的事你怎么能找春草的姐夫做托儿呢？一个见了校长连话都说不利索的人，你认为敢做这样的事吗？何况春草和我们是邻居，他一个教书的难道不知道兔子不吃窝边草？"水花反唇相讥："哟哟，你不简单啊，玩女人玩出境界了，知道什么样的女人能玩，什么样的女人不能玩，学习了，我会继续努力，争取不辜负你的希望。"

根号二盯着水花，看了一会儿，突然一笑，说："好了好了，我算是看明白了，你迈不出那双腿，走不出那一步。我那都是闲得蛋痛说的混账话，千万别当真。快做饭，我肚子饿了。"

水花看了一眼根号二，说："要吃饭自己做去，我可不敢再伺候，伺候好了又找气恼。"根号二连忙讨好地说："好好，我做饭，做好了喊你。"水花懒得理他，转身往卧室走去。

根号二正在厨房忙碌，厨房的爆炒声掩盖了周边的尘嚣。突然，水花面色苍白，慌慌张张地跑进厨房，一把抢过根号二手里的锅铲。根号二心里一暖，以为水花体贴他在外面的不易原谅了他。但看脸色不对，根号二正要开口，水花抢先语无伦次地说："快、快、快，隔壁两口子要打起来了，快去劝劝。"

一墙之隔的春草夫妻俩向来很和睦，是根号二心里一直羡慕的好夫妻，怎么就突然吵到要干架的地步呢？他看了水花一眼，明白了，隔壁夫妻吵架肯定与她脱不了干系，不然，以水花的个性绝对不是这种临场慌乱的做派。他解下怀里的抹衣，丢给水花，说："都是闲得没事干。"急匆匆地走了。

二把手

一

二把手在江北高速公路回澜县防疫卡点，查验入境人员"绿码"时，突然昏迷，人事不知。

紧急送往县人民医院，动用了该动用的医疗器械，对二把手全身上下里外进行立体全方位深度检查。人折腾醒了，诊断结果也出来了：脑梗。

二把手真名叫冯金钟，是回澜县原文化局的小车司机。上班第一天，老局长对冯金钟特别交代：小车是为一把手服务的。为什么？因为一把手会议多，迎来送往多，检查验收评比多，需要争分夺秒，没有专车哪忙得过来。

冯金钟记住了老局长的交代，尽心尽力地为一把手服务。和一把手待的时间长了，自然对一把手的行踪了如指掌。因此，文化局无论公事私事，需要找一把手的找冯金钟打听错不了。

开始，找的人管冯金钟叫冯师父，冯金钟听了心里老觉得别扭。后来时间一长，他明白了，在文化人扎堆的地方被人称师父，有点鸭混鸡阵的另类感觉。

冯金钟心里越想越不痛快。但不痛快也没办法，你不能逢人就说，你喊我老师或某某长吧？那自己不是活着活着活成了别人嘴里的笑话？可是冯金钟是个实在人，心里不痛快都挂在了脸上。他成天板着一张脸，让人见了总像欠他二两猪油不还似的，让人难受。直到有一天有人和他开玩笑，喊他二把手。冯金钟听了，先是一愣，紧接着他笑成了一朵花儿，谦虚地说："我哪当得了二把手，你有什么事儿吗？"连语气都变了，变得十分谦卑友好温和。

众人明白了，冯金钟这是认可了二把手这一称呼。求人办事总得往人痒处挠，拣好听的说。久而久之，冯金钟的真名没人喊了，众口一词都喊他二把手。

二把手没什么文化，他能进文化人扎堆儿的文化局工作，得益于他的机灵和老局长的知遇之恩。

当年老局长在巴河镇高家垞村驻村，吃住都在二把手家。二把手的父亲冯师父，是巴河镇政府食堂退休职工，有一手好厨艺，让老局长每天吃得呵呵笑。好吃好住待了三年，老局长得以重用，由副局长提拔为正局长，要回县文化局履职了。

临别辞行，老局长拉住冯师父的手，依依不舍地走出冯家门。

二把手站在门外，眼巴巴地看着老局长向自己走来。那年，二把手刚满二十岁，在外打工高不成低不就，索性回家买了一台农用车。芝麻绿豆成熟了，他收购芝麻绿豆；高粱棉花成熟了，他收购高粱棉花。没有农副产品收了，他就进县城批发水果，走村入户吆喝。为的是赚取中间差价。驻村三年的老局长没少吃他的水果，一盘盘的水果洗好送到老局长面前，要老局长尝尝他进的水果是不是很正宗新鲜。吃完了，老局长要付钱，他就急赤白脸地和老局长推让，说："这个都在您给的饭钱里，已经付过了。"老局长当然知道这是托词。

老局长走到二把手面前，伸手要和他握别。二把手没有伸手回应，他看着老局长，欲言又止。老局长看出他有话要说，用鼓励的眼神看着他，说："有什么话，你尽管讲。"二把手鼓足勇气，说："您能带我去县城吗？我想去县城上班。"这个请求有点突兀，老局长看着他那双渴望的眼神，不忍心当面拒绝。三年的朝夕相处，老局长与这一家人已经有了家人般的情感。

正左右为难时，来接老局长回县城的司机把话题接过去问："你想干什么活儿？县城有几个企业老板和我很铁，我可以帮帮你。"司机显然误解了二把手的意思。

老局长回头看了司机一眼，司机意识到自己多事了。二十岁的二把手，机灵肯吃苦，以老局长对他的了解，二把手能向他开口，是经过了长时间的考虑和权衡，否则不会随便向他提这个要求的。司机的插话倒让老局长瞬间有了主意。老局长笑笑，对二把手说："来，握握手不影响你的想法。"二把手听出了老局长的话音，连忙擦了擦双手，接住老局长伸过来的手紧紧握住。

老局长回县城后，让即将退休的小车司机提前休息，福利待遇不变，二把手顶了司机的缺。二把手对老局长千恩万谢，感激不尽，他做梦都没想到，他真能到县城上班了，还是到人才济济的文化局上班。

可是，世事难料。二把手满四十岁的时候，公车改革政策来了，一夜之间，二把手没车开了，被安排到局办公室打杂。局办公室也没亏待他，和办公室其他工作人员一样，给他配了一套办公设备，包括电脑和办公桌椅。

看到全版新的办公设备，二把手心里高兴了，他觉得自己也算是真正的文化人了。可是，办公室没他做的事情，文化局从下面二级单位抽调了精明能干的年轻人，充实到办公室各个环节，大到领导讲话稿的起草，小到文件的上呈下发，微到烧水抹桌拖地，让二把手一概插不上手。

开始，二把手还想，我起草不了领导的讲话稿，送送文件总可以吧？刚要去取文件，办公室主任白乐一把拦住，说："你是领导，怎么能让你做这种事？这些事让年轻人去干。来来来，我这里有好茶，过来尝尝。"其实，白主任是怕他把文件弄混送错了，办公室无小事。这样的事有了一两次后，二把手心里就明白了。送文件发文件不行，我烧水抹桌子拖地，干干粗活总可以吧？可是他刚伸手拿起水壶，办公室的年轻人跑过来，一把夺去手里的水壶，连连赔小心说："领导，对不起对不起，这事儿哪能让您干，您先坐着，我马上烧，立马就好。"得，又插不上手了。

二把手苦闷了几天后，提两瓶好酒找老局长喝酒。老局长已经退休多年了，在家喝喝茶养养花，偶尔和客人喝点小酒。老局长听了二把手的苦闷，笑了一下，端起酒杯抿了一小口，叫道："好酒。"二把手眼巴巴地看着老局长，希望得到老局长的指点。老局长端起酒杯又抿了一口，接着说："主动要求做事，是好事，关键要找准自己的位置。"二把手茅塞顿开，端起酒杯站起身，恭恭敬敬地和老局长碰了一下，一饮而尽。

第二天，二把手就去找文化局一把手。现任的一把手很年轻，刚过四十岁。一把手听了他的汇报，笑眯眯地看着他，说："你的情况我知道了，马上给你解决。"

机关工作人员闲散惯了，上班点完卯，要么回到办公室刷视频玩游戏，要么约人喝酒钓鱼打牌。一把手大会讲小会说，一直强调工作纪律，却没有丝毫改变。二把手上门主动要求工作，一把手听了眼前一亮，这真是瞌睡遇上枕头了，如何提高机关工作效能，是件一直让他头痛的事。二把手刚出门，一把手就打电话把白主任叫了过来，如此这般交代白主任。

白主任回到办公室，就给二把手布置了工作，让二把手负责监督文化局的工作纪律。布置完工作，白主任接着强调："这项工作非常重要，它关系到年终，我们能不能在全县考核中拿到综合奖。因此，方局长特别交代，要把这项工作做细做实做出成效。相信你会干得很出色。"二把手听了，问："监督哪些人？"白主任笑笑说："这还用问吗？当然是所有人。"二把手又问"包括局长副局长？"白主任觉得二把手这是在给他挖坑，不能顺着他的思路走。白主任把手一挥，说："你这么聪明的人还需要问我吗？你自己看着办就是了。"丢下二把手忙自己的事去了。

自此，二把手有了新工作，他每天早早地到办公室，拿出打印好的花名册铺在自己的办公桌上，上面放一支笔，掏出自己的手机，放在花名册旁，然后盯着办公室门口的打卡机，打卡机与他的办公桌相距一米。二把手觉得工作纪律就要从按时上下班抓起，每天八小时的工作时间不能保证，还谈什么工作纪律？他认为自己这是替一把手负责，替文化局几十号人员负责，抓好工作纪律是拿年终考核综合奖的关键。二把手忽然感觉自己很厉害了，他手里握着文化局的生杀大权。换句话说，文化局除了局长就属他最厉害了，局长是一把手，他就是二把手了，真正的二把手。

二把手把自己的手机闹铃，设定在早上 8 点整，只要网上下载的《兄弟抱一下》的铃声一响，他就走过去导出打卡机上的数据。回到办公桌前坐下，与花名册上的人员比对。打卡机上没痕迹的一律记录在案。

这仅仅是二把手抓工作纪律的第一步，第二步就是到各科室巡查，查是否坐堂旷工。具体查人员是否在岗，在岗是否在状态，是否在刷视频玩游戏做与工作无关的事情。开始，所有人没把二把手当回事儿，以为他要文化没文化，要艺术专长没艺术专长，不过是小车司机一名。尽管嘴上对他一直很尊重，但内心是瞧不起他的。尊重他不过是因为他手里掌握了大家需要的资源而已。

二把手可管不了那么多，他巡查的时候，手里拿一本板砖一样的黑色大笔记本，煞有介事地认真巡查每一个科室，就连局长副局长也不例外。发现问题就在大本子上记一笔，每天下班前连同签到册，一起汇总核对无误后签上他的大名存档备查，按月公布结果，按月扣除工作餐费和绩效工资。

一段时间下来，文化局的工作纪律有了明显的好转，人人都能按时按点上下班，坚守自己的岗位，有事请假。可是，意见和怨言也多了。不仅如此，二把手还发现门口的打卡机不经用了，过不了三五天就得换一台。

打卡机换多了，一把手就怕了，毕竟打卡机不是免费派发，那是需要消耗真金白银的，财务审计是过不了关的。后来有一天早上上班时，大家发现办公室门口的打卡机撤了，坏的打卡机没得换了，不能不撤了，二把手巡查也是走走过场。到了月底，整个局机关无一人迟到，无一人旷工，无一人刷手机和玩游戏。

二

躺在病床上的二把手，侧面正对病房门口，数门口经过的人头儿。

从病房门口经过的，有忙碌的医生、护士；有闲庭信步的患者和陪护；有手提水果心急火燎来探视的亲人、朋友或同事。一副副面孔走马灯似的从门口经过，让二把手数得眼花缭乱。

忽然，病房门口一暗，一群人涌进病房，正向二把手的床边走来。二把手擦眼一看，是单位一把手方圆，带着局办公室主任白乐、局工会主任和财务部的会计小苏。二把手慌了，翻身要坐起来。方圆抢先一步，一把按住二把手，说："你别动，躺着躺着。"二把手说："您来了我躺着不像话，还是让我坐起来好。"边说边慢慢撑起身子，靠在床头坐着，拍拍床边，说："来，你们坐。"白乐跑出病房，搬来一张木板椅，放在方圆的屁股后面，说："方局长，你坐这儿。"

方圆坐下后，详细了解二把手的病情。二把手一五一十，从高速公路防疫卡口倒地，说到人民医院一项项的检查结果。一把手认真听完二把手的病情介绍，点点头，说："你辛苦了，好好养着。"会计小苏适时递上了慰问金。二把手双手接了钱，放在病床上，接住方圆伸过来的手，一把握住说："感谢组织的关心，感谢方局长百忙之中来看我。"方圆握住二把手的手上下摇摇，说："有什么困难尽管讲，我们会尽力解决。"二把手连忙表态说："没什么困难，没什么困难，我住几天就可以出院上班了。"方圆说："上班不急，身体健康是第一位，好好休息，安心治疗。我还有事，先告辞了。"说完，放下二把手的手，转身向门口走去。

二把手挥手，把方圆他们送出病房，躺回病床，恢复原来侧卧的姿势，继续数从病房门口经过的人头。

二把手总能找到办法，打发无聊的时间。

文化局撤了打卡机后，换上了纸质签到册。签到册放在二把手的办公桌左侧，进办公室第一眼就能看到。

二把手的办公桌上，除了放签到册，还放新配置的超薄液晶电脑显示器和一对小音箱。一对黑色的小音箱茶杯大小，一左一右放在显示器的两边。黑色小音箱里循环播放，庞龙演唱的《兄弟抱一下》，声音不大，如泣如诉：

兄弟你瘦了
看着疲惫啊
一路风尘盖不住岁月的脸颊
兄弟你变了
变得沉默了
……

打卡改纸质签到册后，二把手每天坐在新配置的电脑前，无所事事地翻翻网页，看天下奇闻。有人走到签到册前，他看一眼，偶尔和人点点头，或相互问候一声。上午 10 点左右，签到册上签满了人名。他拿过来核对一下人头，一个不少，拿起笔在签到册顶端写上"已阅"，签上自己的大名，打开办公桌的抽屉放进去，关上抽屉继续上网看他的天下奇闻。下午如此这般重复一遍，一天的时间就打发了。

二把手通过督促局机关工作纪律明白了一个道理，凡事对自己可以认真，对他人则不能太认真。太认真了就是自我孤立与人为敌。因此，当白乐交给他一堆纸质签到册时，再怎么给他戴"高帽儿"，再怎么强调签到册的重要性，他也只是点点头。

白乐不过是说说而已，没再指望二把手真能听进去他的话。

二把手因为文化水平不高，很多文章看得似懂非懂，时间一长，他觉得看天下奇闻味同嚼蜡。于是，他改看风景和美女图。他看风景和美女图很注意影响，看风景图时，他看得从容大方，看美女图时，则是犹抱琵琶半遮面，遮遮掩掩。他不能前面督促人家的工作纪律，后面他自己违反工作纪律，尽管他现在已经不怎么督促工作纪律了，但人家可都记着他的铁面无私。这样过了几天，他觉得看风景图和美女图也没什么意思，乏味透顶了。他放下鼠标，站起身，走出办公室。

二把手楼上楼下走了一圈，最后进了资源开发与产业发展股。

资源开发与产业发展股股长夏天，是一人独撑一片天，既是领导又是兵。他原是文化市场管理站站长，文化市场管理站升级了，升级为文化市场执法大队，副科级单位，副科级单位就得副科级领导干部担任。夏天在文化市场管理站站长的位置上一干就是十多年，没想到单位升级了，他却因为超过了提拔年龄，与大队长的职位擦肩而过。回澜县有个不成文的规定，为了干部年轻化，一线股级干部到了五十五岁，效仿科局级干部管理办法，一律转为非领导干部岗位，简称"转非"。这样一来，快奔五十岁的夏天尴尬了，提拔上不去，"转非"没到年龄下不来。原单位也待不了，换个股级单位继续当法人，不合情理。

夏天郁闷，宣布执法大队长履任新职的同时，他的站长随之也免了。尽管文件表述比较含蓄：待安排。待安排又如何？只能说明他夏天不是犯错误被处分免职。夏天打电话给二把手，约他喝酒解闷。

那餐酒没白喝，酒后二把手适时给一把手进了一言，一把手听进去了，把夏天调整了一下，到文化局资源开发与产业发展股任副股长，履行股长之责，工资由原单位执法大队发放。执法大队是"比靠"公务员单位（指的是那些虽然不是公务员编制，但其待遇、地位等方面与公务员相似或有所倚靠的单位或岗位），与公务员单位的文化局还是有区别的。尽管如此，夏天还是感谢二把手的鼎力相助，帮他解除了尴尬。

因此，二把手进资源开发与产业发展股，像进自己的办公室一样随意。他在资源开发与产业发展股一坐就是半天，南京的和尚、北京的道士，天南地北无所不知地神侃，夏天不得不陪着他。

但时间一长，夏天受不了，要办的事一天天地积压，每天的催办电话都打到他的手机上了，他都不好意思接又不能不接。直到有一天，县政府办公室负责产业发展的领导一个电话，打到一把手办公室，直接找局长说事儿。尽管那边话说得很委婉，但一把手正为招商引资的事着急上火。听了那边的电话，奓毛儿了，把夏天叫到办公室，训得夏天脑袋都低到胯下了。

二把手上卫生间回来，又进了资源开发与产业发展股。夏天抬头见是他，就说："实在对不住老弟，今天不能陪你。要赶一份报告，一把手要得急，实在不敢耽搁。"说着，指指电脑屏幕，让二把手验证。二把手把手一挥，说："没事，我随便转转。"像领导一样，在资源开发与产业发展股巡视一周，慢悠悠地转身走了。

过了两天，二把手又转到了资源开发与产业发展股，夏天不得不放下手头的事，陪着二把手神侃。

二把手与夏天神侃之间，文化局和旅游局合并了，简称文旅局。二把手也升级了，升级为文旅局办公室副主任，成了名副其实的二把手了，不过，级别是股级二把手。

三

半个月后，二把手出院回文旅局上班，主动找一把手要求代表文旅局下去参与脱贫攻坚驻村。

二把手要求驻村的理由很简单，他说："我有几斤几两自己心里很清楚，办公室的确不是我待的地方，我待在办公室里只会给你们添堵找麻烦。文化馆不是一直叫苦，工作头绪多，人员不够用吗？人家总共十四个财政供给编制，局机关借用了三人，脱贫攻坚驻村分派了两人。据我所知，文化馆在20世纪80年代初，财政供给编制二十三个，在职退休一个，财政编制少一个，现在只保留十四个财政编制，这已经是缩减到极限才停止财政编制缩减。本来文化馆十四个人，承担过去二十三个人的工作量，现在成了九个人应对过去二十三个人的工作量，的确是难为人家了。我下去可以替换一个回来，做他们该做的事。"

一把手觉得二把手说得在理，让办公室与县扶贫办协调。县扶贫办回应，所有扶贫工作队员都是国网上挂了号的，人能换但名单暂时换不了，得等到每年一次的统一调整。也就是说二把手驻村，在国网调整前所有的功过都是别人的。二把手听了，把手一挥，说："我好说，哪儿都是做事。"言外之意，就看被他替换的人有没有意见。

后来，一把手干脆把二把手派往骑龙顶村替他驻村，相当于一把手给自己找了一个替身在下面长驻。明面上说是充实骑龙顶村脱贫攻坚力量。二把手好歹是文旅局办公室副主任，又是代表一把手驻村，所以，给他配了一个工作队长的头衔。

骑龙顶村党支部书记兼村主任周正，听说文化和旅游局局长和办公室主任，亲自送二把手来报到，心想，这二把手不是一般的角儿。他通知副书记、副主任、妇女主任，以及九个组的组长到村委会开会。

骑龙顶村村委会在杨氏祠堂隔壁，村委会在里，杨氏祠堂在外。去村委会要经过杨氏祠堂门口，两家门排门，共院同门进出。院内沙土地上，长满了碧绿的车前草，院墙边是一排樟树，粗的双手合抱摸不到手指尖。院墙是一人多高的砖混结构，墙外是一条可以通向县城的水泥路。

文旅局一行坐车，从院墙外的水泥路上过来，右拐上坡旋转三百六十度，进院继续往前开到头下车。听到车喇叭一路响过来，周正带着副主任和妇女主任出门迎接，双方一一握手，彼此自我介绍。

进了会议室，众人落座。支部书记周正，把局长拉到主席台正中的位置坐下，接着要拉办公室主任白乐和二把手二人上台就座。白乐和二把手都知道自己的位置在哪儿，死活都不上主席台就座。最后还是局长发话了，说："客随主便，你们上来。"二人上台，分别坐在支部书记的左手和局长的右手。这样主席台上才好看，才显出开会的气势。

各自落座后，支部书记主持会议带开场白，白乐说明局长强调了脱贫攻坚的紧迫性和艰巨性，以及这次充实脱贫攻坚力量，增派工作队员的重要意义。轮到二把手讲话的时候，他说："我也没什么说的，但有一点，既然组织派我来骑龙顶村，我总得干点什么实事才对得住组织，对得住骑龙顶村父老乡亲。在座的很多人都知道，我是隔壁村高家垴人，是个开车的出身，文化水平不高。以后盘什么数字填什么表别难为我，我搞不来那玩意儿。当然，是只虫儿总得蛀根木儿，我既然待在这个位置上，总得干点有益于大家的事儿。至于干什么怎么干，那是我的事，希望大家今后在我干事的时候多多支持和配合。我的话说完了，谢谢大家！"

台下五组组长听了二把手的发言，小声嘀咕道："不知道这只虫儿能蛀多大的木儿。"旁边七组和八组组长听了，窃笑。

没想到二把手蛀的第一根木儿，就是取消了五组一家最低生活保障。

四

二把手到任后，就开始入户座谈。

一个陌生电话打进二把手的手机。二把手摁下接听键，电话那头开口就问："你是骑龙顶村扶贫工作队队长吧？我嫂子家的情况你都知道吧？"语气很冲，像二把手欠了他家陈年老账似的。

二把手没和对方计较，说："我是骑龙顶村扶贫工作队队长，刚上任不久，对村的情况不是很熟悉。你能告诉我，你嫂子是谁吗？"

电话那头语气更冲了，说："你这扶贫工作队长是怎么当的？连我嫂子都不知道，我嫂子叫苏菊花，就是五组进垮塘边第三家，房子破得最厉害的那家。"

二把手这边连连点头，说："知道知道，2016 年建档立卡的低保户。你打电话有什么事吗？"

对方说："你先告诉我，你来我们村是不是扶贫？"

二把手心里警觉起来，接下去的话是不是要我给自己挖坑，埋自己呢？二把手反问道："请问，你是谁？"

对方说："你别管我是谁，只管回答我的问题。"

二把手问："你找我是为了解决问题吧？"

对方回道："废话，我找你不是为了解决问题，难道还找你喝酒啊？"

二把手笑了，说："这不就对了，要解决问题，我得知道问题的来源，我连你的身份都不知道，你让我怎么帮你解决问题？"

电话那头沉默了几秒钟后，语气低了下来，说："我和苏菊花的丈夫是亲兄弟，我叫杨志勇，她丈夫是哥，我是弟，俩人相差一岁半。"

说话间，二把手从手提包里，找到了苏菊花家的资料。二把手说："知道了，你哥是因交通事故去世了，目前你嫂子和你侄女住在关口镇娘家。我们入户座谈，多次联系过她，但至今还没见到她本人。你有什么问题，请讲。"

电话那头说："我觉得你们扶贫要扶在点子上。"

二把手来兴趣了："说说你的意见。"

对方说："譬如我嫂子家你也看到了，楼房水泥顶开裂，下雨天外面下雨屋里流，墙壁都长绿毛了。你们应该想办法把楼顶砸了重新浇筑。"

二把手说："就你嫂子的房子问题，我们请相关部门对房屋危险程度进行了认真评估，评估结果是属 D 级危房，已经不能再住人了，必须异地搬迁。我们多次电话联系你嫂子，请她回来与我们当面协商，但你嫂子一直说没工夫。电话沟通时你嫂子说她做不了主当不了家。她当不了家，谁当得了家？"

电话那头接过话，说："女人当不了家是正常的。你们还是考虑把楼顶砸了重新浇筑吧！只要把楼顶浇筑好了，房子就是安全的。"

二把手听了，心里有火气了，心想，你以为扶贫工作没边没界想怎样就怎样啊？他突然想起一个扶贫队员讲过一个故事，说夏天抗旱的时候，扶贫工作队和镇村干部合力将长江水提上来，送到田间地头，通知沿线村民及时引水抗旱。一位正在打麻将的女人，看到扶贫队员从门前路过，喊道："扶贫哥哥，麻烦你帮我把上面长七担（水田名）的水挖开，我这正忙着去不了。"时代变了，扶贫对于某些人来说，越扶越懒，越扶越贪。譬如眼前这位替嫂子要扶贫的人。

二把手本来想回他一句："对不起，你的要求已经超出了扶贫的范畴。"但他努力压住心头的火气，说："对不起，你嫂子的事还得你嫂子拿主意，我们会和她协商好的。你还有其他问题吗？"

对方怒气冲冲地说："这个问题你们都解决不了，还能解决什么问题？你等着。"说完，把电话压了。

二把手感觉，这其中必有隐情，必须去一趟苏菊花的娘家。

听说要去关口苏菊花娘家了解情况，周正让二把手带上妇女主任，说妇女主任熟悉苏菊花娘家的路，找起来省时省力，并开玩笑说："男女搭配，干活不累。"二把手笑笑说："别大材小用了，这种蛙木儿的活儿交给我正合适。别担心，关口那边我有朋友能找到她。"周正不好再坚持，二把手一人上路了。

7月，二把手在关口镇的朋友带领下，冒着暑热一路寻找到苏菊花的娘家。

可是，苏菊花和她的女儿不在娘家。问苏菊花的父母，说是带着女儿打工去了。问在哪儿打工，苏菊花的母亲一把鼻涕一把泪，哭诉她的女儿命苦，找了个短命鬼，半道上丢下妻儿撒手不管。问苏菊花的父亲，她父亲两手一摊，说："打工的哪有个固定地方。今天这儿好这儿干，明天熟人或朋友说，哪儿好又转到哪儿干。在外打工只认一条，哪儿工资高奔哪儿。"

二把手感觉这其中有名堂。朋友暗暗给他使了一个眼色。

出门后，朋友告诉二把手，要想从苏菊花父母嘴里掏出真话估计是不可能了。英雄所见略同。二把手说："走，我们到塆里去转转，也许能掏出点重要信息。"二人刚走到塆中第一家门前时，发现苏菊花的父亲从身后走过来。

苏家越是这样防着越说明其中有问题。二把手看了朋友一眼，说："你前走，那边有我一个熟人，我去打个招呼就来。"二人对望了一眼，一个继续往前走，一个调头往相反的方向去了。

一人哪守得住两个分头行动的人。二把手和他朋友避开苏菊花的父亲，走了几家后，得知苏菊花已经带着女儿嫁到与回澜县比邻的沧澜县了，听说嫁的还是很不错的人家。

二人循着线索一路找过去，证实传言不虚，带回相关的录音和图片，留作佐证资料。

五

二把手蛀的第二根木儿，是引进产业扶贫项目，帮助贫困户就业。

通过入户座谈，二把手了解到，目前骑龙顶村贫困户就业难，难在三种人群：一是家有残疾人的贫困户，二是家有年龄偏大的老人不能离家外出挣钱的贫困户，三是没有技术专长老实巴交的贫困户。要想解决这三种人群就业，必须发展村级产业项目，村级产业项目最有发展前途的当然是与农业相关的项目。譬如八组养羊专业户杨小羊，他目前养了一百只黑山羊，有扩大养殖规模的意愿，但苦于资金和更大的销售渠道。六组莲子种植户杨思藕，他是单打独斗，一个人种植和管理一十亩水田改造的荷塘，因为缺乏科学立体种养和管理技术，年收入刚过一万元。还有七组的养鸭户和一组的养猪大户等等，都是与农业相关的项目，二把手入户座谈后，有了一个大胆的想法，能不能让这些项目集合联动起来做大做强呢？

有了想法的二把手，再回文化和旅游局，去得最多的地方是资源开发与产业发展股。去了还和过去一样，与夏天神侃，他侃的话题涵盖范围之广，涉及领域之多，一侃就是一上午或一下午。

一次，二人侃得正欢，二把手突然在桌上拍了一巴掌："停，就是他了，他正是我要找的人。"夏天莫名其妙，看着他问："你们认识？我怎么不知道？我和他关系这么铁，可从没听他提起过你啊！"二把手笑了，神秘地说："你不知道的事情多了去，你先和他约个时间，我带上两瓶好酒，我们上武汉找他喝酒去。"

二把手要夏天约的人叫唐有根，是夏天小学和中学的同学。二人走出校门后，夏天通过乡镇文化站招聘离开了老家。而唐有根的经历相对要复杂一些。他先是参军，到西藏军区最西端某边防团服兵役。退伍回家后外出打工，从缝纫厂一名车工干起。他手里积攒了一些钱后开始自己开缝纫厂。财富像滚雪球一样越滚越大时，他又转行做餐饮。餐饮业务做得风生水起，他创办了"昆木加连锁酒店"，以武汉为轴心，向北、上、广、深一线城市和成都、杭州、重庆、苏州等新一线城市拓展。

"昆木加"，藏语意为"鲜花盛开的地方"，是唐有根服兵役时，驻守的边防哨所。可见他对"昆木加"边防哨所有割舍不了的深厚感情，同时，他对自己创办的连锁酒店也充满了自信和寄予了希望。

二把手去武汉见了唐有根回来后，在村干部和驻村工作队召开的"脱贫攻坚"专题会上，提出了自己对产业扶贫的工作思路。

支部书记周正听了，沉吟了一会儿，说："冯队长为了这个产业扶贫项目，深入农户座谈，对养猪、养羊、养鸭、种莲子等多个专业户进行认真调研。跑县城去武汉，与相关部门和企业进行洽谈，形成了现在这个产业扶贫发展项目的思路。我个人认为，这个项目发展的思路没有问题，前景也非常可观。尤其是产品出来后，销路问题我们不愁，唐总的连锁酒店完全能消化掉我们的产品。但问题是，项目所涉及的土地流转牵涉范围广，牵扯人口多，能不能被村民接受，我们不得不考虑。还有环保能不能达标也是个问题。比如，杨小羊的黑山羊养殖规模，由原来的一百只扩大到五百只，那么黑山羊的活动范围相应地要扩大四倍。黑山羊的粪便对环境有没有污染，群众正常生活会不会受到影响。还有养鸭和养猪等动物，养殖规模扩大了，会不会出现相同的问题，这些我们都要事先考虑到。求变是好事，但变容易生故，我们基层工作求的是一个稳字，要在稳中求变。再不能像上次处理苏菊花母女俩的问题。本来什么事儿都没有，但我们一折腾问题就来了。苏菊花母女俩'低保'取消了，问题却留在村里了。前天晚上，苏菊花的小叔子杨志勇打电话要我们恢复苏菊花母女的'低保'，理由很简单，她们母女户口还在骑龙顶村。总之，我们做每一件事都要贴民心，解民意，惠民生。"

二把手听了周正这番话，心里不得不服，到底是在骑龙顶村搞过四十多年的村干部，话说得滴水不漏。上次讨论取消苏菊花母女"低保"问题时也是如此。当时，周正只说了一句话："苏菊花母女俩的户口还在我们村。至于她在沧澜县找男人，那是她个人私生活问题，只要没领结婚证，最多就是个同居关系。我们是不是需要考虑一下，取消人家的最低生活保障是否合情合理。"

从面上看，周正这话说得很公正，没什么毛病，既尊重了大家的意见又表明了自己的态度。

尽管如此，二把手还是坚持自己的观点，他想干的事情从来就没有中途放弃过。

上次，对苏菊花母女"低保"问题，二把手把调查到的情况，以文字的形式如实向上面做了详细汇报，附上调查时的录音和图片等佐证资料，由上面定夺。

结果通过镇和县两级扶贫办公室，进一步调查核实发现，周正所说的户口问题水落石出了。

苏菊花人是嫁到骑龙顶村了，但户口一直放在娘家没迁过来，只有苏菊花丈夫和女儿的户口在骑龙顶村。苏菊花丈夫去世后，只剩苏菊花女儿一人户口在骑龙顶村户口册子上。苏菊花与沧澜县那边男人再婚，根本不需要骑龙顶村出任何手续，只要带着她丈夫的死亡证明，直接从娘家把户口迁过去就行。

调查时，说到苏菊花女儿的抚养问题，苏菊花现任丈夫反问调查人员，这不是一个做父亲的责任和义务吗？要求回澜县取消苏菊花女儿的"低保"待遇，他愿意出书面保证材料。

有了这些材料，取消苏菊花母女俩"低保"就是顺理成章的事情了。

这次，为了让产业扶贫项目顺利落地，二把手对项目规划涉及的两个区域，在全村进行广泛地宣传发动，并入户征求意见和建议。对流转的土地，水田每亩每年补贴200—300元，旱地每亩每年补贴150—250元。根据土壤肥瘦和水源好坏而定。

二把手规划的两个区域，是按地理条件来设计的，比如八组，山地面积大，以杨小羊的黑山羊为主体，兼养猪、牛和散养鸡等畜禽类，粪便集中收集发酵处理。六组和七组紧邻长江边，以种植莲子、莲藕和水稻为主，兼养鸭和鱼，鸭和鱼可以给莲子、莲藕和水稻提供充足的有机肥料。两个区域形成一个整体，成立"喜羊羊绿色生态发展有限责任公司"，由杨小羊和杨思藕分别担任总经理和副总经理。

在项目宣传发动和征求意见建议时，二把手一再强调，项目在落地前是变动的。也就是说，项目可以落在七组八组，也可以落在四组五组。项目落在哪里，完全依据农户的意愿和热情度来定。

由于地理条件限制，这里的田地多以人力耕种为主，大型的农用机械到这里就是一堆废铁。人力耕种田地，除了种子化肥和农药，风调雨顺的年月，一亩还能落个几百块钱的人力钱，要是遇上旱、涝、虫灾年，农民种田还得倒贴种子化肥钱。因此，这里的田地无人耕种，成片成片地荒芜。

如今，听说有人要流转自己手里的田地，一分钱投入不要，每亩还能纯落至少一百五十元的补贴，不愿意不是傻子？性子急的人，生怕到嘴的鸭子飞了，纷纷表示：我们没意见，建议赶紧落实。有合同没有？有合同我现在就签字。

这一切都在二把手的预料之中。

六

喜羊羊绿色生态发展有限责任公司，设在七组的一座山的半山腰上，离主干道不足六百米。

与农户签订完土地流转合同后，杨小羊准备动工修建进出公司的道路。这个没有错，要发展先修路，公司要进机械和建筑材料，建储存仓库和加工车间。进种牛种羊等畜禽和禽畜饲料，将来成品畜禽和农副产品要运往武汉，都离不了一条进出的宽阔道路。

秋高气爽日，金桂飘香时。挖掘机、推土机等大型机械进场，杨小羊抖开一挂万响的长鞭，准备点燃动工的礼炮时。没想到，七组的杨金德突然闯进施工现场，跑到披红挂彩的挖掘机的机械臂下，手里扬着墨迹未干的土地流转合同，大喊："我要生存，还我土地。"。

一位看热闹的老村民，笑着对杨金德喊道："你我都70多岁了，黄土都埋到脖子上的人，还要土地有什么用？"杨金德向喊话的人翻了一眼，大声回应道："你以为，将来你我还有黄土埋脖子？做梦吧！"

杨小羊放下要点燃的鞭炮，收了打火机，走到杨金德面前，问："二叔，你这是要干吗呢？我们合同都签了，还有什么问题吗？"杨金德和杨小羊的父亲是叔伯弟兄，上数五代还是一家人。

杨金德有点六亲不认地说："你是哪个我不知道，我也不想知道，我只想要回我的土地。你能给就给，给不了，你就去叫一个能给的人来和我说话，我有话要说。"

杨小羊的电话先打给周正，周正听了这边事情的大概，说："你找冯队长，这事他清楚，他能处理好。"

二把手接到电话后，很快赶到现场。他走到杨金德跟前，说："叔，有什么事情，我们能借一个地方说话吗？"

杨金德没有接二把手的话，他指指路下的水田，说："你先看看下面这丘水田，两亩一分，刚收完稻子，除了稻茬，有一根疣草吗？"老人停下来，抹了一把眼泪接着说："知道吗？二十年前，我刚分到这丘田的时候是满满一田的疣草，人站在上面脚板都不粘泥星子。我带着老婆和孩子，一点点地用手扯，用指头抠，一筬箕一筬箕地往岸上送，再一担担地挑到山坡上。我们一家硬是在这丘田里泡了三十四天，我们的双手都泡成了墨绿色，手指伸都伸不直。一晃二十年了，这丘田保证了我一家人吃饱饭，还供我的孩子读完书。现在稻子不值钱了，但有了这丘田，每天过来看一眼，我心里安稳踏实。"

二把手明白了，他点点头，说："叔，你的心情我能理解，这丘田你精心种了二十年，已经种进了你的心里，种进了你的骨子里。如今修路要毁了，尽管毁的只是一部分，但这一部分却连着你的心，你心里难受，睡不着觉。"二把手感同身受，心里为老人难过。他停顿了一下，接着说："叔，你看这样行不行？如果你还想种这丘田，我答应你，和小羊商量，除了修路毁掉的面积，剩余的部分你可以继续耕种，你与公司签订的合同不变。如果你觉得因为修路不满意这丘田，我们给你调剂相同的水田面积，或者你在公司流转的水田里任意挑选，你看中哪丘田种哪丘田。这两种办法你觉得哪种办法好选哪种。种出来的稻谷全部由公司按市场最高价收购。你看这样处理行吗？"

老人一把抓住二把手的双手，说："对不起，这都是年轻时饿肚子饿怕了，饿出了毛病。田地是我们的命根子，有了田地就能种粮食，手里有粮心里不慌，我找你们不是为了贪点便宜，我只想图个心里安稳踏实。这丘田我种了二十年，正如你所说，已经种进了我的心里。公司修路剩下的我继续耕种，打下来的粮食全部交给公司。这要求不过分吧？"

"不过分，不过分。"二把手边说边握紧老人的双手："感谢您的理解和支持。"

杨金德的事引起了二把手的思索，他有了一个新的想法，建议公司开辟一个"生态体验园"。生态体验园里的田地，交给有意愿耕种的农民耕种，统一发放种子和化肥，专人管理和除虫。收获的季节可以对外开放，组织学生和长年待在机关里的人，进园体验耕种和收获的喜悦，所有收获的农副产品，公司按价收购，谁耕种谁受益。二把手这一建议，得到了公司全票赞成，并纳入整体规划。

　　喜羊羊绿色生态发展有限责任公司正在有序地发展时，武汉的唐总来电话，要来实地看看进展情况。同时，夏天给二把手透露了三个消息：一是唐有根这次来是带着钱来的，有提前预交货款的意愿；二是骑龙顶村的产业扶贫项目已经被县"脱贫攻坚指挥部"盯上了，将作为全县产业扶贫的示范典型向全县推广；三是唐有根到骑龙顶村将会有县和镇两级领导陪同，同时，县扶贫办和县文旅局的都有主要领导参加。

　　听了这些，二把手笑着对夏天说："你这有泄露组织机密的嫌疑哦！"电话那头的夏天回笑道："我这可是远远不止一餐酒的价值，你不会是想昧我这餐酒吧？"二把手哈哈一笑，说："酒管够，回来我约你。"

　　果然，一周后骑龙顶村迎来了唐有根，带着副总和财务总监。回澜县陪同的有，县脱贫攻坚指挥部指挥长——回澜县县委书记和县"四大家"（即县委、县政府、县人大和县政协）及其随从人员，乡镇党委书记、县文化和旅游局一把手，县和镇两级扶贫办负责人。

　　文旅局一把手带白乐开车，夏天是项目联系人，必到。白乐见了二把手，悄悄伸出大拇指。

　　二把手跑前赶后忙着招呼客人，介绍项目规划。主客走一处，一站一大片。八月暖，九月温，十月还有小阳春。正是十月小阳春时节，众人身上冒着温暖的气息，站在天高云淡之下看着远处的牛羊，它们悠闲地啃着误认为春天到了急着开枝散叶的青草。新起的公司，新建的储备库和加工厂，新修的公路，新围的栅栏……所有的一切都令人欣喜和欣慰。

看了现场，文旅局一把手依据二把手提供的材料做了汇报后，昆木加连锁酒店董事长兼总经理唐有根，当即拍板提前预交货款三百万，用于购买酒店所需各类绿色食材。

县委书记结合自己看到的、听到的和想到的，对骑龙顶村产业扶贫工作讲了3点意见：一是产业扶贫项目要加快建设进度，争取早建成、早启动、早受益，帮助就业难的贫困户早脱贫；二是对产业扶贫项目给予资金上的支持，将过去的先建成验收后补助改成边建设边验收边补助；三是总结骑龙顶村的产业扶贫经验，在全县推广。

听了县委书记的三点看法，坐在旁边的夏天，伸手在二把手的后背上拍了一下，二人相视一笑。

年终，全县脱贫攻坚总结大会上，文旅局一把手作为全县"脱贫攻坚先进个人"上台做了典型发言，同时，骑龙顶村被评为"产业扶贫先进单位"。

第二年春暖花开时节，一把手被评为全市"产业扶贫模范标兵"。

2020年12月，一把手被评为全省"优秀驻村工作队长"。

三年的脱贫攻坚，二把手的名字始终没上过国网，他是替一把手在骑龙顶驻村。

家里家外

2008 年，人们还没彻底从南方铺天盖地的大雪中解脱出来，年不知不觉悄悄来了。忙了一年的农民，在满溢着年味儿的硝烟里，踏着渐渐融化的雪迹，开始忙忙碌碌地张罗着打豆腐，办年货。外面打工的男男女女，为了和家人一年一度的团聚，正潮水般地往回涌。

可是黑豆的爸爸九成却不同，他压根儿就没打算回来过年，自然也就不用像别人一样火急火燎地往家里赶。

得知消息的腊月十分气愤，她把右手拿着的电话听筒往座机卡簧上一砍，居然砍出一阵"噼里啪啦"令人窒息的鞭炮声，屋后的松树林里，小鸟惊叫着四处躲藏。腊月摔了电话觉得还不解气，把左手正端着的一块豆腐往地下一摔，说："这年还过什么？不过了。"豆腐像盛开的白玉兰，开遍了房间角角落落。

发过脾气后，望着满屋的豆腐渣儿，腊月渐渐冷静下来。冷静下来的腊月觉得自己不应该这样，丈夫在外累死累活的不能回来过年，难道能怪他？他就不想家不想老婆孩子？

当然想，每年的年根，丈夫从外面回来，第一件事就是支开孩子们，大白天把门从里面锁上，拉着腊月一起躲在被窝里做"健身运动"。有一次，夫妻俩刚刚进入状态，腊月的婆婆却在门外大喊大叫起来，让夫妻俩答应不是不答应也不是。好在婆婆叫过一阵后，便自言自语地说："应该不会走远啦？黑豆刚才还说在家的，怎么一会儿就不见人影儿了？我正等着商量事呢！"说着便往回走。

丈夫趴在腊月身上大气都不敢出，腊月一个鲤鱼打挺把丈夫掀下了身，脸一绷，出了一口粗气，侧脸低声恶道："你想压死我再找个嫩的啊？"九成一脸无辜地笑笑，说："这一口还没吃到嘴哪管得了下一口。"说完一只大手老鹰捉小鸡似的向腊月抓去，腊月一侧身，打开九成的"鹰爪子"，眼一瞪，低声问："你还有下一口要吃？"九成觍着脸一边往腊月身边凑，一边说："自家的都吃不饱哪来的余粮卖啊！"上去就是一口，腊月"哧"的一声，像充足气的皮球，瞬间软了下去，房间里再一次掀起惊天动地的高潮。

可是婆婆没走远，听到身后的响动，刚转身折回，却被眼尖的王婆婆撞上了。王婆婆上街买红纸香烛之类的小零碎东西回来，老远就中气十足地喊上了："陈婆婆，在那儿转圈儿，数步子啊？步子数丢了？"腊月的婆婆听信了孙子黑豆的鬼话，说人的大脑要经常活动，大脑经常活动的人才长寿。说得还有理有据的，居然把他的祖母忽悠上了。黑豆建议他祖母每天没事的时候走走路数数步子。腊月的婆婆本不怎么待见王婆婆，但数步子锻炼也不是什么丑事，何况孙子说得有理有据的，她自然对这事深信不疑，因而在王婆婆面前也用不着掩饰。她粗声大气地回道："是咧！"低下头去，果真装着是在回忆数字，伸伸左脚又伸伸右脚，像是自言自语其实是故意做给王婆婆看的："365？366？究竟是365还是366呢？"王婆婆打邪说："平年365天，大年366天。"把屋里的腊月夫妻俩逗得忍俊不禁，但又不敢大声笑出来。夫妻俩就那样咬着被头趴在被窝里，笑得身子却是一抽一抽的，十分节制。

　　自从丈夫打电话说不能回家过年后，腊月的心里一直就像塞满了猪毛，粗粗糙糙的不得意。尽管心里一再告诫自己不应该这样，不就是没回来过年吗？有什么大不了的事情，不就是北京吗？百来块钱的车票钱，如果自己愿意，早上买一张票，晚上就能见到丈夫的。但腊月就是管不住自己，总有一种不如意堵在自己的心里。

　　正月三天年过罢，客人串门该来的也来得差不多了，正月初四，腊月便带着儿子黑豆和女儿小桃回娘家走了一趟。这一趟娘家走过后，腊月的心里便走得没了底儿，没了主张。母亲送她出家门时，偷偷望望腊月的脸，望望腊月身上的穿着打扮，始终是一副欲言又止的样子。母亲这种样子让腊月感觉浑身不自在，她试了几次总想捕捉母亲的眼神探个究竟。腊月突然一个转身，差点就捕捉到了母亲的眼神，可是母亲的眼神一闪，掩饰地伸出一只手在腊月的上衣上拂拂，问："这衣服买得不错，哪儿买的？""隔年二十八去县城步行街一品红精品店买的。"腊月认真地回答了，回答后娘儿俩就再没话了。

　　母亲把腊月送出喜雀埫，快到乡村公路水泥路面时到底没忍住，还是半遮半掩地向腊月说出了自己的心思。母亲望着飘带一样伸向远方的灰白马路，不经意地说了一句大有来头和想头的话，母亲说："女婿一个人在北京过年，肯定想家想儿女，趁现在犁不动、水不响、农活不忙的时候，你过去看看，儿女要读书，走不开，就不带了，托婆婆照应一下，你一个人过去住一段时间。"说完，朝腊月扫了一眼。只这一眼，腊月便觉得自己有了受伤的感觉，满身像溅满了火星，火星把她一身的新衣服烧成了网状，刺穿了皮肤，直逼她的五脏六腑。难怪弟弟和弟媳见了她有意无意地一再提起丈夫，还说了一些莫名其妙的趣闻轶事，都是一些男男女女纠缠不清的事儿。这是有意无意地告诉她，丈夫在外有"情况"了。弟媳生下独生儿子刚过一周岁便丢给母亲，和弟弟一起到北京打工去了。他们夫妻与丈夫打工的地方相隔也不远，肯定风闻了一些丈夫花花草草的风流事。要不别人过年都急着往家里赶，独独他就回不了？南方下了五十年不遇的大雪不假，但别人能回为什么他就不能回？

隔年那场五十年不遇的大雪，从腊月初六开始下。开始的时候那雪下得很节制，和过去下雪的年头一样，细细地、慢悠悠地下。儿子黑豆隔着窗玻璃望着外面不紧不慢下着的雪花，兴奋地喊着："下，下大些，下得越大越好。"儿子黑豆完全是出于一种好奇，盼望能在厚厚的雪地里堆雪人，打雪仗，听雪地里彼此喊叫时没有一点嘈杂的纯净声音。可是雪下着下着就没有一个尽头，黑豆心里就不乐意了。姐姐小桃发现黑豆看着外面棉桃一样下着的大片大片的雪球，显出一脸的愁苦，笑了笑，脸对着门外的雪地，故意煽风点火地喊道："下，下大些，下得越大越好。"黑豆气不过，也喊着："下，下大些，把桃子埋住捂烂它。"

腊月刚好路过，听了这话，顺手给了黑豆一巴掌，说："你个烂嘴巴的，腊时腊月的你乱嚼什么？不会说点吉利话？"小桃躲在一旁偷偷扮了个怪相，笑着正打算走开。腊月手指着小桃，说："你也不是个好东西，没有一点做姐姐的样子，你不会带头说点好话吉祥话？这雪要一直不停地下，交通堵住了，外面的人还能回来吗？你爸还在外面没回家呢！"小桃这才想起他们的爸爸还远远在北京打工没有回来。但她不服输，嘴里嘀咕道："还有半个多月呢？难道这雪会一直下到明年去？"黑豆突然聪明了起来，他嘴里"喊"了一声，揶揄地说："还初中生呢！

也不想想每年的春运有多少人流动，本来客运就十分紧张，每年春运水、陆、空都忙得要死要活，要是大雪成灾，交通受阻或停运，那是什么场面？"母亲横了黑豆一眼："你嘴巴就那么痒？就那样欠抽？把话放在心里不行？非得说出来不可？"

没想到南方的雪真下成了灾，那雪下得尽管不是特别大，但要命的是次数多，前面下的没融化，后面跟着又下来了，一场压着一场地下，路上的积雪被行人踩得铁板似的坚硬。公路没办法通行了，到腊月二十，大小公路不得不强制封闭。当然仍有不怕死的个体营运户冒险载客营运，那收费也是奇高，都是平时费用的十倍以上。

王婆婆的亲家母恰好腊月二十二做寿生，亲家母随儿子住在城里，那寿自然是在城里做了。为了赶到县城给丈母娘拜寿，王婆婆的儿子和儿媳不得不花大价钱坐高价车往县城赶。回来后，王婆婆的儿子一个劲儿地念叨："这屁股高似头了，礼钱是两百元，坐车就花了两百四十元，足足是平时车费的十五倍。"钱花了，王婆婆的儿子回来多多少少还感觉有点欣慰。他说："因为下雪，县城的青菜都快赶上猪肉价了，小白菜两毛五分钱一小棵，大白菜从雪地里扒出来，连雪带冰地过称一斤都卖到一元七毛钱了。我们自己种的有，这个就不用花钱买了。"黑豆的大伯给他的老娘打电话，也证实了这事儿是真的。王婆婆的儿子说到最后，有些咬牙切齿地说："南方人老是羡慕北方人有雪景看，这回算是有得看了。看着吧，好戏还在后面呢！"

果然，因为大雪，水、陆、空客流受阻，码头、车站、机场旅客成批成批地受困滞留，报纸、电台、电视台天天报道的，都是这些牵动千家万户的事儿。腊月的丈夫回不了家，当然是很自然不过的事情了。

可是腊月把娘家人说的一些话和所有的事情联系起来想，她就有理由怀疑丈夫在北京那边做了对不起自己的龌龊事情，并且还舍不得离开温暖的爱巢。北京那边有不少和弟弟、弟媳一样的娘家人打工，为什么别人能赶回家，他就不能？他以为自己做得很高明做得天衣无缝，哪知道世间就没有不透风的墙，何况丈夫身边牵藤绊葛关系连关系，一直牵连到娘家亲人这儿，能不知道丈夫的风吹草动？只是所有的人都不便把这事儿挑明了说而已。

反复考虑过后，腊月在她母亲的建议上做了大胆的决策，决定带上儿女一起上北京去长住。他九成不是能吗？那就把一家人都带在身边养起来。

黑豆把母亲这种行动定义为"保卫家园行动"。母亲这个行动有点伤筋动骨，黑豆想着心里有点五味杂陈，他和姐姐正在读书。姐姐读初二，他读小学五年级，母亲要是上北京去，他们姐弟俩怎么办？黑豆把这个疑问提出来时，母亲不假思索地回答道："都去，你爸现在能耐着呢！"

好像他们的爸爸在京城做了京官，并且当的是肥差，能拖家带口了。黑豆接着又提出一个疑问："那我们还要不要读书？"母亲一愣，愣怔后，咬牙切齿地说："读，他不是能吗？拖垮他，看他还能不？"母亲说过后，"哇"的一声哭了起来，并且边哭边数落，字字句句都是黑豆爸九成的不是了。

黑豆的爸爸不过是乡村千千万万的泥瓦匠之一，家里能住三连二层小洋楼，黑豆和姐姐能读书，还能让这个家的日子过得风生水起，黑豆心里明镜似的清楚，这一切靠的都是爸爸手里的一把泥刀，是爸爸手里宽宽大大的一片泥刀撑起了这个家。爸爸活着不易，可是妈妈为什么还要这么数落爸爸呢？姐姐看着黑豆提出问题后，脸上显出一脸的愁云，淡淡地问黑豆："今年过年你就没觉出点特别来？"

黑豆睁着一双大眼，望着姐姐看了一阵后，笑了，他心里明白了，今年过年最特别的当然就是他们的爸爸不在身边了。爸爸不在家，年也过得没滋没味的。过去过年的时候，爸爸会用独轮车推回一车烟花，都是上百发的。腊月三十那才叫个热闹，在家门口一字儿摆开四个百发大烟花，引线一点，那气势能把整个喜雀塆都轰上天去。

可是看看今年过的是什么年？冷火秋烟的没一点劲儿。黑豆心里暗暗笑了笑，心里对姐姐说：你要的答案我偏不给。黑豆望着姐姐小桃十分肯定地说："有啊？姐姐长高了也长漂亮了。""还有呢？"姐姐听了弟弟的夸奖，心里有些得意，但仍然紧紧地盯着黑豆的双眼，让黑豆接着说。黑豆把脑袋往左稍稍偏着望着姐姐，笑了笑，说："还有不能说？"黑豆在设套等着姐姐往里钻，姐姐却满不在乎地说："那有什么不能说的。说。""我要是说错了，姐姐不能怪我哈？""姐姐不怪你。""真说了哈？"黑豆把向左偏着的脑袋往下压了压，审视地望着姐姐笑。小桃明白了，黑豆在和她玩心眼。她来了个激将法，伸手制止黑豆道："你不用说了，量你也不知道今年有什么特别的了。"黑豆急了："谁说我不知道？不就是爸爸没回家过年吗？"

正月里的乡村，鞭炮声和烟花划过天际的哨子声，远远近近长长短短不时爆起，声音在空旷的天地里弥漫消散。宽阔的乡村公路上，或羊肠般的乡间小道上，不时地响起"当、当、当"的小锣声，随后便出现了一条长长地龙灯，或一顶漂亮的彩莲船。乡村的人们把这些统称为"故事"，这里"故事"的解释，是否有"过去好玩的往事"的意思呢？往往一座塆里前面的"故事"没走，后面的"故事"又进塆了。在所有的"故事"中，人们最重视的是接"龙"。一般主家接"龙"，会在堂屋上方摆好香案，大门外燃一挂长鞭，叫请"龙"进门。那庞大的龙头俯首低头进门。进门后的巨龙，在堂屋正上方一叩首，再以香案为轴心，绕堂屋一圈后出门逶迤而去。主家来不及答谢，龙头已经进入下一家。主家慌忙拉住后面主事的塞一包香烟，请其代劳答谢。主事的接过香烟后，顺手从龙尾上撕下一条红绸布赠给主家，用以镇邪除灾。当然，现在答谢不是用香烟而是用人民币，来得直接简便。

腊月前面刚送走龙灯，后面又来了彩莲船。彩莲船中坐的是一位花枝招展的姑娘。腊月来不及喘一口气，赶紧跑回家拿一挂长鞭在家门口燃了，这就算接下了彩莲船。彩莲船在不断燃放的鞭炮中前后摇摆，如风吹小舟随波荡漾，漾出了一嗓子好音：

采莲船来哟哟，四角尖来呀呵嗨，中间坐的呀喂子哟，小金莲来划儿着。

叫声姐姐哟哟，听分明来呀呵嗨，唱支曲儿呀喂子哟，夸夸姐姐好来划儿着。

哥哥在外哟哟，吃四方来呀呵嗨，姐姐持家呀喂子哟，是能人来划儿着。

老人享福哟哟，身体健康呀呵嗨，儿女学业呀喂子哟，门门红来划儿着。

……

黑豆站在后面捅捅他姐姐小桃的腰眼，努嘴示意小桃看看他们的母亲，他们的母亲被人家哄得喜笑颜开。黑豆趴在他姐姐的耳边说："你好好地待着把学业弄个门门红吧！我是不行了，只有跟爸爸吃四方了。"小桃抬起左脚，照着弟弟的脚背"呱叽"一下盖上去："你就一个人乐去吧！"痛得弟弟嘴里直抽风。从不上当的黑豆冷不防被姐姐气愤地踩了一脚，不甘心，在他姐姐的后背上咬牙擂了一拳，一脚跳开到一边去。

姐姐小桃本来就郁闷得很，母亲要去北京独独把她一个人留在家里，理由是小桃还有一年半的时间就中考，中考只能在户籍所在地考试，才能按正常程序升入高中就读。小桃的奶奶与县城的大伯通电话：说到妈妈"保卫家园"行动时，大伯在电话那边只说了两个字——"糊涂"，压了奶奶的电话，把电话直接打到北京爸爸的手机上。电话一接通，大伯便带着责备的口吻对黑豆的爸爸说："你在外这么忙忙碌碌为的是什么？不就是儿女和家人幸福快乐吗？你在外面有没有花花草草的事儿，我管不了，但我提醒你，儿女读书是大事，不能荒废了，荒废了儿女，儿女会恨你一辈子。还有，小桃还有一年半就要中考了，上高中只能是户籍所在地就读，你得想清楚。""咔嗒"，北京那边还没来得及说话，这边电话已经压了，听着传过来的忙音，黑豆的爸爸机械地摁下了手机停止键。

初五的晚上，腊月接到丈夫九成从北京打来的电话，话语里半是责备半是无奈地说："现在我再怎么解释你也不会相信我，你把家里安排一下过来吧！女儿小桃明年就中考，肯定是不能带过来，至于黑豆，你过来了放在家里没人管得了，你看着办。""你这是什么话？儿子究竟带还是不带，你就没个准话儿？"腊月火气十足地喊上了，她想丈夫给个准话儿自己照着执行就行了。可是丈夫没什么准话儿给她，丢下一句："我不让你过来行吗？你自己安排吧！过来的时候打个电话，我去火车站接你。"说完把电话压上了。腊月气愤地望着听筒，恶狠狠地说："我都带上，看你能把我怎么样？"说完把电话摔了。电话听筒没扣上，耳机里传出一连串令人烦躁的"嘟、嘟、嘟"的忙音。

腊月把电话刚压上，女儿小桃便走近母亲身边。小桃脸上没一点表情，问："妈，能不走吗？"腊月一脸茫然地望着女儿，不知道如何回答女儿。女儿一个人在家里的确让人放心不下，何况即将面临中考的女儿更离不开父母的关心和照顾，可是更让腊月放不下的还是这个家。在腊月的心里，目前这种情况，保护家庭是压倒一切的重中之重的大事，家要是没了，女儿还能读得下去书吗？腊月无法答复女儿的要求，她张了张嘴，说出来的却是连自己都说服不了的话。腊月伸手顺了顺女儿额头上散落的长发，说："你爸爸一个人在北京病了，你说我能不去看看吗？你现在长大了，要学会独立生活，你迟早会离开父母独立生活的。"小桃说："我知道我迟早会离开你们的，但关键现在我需要你们的帮助和支持。"

面对女儿犀利的眼神，腊月连苍白的语言都没有了，她不知道如何是好了。她哀愁地看了女儿一眼缓缓地转过身去，走到衣柜前，开始细细地整理自己和儿子出门的衣物。

母亲哀愁的眼神深深刺痛了小桃，小桃在一瞬间凭着女儿的敏感理解了母亲的难处。她走到母亲身边，退而求其次，说："妈，你一定要到北京去，我也阻挡不了你，但你能不能把弟弟留在家里和我做伴？你和爸爸都走了，我想家里有个人陪我说说话，这才像个家，我们不能没有家，你说是不？"腊月收捡衣服的手颤抖了一下，一滴眼泪滑出眼眶，她连忙伸手抹了，背对着女儿，说："让我想想。"丢下手里拣好的几件衣服起身出去了。

黑豆满以为自己会随妈妈一道去北京见见世面，并待在父母身边读书，那种幸福想起来就甜滋滋的，像含在嘴里的汤圆，轻轻咬一口，馅里的甜汁儿慢慢顺着牙龈儿往外渗，芝麻拌的糖馅儿令人满嘴生香。可是黑豆儿做梦都没想到，快到嘴的汤圆被姐姐一句话给戳掉了，掉到了地上，让妈妈捡不是，丢也不是，左右为难。黑豆死缠烂打要跟妈妈去北京读书，黑豆说得头头是道，黑豆据理力争地说："北京是什么地方？中国的首都，政治文化的中心，教育的最前沿，到那里去读书还能差吗？再说我到了那里肯定会更加努力的。"他回过头，对姐姐说："家里不是还有奶和爷吗？他们不能和你说说话做做伴儿？"妈妈听了黑豆的话，回过头去看看女儿，女儿说得不无道理，父母都不在身边，她只想一个能陪她说说话的伴儿。姐弟俩一起上学，一起放学，回到家里有说说笑笑的伴儿。家是要人气养着，人气旺，家才像个家。至于爹爹婆婆，有两房叔叔的儿女扔给俩老人，够他们忙乎的，照顾得了女儿吗？

这事儿一直闹到初七的晚上，正月初八是学生报名上学的日子。晚上，腊月只得连哄带骗地告诉黑豆："你明天去上学吧，书是不能耽搁的，我先去北京看看，说不定我看看就回来了。如果我在那边长住的话，也得先帮你把学校联系好你才能过去。"黑豆听了母亲话，知道自己再争也是没什么结果，他回头恨恨地看了姐姐一眼，说："想我陪你说话，做梦吧！"说完，顺着雕花楼梯扶手头也不回地上楼睡觉去了。

腊月买的是初十傍晚井冈山—北京西站 K308 快速空调车，在黄州火车站上车。腊月走前和儿子黑豆慎重地谈了一次话，这一次腊月几乎是含着泪水和儿子说话的。腊月坐在儿子的床前，长叹了一口气，说："儿子，其实我也不想出去，老话说得好，在家千日好，出门一时难。外面千好万好哪赶得上家里熟人熟地热被窝好？你爸爸在北京生病了，我不得不去看看，家里你就是男子汉，你就是顶梁柱，姐姐没你帮她壮个胆，行吗？姐姐明年就要中考了，我们不能让她分心，得全力支持她，你得帮家里挑起一份担子。"

黑豆在床上翻了一个身，面对着母亲，说："妈，我知道你为什么上北京去，你不用说了。你去吧，不用担心我们，我会好好陪着姐姐，给她壮胆、说话。我现在要睡觉了，明天还要早起上学领新书呢！"说完拉上被子盖了脑袋，再也不问外面冷暖阴晴了。

腊月替儿子掖了掖被子，审视地望了望被面上儿子拱起的身形，恋恋不舍地下楼去了。

天刚刚亮，腊月便悄悄起床了，女儿和她睡一张床，还是被她的动静惊醒了。女儿没作声，静静地看着母亲。腊月穿戴好后转身，一惊，女儿睁一双亮亮的眼睛正看着她。她替女儿掖好被子，说："妈走了，你就是这个家的大人了，有什么难事儿打电话给你爸。"没想到女儿突然冒出一句："你们那么远，听得到看不到，说得到做不到，打电话有用吗？"腊月低下头没作声。女儿伸出手摸了摸妈妈的脸，说："妈，您放心吧！我会照顾好自己和弟弟的，别和爸爸闹，有话好好说，我相信爸爸不会不要我们的。到了北京给我们打个电话，我们会想你们的。"腊月强忍住泪水，点点头，在女儿头上轻轻抚摸一下，转身挽起墙边的旅行包，出门了。

腊月出门，婆婆在大门外的空坪上，边走步边念叨："365、366，今年是365天还是366天呢？"腊月觉得有点可笑，放下旅行包，走上前扶住老人，问："妈，您起这么早找我有事吗？您是不是有话要我带给九成？"婆婆像突然想起来似的，抬头"哦"了一声，说："是有句话带给他，你告诉他，日子是细水长流地过，不是折腾，也经不起折腾。日子过舒服了，一年多一天就是幸福，日子要是折腾苦了，多一天就是灾难。"老人说完，叹了一口气，数着步子走了。

眼看着婆婆渐行渐远，腊月什么也没想，提起旅行包赶车去了。

老王这人

　　老王在古镇民政办公室一蹲就是二十年，从没挪过窝。

　　古镇民政办公室有老王在，古镇男女结婚登记，走进办公室，有种走进教堂接受神父祈祷的感觉。

　　老王办公的时候，坐在条桌后的木板椅上，盯住对面门边长板凳上坐的一对对羞涩男女，十分详尽地询问他认为必须问清楚的问题，让即将走进婚姻殿堂的男女，有一种全身被透视过的感觉。

　　腊月的一天，儿子小王将"显山露水"的对象带回家。小王他妈见了怀孕的儿媳妇，一边笑呵呵地在厨房客厅之间穿梭忙碌，一边吩咐小王一趟趟上街，买食材和葱姜蒜等调味料。当碗摞碗盘叠盘地弄了满满一大桌，一家人坐下来准备吃饭时，老王对小王说："去民政办公室把证领了吧！"小王对老王说："行，爸你给我们带个证回来。"

　　老王匆匆扫了一眼"山是山水是水"的儿媳妇，问儿子："你以为民政办公室可以驮在身上带回家办公吧？"小王没吭声，但心里想：镇民政办公室不就你一个人？搞得像好大机关几十号人一样。

　　没办法，儿子和儿媳妇只得亲自到民政办公室，找老王办

三春鸟

理结婚登记证。

走进民政办公室，儿子和儿媳妇规规矩矩坐在老王对面的长板凳上。老王稳稳地坐在条桌后，面前摆好了印章、登记表格和空白结婚登记证。老王打开登记表，一副公事公办的表情，问："男方姓名？"

坐在对面的小王感觉好笑，喊道："爸，我是你儿子。"

老王一脸严肃地提醒道："我现在不是你爸，请你如实回答。男方姓名？"

小王来了兴趣，响亮地回答："王不实。"

老王一愣，盯着小王说："这不是你的姓名，我要的是你的真实姓名。"

小王说："你都知道了还问什么？"

老王说："我再声明一次，现在坐你对面的不是你爸，而是古镇民政办公室办理结婚登记证的民政干部。结婚是人生的大事，你们要认真对待，要如实回答我的问题。否则这证我没办法给你办。我再问一遍，男方姓名？"

看来今天不配合这证还真办不了。小王老老实实地回答道："王好说。"

老王接着问："女方姓名？"

儿媳妇很配合地回答："周丽。"

老王又问："你们是自由恋爱吗？"

小王抢着说："当然，现在难道还有包办婚姻不成？"

老王说："我没问你，等一会问你再说。周丽，我问你，你们是自由恋爱，不是别人强迫你的吧？"

儿媳妇脸红得像鸡冠，低头答道："是自由恋爱，没人强迫我。"

老王只顾着按程序往下走，边问边记。程序走到最后，老王说："下面请你们说说恋爱经过。"

小王喊了一声："爸，这个也要说吗？"

老王一惊，一抬头，儿媳妇羞红脸恨不得钻地上。幸亏一对闹离婚的男女争吵着闯进门，解了老王父子的尴尬。老王赶紧结束手头的活儿，说："你们的恋爱经过免了，先回去吧。结婚证我给你们带回家。"

小王不干了，问："爸，你以为民政就是你，可以驮在身上带回家吗？"

老王不慌不忙地反问："不可以特事特办吗？赶紧给我回家，我要办公了。"

儿子拉着儿媳妇的小手，气鼓鼓地走了。好在那对争得一塌糊涂的夫妻正等着老王处理。所以，老王没时间和儿子计较。

老王坐在条桌后，稳了稳神，望着对面争吵的夫妇，重重地咳了一声。老王满以为天底下所有来他这儿的男女都会惧他三分，却没想到这夫妇二人完全没把他当回事儿，照样站在他面前争得面红耳赤。

老王等了几分钟，见二人没有停下来的意思，就从条桌后拿起一只饭碗，起身边往门外，边说："你们先吵，吵累了我再来，我去吃饭。"

那夫妻俩见老王走了，愣了一下，吵闹停顿了一会儿。男人说："现在好了，接着吵啊！怎么不吵了？"女人辩解说："你不吵我一个人能吵吗？"男人说："哦，敢情这事儿还赖我了，你不能少说一句吗？"女人说："为什么要我少说，你就不能少说？"二人你一言我一语，又接上火争吵了起来。

老王吃完饭回来，见那夫妻俩在门边长板凳上，一人坐一头，耷拉着脑袋。问："你们吵好了吧？吵好了我们办正事儿。"

女人见老王回来，又来劲儿了，她指着男人埋怨道："你个砍脑壳的，那孩子放学回来到哪儿去吃饭？"男人回道："你还说，人家兽医答应上午来给猪看病，你倒好？闹到民政来了，也不怕丢先人的脸。"

老王看看夫妇俩，笑着说："要不，你们先回去把家事处理完了再来？"

"不，今天这婚必须离，坚决离。"女人站了起来，斩钉截铁地说。男人也不示弱，说："对，坚决离，这日子没法过了，离了干净。"他们站在长凳旁，互不相让。

老王坐回到条桌后，抱着双膀，默默地看着夫妻俩争了一阵后，笑了笑，说："我这儿只有一条长凳，虽然是给准备结婚的新人坐，但离婚的夫妇坐了也不碍事，要离的照样能离。坐下来吵吧！你们站着，级别比我还高，我怎么判你们离婚？"

夫妇俩乖乖地坐下，但屁股却都是搭在凳子两头上。老王说："你们既然吵完了，那就听我的，我让你们谁说谁就说，暂时没让说的就听着，一个个地来，女的先说。"

闹别扭的夫妻，都有一肚子话要说。相互指责后便是向人诉说，这里诉说的对象当然只有老王。女人说，老王认真地听，老王听了一会儿，突然拉下脸用手指着男人喊道："你，站起来。"

男人不知所以，愕然地望着老王，屁股慢慢地往起抬，抬起屁股的同时，他不忘用一只手按住凳子头，让凳子那头的女人能继续安稳地坐着，不至于摔着。女人也摸不着头脑，吓得大声都不敢出，惊恐地看着老王。

老王不动声色，他向男人问了几个问题后，伸手示意男人坐下。

轮到男人说的时候，女人很认真地听着。突然，老王像哪根筋搭错了似的，又将女人喊了起来。女人像男人一样也用一只手压住凳子头，怕凳子一头沉，摔了男人。双方每一个细微的动作，老王都看得清清楚楚。老王心里有底儿了。他一边慢慢地打开条桌的抽屉，掏出一个厚厚的大本子，哗哗地翻弄，一边说："你们目前都还住在虎头村吧？"

夫妻俩相互看了一眼，女人心直口快地反问道："我们不住虎头村，还能住你家啊？"男人瞪了女人一眼，回头笑脸对着老王，说："我们是住在虎头村。"

老王合上厚厚的大本子，抬起头很遗憾地看着对面的夫妻说："真不凑巧，今年的离婚指标没了。好在要离婚也不在乎这个把月的时间，是吧？你们先回去。开年，开年我给你们留一个指标，第一个解决你们的问题，让你们离婚。怎么样？"

那还有什么好说的，夫妻俩无精打采地走了。

第二年开春，老王下乡，路过虎头村时，正碰上那夫妻俩在田里一边插秧一边笑闹。老王有心和他们开开玩笑，对他们喊道："哎哎，你们怎么搞的，指标都留给你们了，怎么老也不见你们来。再不来，又得等来年了哈。"

夫妻俩一愣，突然想起了那档子事。男人望着女人一笑，女人虎起脸抓起一个秧把甩向老王。老王躲闪不及，"叭"的一下，秧把搭在老王的后背上。女人双手撑在水田里，边笑边说："还……还是我这秧把好使，一盖一个准。什么指标不指标的，都是你一个人自导自演。以为我们不知道你那点心眼？"

老王驼着泥印子边跑边喊："你们别得意，再来民政办离婚，我就是没指标也要让你们离了。"

民选组长

一

飞庙村黄家塆的民主选举组长，一整天没选出个结果。

原因很简单，黄家塆有四姓，即王、周、黄、李，其中王周两姓属四姓中的大姓，人口众多，在黄家塆当属霸主地位。李姓只有老组长李源一人一个户头，黄姓有黄大和黄二两个户头。黄李二姓任何一姓要想与王周两姓抗衡相敌，无异于以卵击石。因此，只要是王周两姓看好的事情其他姓就别想沾边。可一山难容二虎，遇上两姓都看好的事情，二虎相争，在所难免。

这不，选举组长，王周两姓就十分看好，都认为当个组长很划算，开开会收收上交的钱，不操太多的心，一年就能拿几百块钱的补助。几百块钱，可抵一千多斤谷子，谁不想干？可是，按户头王姓比周姓多一户，可老组长李源偏偏中意的是周五。

别小看了李源手里的一票，用好了，它有四两拨千斤的能量，能改变整个选举局势。可是，李源偏偏看好周姓小子周五，这就让周姓和王姓票数相等。至于黄姓的黄大和黄二弟兄俩，哪一方也不想得罪，也不敢得罪。兄弟俩保持中立，投了自家一票，让周姓和王姓都无话可说，最后还落得坐山观虎斗。

这样一来，就把新上任的贵庚村长推上了尴尬地位。贵庚村长扬扬手里的选票，半开玩笑半认真地说："谁说黄家塆不团结？这不很能说明问题吗？我算是见识了，像这种选举结果不说是百年不遇，至少是十年不遇吧！"

贵庚村长在村里搞过三十多年的会计，他什么事儿没见过？什么场合没应付过？但贵庚村长现在面对的却是一场你赢我输的较量，任何一方都不会轻易让步。贵庚村长是带有使命来的，为了达到选举的预期目标，他不得不再开会，再动员，再苦口婆心地讲道理，晓之以理，动之以情。贵庚村长正说得群情激昂的时候，突然有人跳出来喊道："选什么选？干脆抓阄。"贵庚村长真想上前抢他一嘴巴，他盯住那人凶恶地横了一眼，说："你以为这是儿戏？哦，想怎么玩就怎么玩？不好玩就推倒重来？这是受法律保护的选举，是大家行使法律权力的时候，你知道不知道？大家千万要端正思想态度，都要认真投好自己手里神圣的一票，千万不要听少数人的话，轻易放弃自己的民主权利。"

再发选票，再一次选举。

还好，贵庚村长的口舌总算没白费，看阵势，事情好像有了转机。可把选票收上来一唱，却躁坏了老组长李源——李源以绝对优势再度当选为组长。组长李源当即站起来要骂人，却被贵庚村长一把按住，宣布民主选举结果，拍板，散会。

人们如释重负地长长出了一口气，嘻嘻哈哈地走出了作为临时会场的李源家。

西行的落日在西行的巴河水里挣扎、沉浮，汇集大别山千溪百流的巴水河，如袅袅炊烟，飘渺成九曲十八弯的绸缎，带走了黄家塝一天的烦躁和喧嚣。黄家塝在百鸟归巢的静寂中渐渐平静了。

贵庚村长带着一脸的微笑，盯着李源左脸颊寸长的疤痕，说："众人能再次选你当组长，说明你在黄家塝有很高的威望，大家都这么信任你，我们不能不尊重民意，你还是挑起这副担子吧！有你挑这副担子，我更放心。"

李源面露难色，说："老哥啊！这次我恐怕真的不行了。你在会计的位置上干了三十多年，连个副村级都没捞上，这次组织在你即将退职前把你扶上来，不是明摆着为了解决你多年没解决的入党问题吗？你现在是村长，我们组又是你的点。村长是干什么的你比我清楚。首先就是抓钱的，可如今钱是那么好抓的吗？农民种田，三提五统，国家税费，层层加码，年年水涨船高，农民负担一年比一年沉重。历来是官取于民，民取于土，可土地出的远远不够农民交的，叫农民拿什么交？现在更邪乎，兴什么一季完成全年任务，小麦没黄，油菜没熟，上面就开始逼着下面借款完成任务。你也看到了，我在黄家塝搞组长的这几年，是水里按葫芦，顾得上头顾不了下头，护着下面得罪上面，有哪个晓得我在中间受夹饼罪？这个罪我受够了，不想受了。我也再没这个能耐帮你了。"

贵庚村长笑笑，大手一挥，说："这个我不管，反正黄家塝选的组长是你，有事我就找你。"说完，贵庚村长就往门外走。快出门的时候，发现李源家的墙壁上吊着一管猎铳，贵庚村长说："哪天请我尝尝野味儿，怎么样？"回头望了李源一眼。李源正生气，不接他的话头，答非所问地说："你硬要我搞这个组长的话，可别到时候怨我不上心不用劲。"贵庚村长很自信地边摇手边往门外走，说："不会的，我相信你不会的。"

贵庚村长刚走，黄大便像幽灵似的钻进李源家。黄大进门便打哈哈，双手抱拳，喊道："恭喜恭喜，恭喜李叔你连任组长。"

李源从去年就开始向村委会提出，不当这个鸟组长，不做这个孙子。没想到民主选举，选过来选过去，黄家塆硬是不让他下马了。他心里正窝着一肚子的火，对黄大没好气地吼道："恭喜你个头。我有什么好恭喜的？"

黄大无端被人吼了也不急，好脾气地笑笑，说："看、看、看，当组长当出息了，脾气也见长不是？"李源本来就看不惯黄大这种吊儿郎当的样子，再听他这种长幼不分的腔调更来气。李源双眼一瞪，手指门外，说："滚，滚出去。"

可是黄大不吃这套，说："你别急，等我把话说完再走也不迟。你也别和我凶，你这个组长我可没投票，我自己还想当，哪会投你的票？我来是通知你，我明天要走了，我名下的一亩三分田这就算交给组长你了，你是组长，你有权处理，种谷长草全在你。我的话说完了。"黄大一说完，转身出门走了，把李源晾在那儿半天没词儿。

这黄大也是一张嘴吊着两个膀子，走哪儿吃哪儿，歇哪儿哪儿就是家的主。他娘老子跟已经成家立业的黄二过，黄家把他当作可有可无的人，干脆让他分家单过了。他仗着自己寡汉单条一个，每年种田为了逃避国家税、集体费，变着法儿找碴儿和村里胡搅蛮缠，扯皮拉钩。他个人历年老欠钱，账转账，年年往上加码，账上已经有两千多元了，但他不急。拿他自己的话说，不就是两千块钱吗？这么大一个国家，还在乎我那两千块钱？

李源被黄大的几句话噎住，半天才醒过神。等李源醒过神来，黄大已走到山脚的田埂上了。李源望着黄大消失的方向，喊道："黄大，你尾巴一扬，我就料定你是要屙屎还是屙尿，你别得意，会有和你算总账的时候。"李源向门外喊完话，觉得不过瘾，回身从墙上摘下那管猎铳，走出门外，站在黄家塆的至高点上，对准天上的星星，气势汹汹地扣动了扳机，"通"的一下，吓得夜鸟惊飞，吓得正过田埂的黄大浑身一抖，一脚踩空掉进了水田里。

黄大恼怒地从水田里拔出那只泥浆脚，一手叉腰，一手提着沾满田泥的鞋，摆出骂娘的架势，却让高处的李源抢了先。李源在硝烟弥漫中居高临下，望着黄家塆的灯火，大骂："黄家塆的人听着，你们一次次搅起伙儿来，把老子当苕卖，老子今天就在这儿撂个话儿，我李源也不是好惹的，惹急了，可别怪老子六亲不认。"

黄大"哧"的一声，不屑地大笑道："就你那两下子还想在黄家塆逞强？"

这次黄大算是看走了眼，李源远远不止两下子。

二

李源当上新的一轮组长后，一改过去当组长时的窝囊相，不怕得罪人了，大刀阔斧地干。

黄家塆王家媳妇桂琴和玉枝妯娌俩，为了鸡毛蒜皮的小事吵了起来大打出手。满塆的女人扯的扯劝的劝硬是没办法拉开她们，场面乱成了一锅粥。众人急了，连忙喊："快喊组长李源。"

李源来了，李源一上来便不干不净地骂道："好吃好喝没事做是吧？那好，你们都松手，让她们接着打，从现在开始，哪个再上去扯架我就扣她两个积累工，我就在这儿记着。"

话一落，众人向李源翻着白眼松了手，哪个愿干这种吃力不讨好的事？倒要看看他李源有什么招能制止这场打斗？

李源喊住了众人，接着喊道："王嫂，拿把椅子给我，顺便提瓶开水端几只碗过来，今天我就坐在这儿看着。看着你们俩能打出什么花样来？你们俩可以接着打，渴了可以过来喝水，但累了不准歇气儿，不打的就扣她五个积累工。"

李源话刚落音，那妯娌俩便各自撒手捧着脸跑进屋。众人见了，一片哗然，都说："这办法好。"

这还不算，李源在调整小组鱼塘时玩得更绝。

黄家塆有大小鱼塘六口，其中面积最大、肥水来路最广、易于管理的门口塘，水面的面积五亩。王周两姓为得到这口鱼塘，各执一词互不相让，争得面红耳赤。王姓说，他们户头多理应得到这口鱼塘；周姓说，不就少一户吗？我们人头还比你们多呢！这口鱼塘应该归我们才是。黄家老二说得干脆："你们争什么？不如和粑抓阄凭天定。"周王两家一听，都表示反对。

眼见左不成右不就，李源桌上一巴掌，说："都是一群驮重不驮轻的贱骆驼。既然这口鱼塘这么难分那就别分了，归我了，其余的鱼塘你们接着分。"黄二知道自家最没希望得到门口塘，不如白送个人情。他第一个跳出来表态，喊道："我同意，门口塘给组长了。"既然有人表态同意了，何必扯手得罪人呢？况且得罪人不一定就能得到门口塘，不如做个顺水人情。王周两家当家主事的这种时候都想通了，自己得不到大家都别想得到。石头缝的鱼儿抓不着就捣成烂泥得了。

鱼塘分下去了，鱼苗下水了，犁耙水响的农忙季节也就来了。布谷鸟儿日夜在河畈里鸣叫，催促着人们抢耕插禾。

李源心急火燎地向黄二家急匆匆赶去，他在寻找黄二的父亲黄宝贵。

黄二的父亲正左手握着牛绳拿着牛鞭，右手扶着犁耙，赤脚在河边冲犁田。"驾"，一鞭下去，牛蹄翻飞水花四溅，泥土如书页样地一页页被掀开。

李源手夹一支香烟，站在田岸上喊道："老哥，犁田啦？"水太响，没听着。李源带上名号，又喊了一声。黄二的父亲黄宝贵抬头往左往右看了看，发现了李源，连忙歇住牛，问："哦，李源兄弟啊！有事吗？"李源笑笑，往黄宝贵身边的田埂上走过去，蹲下身子，说："没什么大事，就是想请你帮我盘几天田，工价六十元一亩抵你的上交任务。"黄宝贵不解地问："你有好多田？"李源一笑，说："不多，也就十亩多点。你也知道，这一开年就有两家户口迁走了，田地没人要，加上你家黄大的。我一个人日夜不睡觉也忙不过来，所以，请你帮帮忙。"

黄宝贵稍稍沉默了一下，问："后天要得不？"

李源甩掉手里的烟头，站起身，说："要得，就这么定了。我走了，你忙吧！"

在李源的操持下，大田的秧刚插下去不久，黄大便从外面回来了。

三

黄大是掐准了时间回来的。他回来后，发现自己田里果然都插上了秧，心里十分滋润。心说："李源，你哪来的缘啦？和我一样，一人吃饱全家不饿，寡汉单条一个，还有什么缘？还不如我圆（滑）。"黄大扔下行旅，端根鱼竿到李源承包的鱼塘里钓鱼。

水面微风阵阵，黄大投下鱼饵荡起一片浪花，抛下蚯蚓精心包裹的鱼钩，架好鱼竿爬上岸，寻了一个结满油菜荚的田边，把身子顺放在田埂上躺着，口里衔一根青草细细地嚼着。他要在这里等一个人，这个人就是组长李源。他知道李源这会儿正在哪片田里扯鱼草，要不了一个时辰李源便会来到他的身边。他一想到自己精心编排的好戏就兴奋，他睡在田埂上，一次次在心里演绎他的杰作：

　　想象中李源上来了，走到他身边，轻轻地喊道："黄大——"黄大觉得自己该稍稍抬起身子瞧一眼那个疤子脸，问一句："有事吗？"不，不，不。黄大否定了前面的剧情。

　　最好是等李源气愤地赶过来，喊第二声时才佯装惊醒。翻身坐起来惊慌四顾，等看清是李源再平静一下自己，说："嗨！是李叔你呀。"哦，不，最好是不带任何称呼："么事这样大惊小怪的？"

　　"你……你怎么在我塘里钓鱼呢？"

　　"哦！没田种钓钓鱼不行吗？我还准备去你那儿借几担谷渡渡饥荒呢！"

　　"你——"

　　看他李源的脸色都气成猪肝色了，那才叫过瘾有味儿，场面一定很精彩。

　　黄大睡在田埂上，双眼轮流着一睁一闭，把油菜枝上的太阳搞得一跳一跃极有灵性。突然一张十分狰狞的疤脸盖住了他的双眼，盯住他，问："回来了？"

　　"呜——"黄大一头翻了起来，慌忙应道："哦，是、是、是……李源，哦不，李叔啊！"低头翻自己的荷包兜儿，上兜，下兜，左兜，右兜，都摸了个遍，就是没有他要找的东西。

　　李源笑笑，问："怎么啦？"

黄大摸摸后脑勺，尴尬地笑了笑，说："烟。"

"别找了，我这儿有。给，来一支。"李源甩给黄大一支，自己嘴上叼一支。点上火，李源抽了一口，问："在外面混得还不错吧？"

"嗯！是——不。"

"不好混，回来也好，歇几天再去把秧薅一薅。秧我已经请人帮你插上了，晚饭后上我那儿把账结一结。"

黄大从地上弹了起来，问："什么账？"

李源不慌不忙地说："帮你请人盘田插秧付的工钱啊！"

"哦——"

李源还没等黄大反应过来，丢下一缕好闻的烟味儿，消失在一望无际的油菜田中。

"啪"的一声，黄大给了自己一耳光，恶狠狠地说："贱！"

塘里有鱼儿在咬钩，浮标一沉一浮，黄大抓起一把泥土摔向鱼标，收起鱼竿走了。

天上的星星一眨一眨，夜空中传来布谷声声。

李源踏着夜色走进黄大家。黄大的筷子上夹块肥肉正往自己的嘴里塞，李源的声音抢先一步："你这日子过得像神仙，挺滋润的。没送点给两位老人尝尝？"

黄大故意在肉碗里翻过来拨过去，不接李源的活茬儿。李源看着肉碗里翻过来是肥膘肉，拨过去还是肥膘肉。笑了，说："别翻了，没有精肉。"黄大抬头白了李源一眼，仍低头只顾扒饭翻肉不理李源。

李源说："我来你烦了是吧？这没办法，我请你到我那儿去你又不去，我只好不请自来了。我来跟你说两件事，说完就走。"黄大抬眼扫了李源一眼，低头继续扒饭翻肉。李源不在乎，接着说："第一，全村的老欠都转了贷款，这是上面的精神，转不到你本人头上就转到我这承头人的名下。这没办法，我不想当这个组长承这个头可是你们……哦，不，是大家硬要我当这个组长。村里要我的头我不能不要你的颈了。你的老欠是两千零五元八毛，可都是我替你扛着，你得给我钱。你别翻白眼，翻也没用。第二，我请人帮你盘田、下种和插秧，一共用了一百二十六元四毛，种子用了五十五斤，这好说，你可以打下新谷还给我。"

黄大听得有些不耐烦了，白天的气还憋在心里呢！筷子往饭桌上一拍，问："你有完没完？"李源不吃他这套，双眼死死地盯住黄大，问："怎么？头上长红头发，天上出绿太阳？能耐了是吧？你有能耐就屙泡硬屎我看看，把这两笔账清了我才服你。"黄大盯着组长李源看了一会儿，破罐破摔地说："要钱没有要命有一条，可以给你，你要不？"李源迎着黄大的眼光，说："来横的是吧？你只要敢给，我就敢要。我好歹活了六十多岁，和你一命抵一命算是值了。"

黄大一笑，说："不就是一张欠条？"反手从门上扯块春联纸，从地上捡根柴火棍，洋洋洒洒地写了一张欠条，拍给李源，说："命比这个重要。"

李源接过欠条，看了看，说："还有老欠呢？"

黄大恶狠狠地说："老欠没我的事，找村长要去。"

李源见好就收，说："好！你是个角儿，你就等着。"李源一甩手走了。黄大"呸"一声，从嘴里吐出一块肥肉。李源一脚门里一脚门外，回过头，问："吃到臭肉了吧？"黄大翻翻白眼，没来得及反击，李源已经出门走了。

四

"两夏入库"的时候到了。

略知农事的人都清楚，5月，除了油菜籽可以变钱外，农民再没什么可以入库的了。可石旗镇上上下下掀起了一季完成全年任务的高潮。

李源和所有的组长一样，自村里"两夏入库"动员大会后便急上了。他们一面忙自己的农活，一面挨家挨户上门催要粮款。但收效甚微，全村油菜籽入库不足两万斤，收到各类有价证券3709元。再开会再加力度无济于事。村长整天手不离烟，嘴不离钱，坐下便抽烟，碰上组长就是要钱。

李源已经被逼得走投无路了，黄大却跳出来捣蛋，他拿自己欠国家和集体的税费到处炫耀："老老实实地上交，总有交不完的钱，今年交足了三百元，账清了，明年就等着交四百元。我就不交，让它涨去，涨的都挂在账上。我伏的是屁股，仰的是鸟——没钱。"那些本想勒紧裤腰带，七拼八凑完成税费任务的农户，听了这话，自然打消了要完成任务的念头。都是大耳朵百姓，我凭什么要带这个吃力不讨好的头？

李源恨黄大，恨得他牙根痒。得想个办法治治他，不然这上交款怎么催收？

吃过早饭，李源心情很好地出门了。初夏季节，阳光很好，脚下一派生机勃勃。离黄大的家门口老远，李源就喊上了："黄大，有好事找你。"

黄大手捧一碗热气腾腾的大米粥站在大门口，一边对着粥碗吹气，一边问："你上门，肯定憋不了什么好屁。"

李源呵呵一笑，说："你这就不对了，人家说做好事有好事待，我上门为你做好事，怎么就没讨你一句好呢？"

黄大沿着碗边喝了一口粥，问："那行，我相信你，先谢谢你，祝你好人有好报，长命百岁。这话是好话吧？说说看，天上掉馅饼，砸到我头的是什么好事？"

李源走到黄大身边，拉住黄大拿筷子的手，说"走、走、走，屋里说，好事不能在大门口说。"没拉动。

黄大说："有什么好事？就在这里说，敞开大门说亮话，还怕别人听到不成？我不怕别人听到。"

李源凑近黄大的耳边说："有个姑娘看上你了。"

黄大睁大双眼，把李源上上下下打量了一遍，问："有姑娘看上我了？还有这样的好事？"

李源丢了黄大的手，说："我就说你不会相信吧？七婶硬要我捎个话儿。话我捎到了，我先走了。"

黄大一把拉住李源，问："你说的是喜雀塆的七婶？让你给我捎话儿？"

李源白了黄大一眼，说："不是喜雀塆的七婶还有哪个七婶？"

喜雀塆的七婶，那是远近有名的说媒拉配的高手，只要她看准的男女没有不成的婚姻。所以黄大听到七婶捎话，不亚于过去皇帝的金口玉言落地成钉。

黄大激动了，说："您等等。"他把粥碗送到饭桌上，拿块抹布把桌椅擦了一遍，回身双手抱住李源的双肩，把李源推到他家堂屋的上位上坐好，转身到饭桌另一边的下位，抱拳深深鞠了一躬："您要是帮我说成这门亲，您就是我的再生父母，我在这里先谢谢您！"

李源坐在上位，左腿翘到右腿上，伸出右手的食指和中指来来去去滑动了几下，黄大马上明白，说："您等等，我上次打牌赢了一包红金龙，我拿给您。"李源接过黄大递过来的烟，拆开，放在鼻子下嗅了嗅，说："好烟，味儿就是不一样。"说着，弹出一支，点燃，深吸了一口，抿住嘴，闭着眼，似神仙神游般地静了一会儿，睁开双眼，又说："味儿正，带劲儿。"像突然想起来，他拿起桌上的烟，又弹出一支，说："来，你也来一支。"黄大摇摇手，说："这是孝敬您的，您抽，我抽不惯这个。"李源也不客气，顺手把那盒烟放进口袋里，说："行了，你舍不得抽的好烟给我抽，这个忙我帮定了。回头在七婶面前，我给你说说好话。"说完，起身往门口走去。

黄大一步不落地紧随其后，送到大门口，李源正要迈步出门时，突然停住脚，回头，说："还有一个问题，七婶那边我能保证帮你说好话，但万一那姑娘的父母来访亲，怎么办？"

黄大胸有成竹地说："这个没问题啊，我可以把家里弄得整整洁洁的，把不要的、过时的东西都丢出去，再穿一身好衣服，应酬方面您放心，肯定没问题。"

李源说："我担心的不是这些，关键人家来访亲不会让你知道的。知道访亲怎么访的吗？来访亲的人把自己扮成做小生意的，譬如收鸡蛋、卖水果的，做生意的时候顺便拉拉家常，要不了一会儿，就能把你家好的坏的刨得底儿朝天。"

黄大一拍大腿，说："您不提醒，我还忘了，没人喜欢打牌赌博的，这个好办，我和那帮牌友打声招呼，保证不会有事。"

李源摇摇头，欲言又止。黄大说："您有什么事儿尽管说，只要我能办到的一定照办。"

李源看看黄大，低头沉默了一会儿。再抬起头看着黄大又摇了摇头，说："还是不说好，就这样吧！你放心，我会帮你在七婶面前说好话，哪些该说哪些不该说我有数，哪个还没过过穷日子？你说是吧？"

黄大一拍脑门，一把拉住李源，说："我知道了，你是说我一个人过日子还背一身债，是吧？"

李源惊讶地问："你还背一身债？没有吧？你没欠哪个的债吧？"

黄大说："欠您的债啊，您忘了？还欠国家和集体的税费。"

李源大手一挥，说："我的你先欠着，我不急。欠国家和集体的那也不算什么欠债。再说欠着也好，大家都欠着，任务完不成了，上面认为我无能，不就把我这组长撤了？撤了好啊，我早不想干了，就这样吧！我走了。"

黄大一把拉住李源不让走，说："只要是欠债，欠谁的都是债。您这样，您帮我好好算算，我前前后后一共欠了多少钱，包括欠您的，一起清了。"

李源盯着黄大问："你有那么多钱吗？"

黄大说："有没有那么多，您先算了再说，没有我找我朋友借去，今天必须清了所有的欠债。不过，我有一个要求，我清了这些债务后，您帮我向村里讨一个公告，公告大意就是我不欠任何债务，包括国家和集体税费。公告要大红纸盖村委会公章，贴在黄家塆的塆中间。"

李源说："不用算了，我记得，你欠税费及我个人共计2582元3毛7分。公告的事我去找村长要。"

李源拿着黄大结清的欠款，红光满面地找村长贵庚去了。

可是，一个月后，组长李源承头包养的门口塘，水面上浮了一层大大小小的鱼。请镇水产干事来诊断，结论是气温太高鱼缺氧所致。

但李源不相信这个结论，他心里清楚是怎么回事儿。因为，七婶捎话的事穿帮了，黄大找过他。但黄大没和他大闹，只警告他说："李源，你小心点走夜路一头栽倒，永远起不来，或者你刚出门你家就着火。你就等着瞧好吧！"

李源欲哭无泪。

三十七床

一

母亲的病来得突然，搞得赵一方措手不及。

早春的清晨，赵一方正在睡梦中，家里的座机忽然响了。赵一方一头翻起来，将厚厚的棉被整个翻了个面，让睡在另一头的妻子，突然单衣薄衫地裸露在寒冷里。等妻子反应过来要责骂他时，听到电话里传出公公的哭诉声："你母亲吐血了，下面屙的也是血，这可怎么办啊？"还在迷迷糊糊中的赵一方，听到父亲的哭诉，心里突然紧张起来，急忙吩咐说："你赶紧让大哥二哥四弟他们把娘送过来，我这就联系县人民医院的朋友先定床位。"

挂了电话，赵一方打开手机，调出县人民医院朋友的手机号，拨过去，简单说了他的意思。那头的朋友很仗义，问："什么时候能到县人民医院？"赵一方说："现在是六点四十分，估计要九点左右到。"朋友说："行，你八点半过来，我帮你先联系一下病房床位。"

挂了电话，赵一方回到被窝里，妻子狠狠踹了他一脚，说："你还回来干什么？"这一脚踹得赵一方莫名其妙。他生气地问："我不回来，还能去哪里？"狠狠地扯过被子，左右一滚，紧紧地裹住自己。妻子见赵一方完全没有觉察到自己慌乱中的失误，更生气了，她一扭身，学赵一方左右滚了一把。好在被子宽大，足够他们"划江而治"。

县人民医院的朋友姓胡，是医院的纪检书记，说大不大说小不小的头头，认真的话就让人胆怯，马虎的话也就无所事事了。可是在医院这种地方，不认真还真不行，稍一马虎，不是让人头痛的医疗事故，就是患者状告医生收受红包。这年头医疗事故一出便是医院一次大浩劫，既费心费神，又费财丢名声；患者一告状便捅天，天一捅就破，随后就是上面纪检部门查证落实处理，回复。直忙得你日不能食，夜不能寐。因此，赵一方这位朋友整天神经都是绷着的，睡觉也得睁着一只眼。

县人民医院坐落在凤栖山的主峰，鸟瞰南溪县城的全貌。主峰东边的余脉，过去建的是南溪师范学校，后来县级师范学校撤销不办了，改成南溪实验高中。主峰北边的余脉是南溪县城二十余万人生命最后的归宿——南溪县殡仪馆。主峰西边是一条交通要道横穿而过，马路对面是南溪县党政机关幼儿园。县人民医院分门诊楼和住院楼。门诊楼在前，门诊楼前摆着一小盆一小盆的花花草草，高低错落有致。住院楼在后面，有一个宽阔的场院，院子里有花坛，栽种着小叶女贞和石榴树。医院西边面向交通要道，另开了一个高大的门楼，供三辆120急救车出出进进和病人家属车辆来往和停靠。

赵一方站在南溪县人民医院门诊楼前，仰望坐落在凤栖山主峰上的住院楼，心里突然有一种奇异的想法，整个枫栖山不就是一个人从生到死的演绎过程？人在医院里出生，到幼儿园启蒙，上学读书，参加工作，中途或老了疾病缠身，也就是生命遇上了需要解开的结扣。进医院将结扣交给医生，医院便是解开生命结扣的地方。从某种意义来说，医院就是一道生死相隔的阴阳门，人进了医院，就像站在阴阳门前，医生就是这道门的守护神。这边是阳，守住了，也就解开了生命的结扣，继续生；结扣成了死结，解不开了，跨过这道门槛儿，就是生命的终结，该上北边的殡仪馆，也是人生最后的归宿。多半的时候，人是通过医院这扇生命之门来到这个世界，在不断地解开生活的结扣和生命的结扣，等生命的结扣成了死结再解不开的时候，就是人生的终结，从医院这扇生命之门离开这个五彩缤纷的世界。

忽然，赵本山的《咱们屯里的人》手机彩铃声，打断了赵一方的奇思异想。掏出手机看了一眼，是朋友的电话，朋友告诉赵一方，他已经和"内三科"的周主任打电话联系过，让他直接过去找周主任，周主任会安排好一切的。不过，朋友顿了一下，又说："目前床位比较紧张，先在走廊住下来，如果有床位，周主任会第一时间帮你解决。"赵一方说："这没问题，你们不能为腾床位，把人家病人赶出来，让我们住进去吧？"朋友笑笑说："真要那样，医院得改楼顶。"赵一方一时没明白过来，愣了一下，反问："改楼顶？"朋友哈哈一笑，说："是啊！把楼顶加厚，能抵挡人家上房揭瓦和抄底啊！"朋友的笑话，让赵一方早上的郁闷忽的一下日头升起，云开雾散。

内三科在住院楼九楼。走进住院楼，到处人满为患，两部电梯上上下下，忙忙碌碌。电梯在一楼刚打开门，人们便蜂拥而上。开电梯的是一位四十来岁的女人，她将胖乎乎的双手向两边一抄，双脚前曲后弓，像一座小山似的挡住了电梯门，喊道："大家等等，让病人先上。"前面的人往后一瞧，后面摆放了两辆推车，一辆推车上躺着一位患者，满脸缠绕绷带，正高一声低一声地痛苦呻吟；另一辆推车上也躺着一位病人，病人右腿鲜血染红了绷带，像冬天的一片枫叶，在树枝上迎风飘荡。前面的人墙让出了一条道路，刚能容推车通过。可是一座电梯只能载一辆推车，前面的推车进去了，后面的自然只能等，等另一部正往下运行的电梯。

一辆推车推进电梯间，占了电梯一半的空间，人只能见缝插针，站在推车剩下的空隙里。赵一方抢上了一个靠近电梯门的空隙，后面跟着的人还在往上挤。门口一对夫妻并排奋力往里挤，男人身子细小单薄，一身灰头土脸的打扮；女人矮胖结实，穿一身灰白的棉袄。夫妻俩大半个身子在电梯里，赵一方往里缩了缩身子，试图腾出一点空间容下他们。

可是，开电梯的女人却大声地吼叫："装不下了，装不下了，等等吧等等吧！"开电梯的女人在喊着装不下时，又挤进了两位年轻人。年轻人一上来，相互配合把身子左右一摇，像母鸡盘窝，三两下便把门口的夫妻俩大半个身子挤出了电梯门口。夫妻俩一脚门里一脚门外，仍在坚持不懈地拼命往进挤，可是他们所有的努力都是徒劳的。开电梯的女人伸出双手，往外推着夫妻俩，边推边喊道："下去下去，门关不上了。"尽管男人身子十分细小单薄，但下了决心的男人，一边拼力抵抗，一边哀求道："帮帮忙，主治医生正等着我。"开电梯的女人没有一点通融的余地，恶声恶气地吼："下去，下去。"紧跟其后的女人钉子一样钉在门口，一边死死地往里抵住男人，一边用商量的口气说："要不我下去，让我男人先上去，我们不能让医生等我们啊！"开电梯的女人一口回绝了："不行，你以为你们是谁啊？县长？卫生局局长？医院院长？"

这话有些过分了，伤人了。赵一方听不下去，他站出来说："姐姐可不能这么说话，县长局长院长是人，未必普通老百姓就不是人？"开电梯的女人便调过枪口，对准了赵一方，说："都是人，那你就发扬点优秀品格，你下去，让她男人上来？"本来赵一方还想和她辩论几句，凭什么后上的不下，让我先上的下？但和这种人能讲道理吗？赵一方一转身，帮助身子单薄的男人站到他的位置上，说："你在这儿站好，我下去。"

赵一方的前脚出了电梯门，后脚跟被关上的电梯门顶了一下，同时顶出开电梯的女人一句话："这年头还想学雷锋，你就待着吧！"赵一方回头想反击，却见电梯上行的红色箭头已经指向二楼了。

二

在周主任的关照下，赵一方母亲的床位比预想的安排要快，内三科在一个大病房里，给赵一方的母亲加了一个床位。这是一间办公室改成的病房，墙壁上留有红纸套边的宣传栏。尽管这间病房病人多，护理的家属也多，闹哄哄的。因为空间大，暖气根本照应不过来，人待在里面阴冷异常，但最冷也比待在走廊上强，好歹还是一间病房。

安顿好母亲，赵一方走出病房，打算去看看周主任，和周主任打个招呼。走进周主任办公室，周主任正在忙，他一边回答病人家属的提问，一边趴在厚厚一堆病人档案夹中填写病人档案，根本无暇顾及赵一方是谁。向周主任打听病人病情的家属，站在周主任左侧，赵一方走到周主任右侧，在一排固定的塑料凳上坐下来，静静地看着周主任忙碌。周主任穿着白大褂，配着一张温和的脸，让人感觉十分温暖。看到这样的周主任，赵一方突然明白一件事，面相不一样的人，穿着打扮即便完全一致，但给人的感觉完全不一样。别人同样穿一身白大褛，但面相冷漠，给病人的感觉自然是冷飕飕的，如一块千年的老冰。

病人家属得到周主任满意的答复，面带感激的笑容离去后，周主任向赵一方这边抬头看了一眼，温和地问："你有事吗？"赵一方正了正身子，自我介绍说："我是五十六床家属，麻烦你了。"周主任"哦"了一声，放下手里的笔，转身到饮水机上倒了一杯水，递给赵一方，说："别客气，你也看到了，走廊都插不下脚了，病人太多了，暂时只能委屈你们了。不过，一有空床位，我就帮你解决。至于你母亲的病情，等检查结果出来后，我们再商量治疗方案，好吗？"赵一方赶紧说："行行行，让你费心了。"

赵一方起身，刚想与周主任告别，有人在他身后怯怯地喊道："周主任！"赵一方扭头一看，十分惊讶，站在他身后的是那位在电梯间受过欺负的瘦弱单薄的男人，与此同时，单薄瘦弱的男人也认出了赵一方，惊喜地问："怎么是你？"赵一方点点头，说："我母亲在这儿住院。"赵一方回头伸手要和周主任握别："周主任，你忙，打扰了。"周主任接住赵一方的手，握住说："你放心，你母亲的事就是我的事，有什么事可以直接找我。"赵一方握住周主任的手，边摇边笑着说："在你这一亩三分地里，你说了算。"转身向单薄男人点点头，离开了周主任办公室。

刚回到病房，赵一方的手机响了，掏出来一看，是杭州的网友铃儿响叮当打来的。他拿着电话出了病房，到外面楼梯口的窗下，接通了电话，赵一方问："铃儿响叮当吧？"对方答："嗯！是我，车毂隆咚，我已经买好火车票啦！"赵一方心里一惊，急忙问："买好火车票？你这是出去旅游吗？"对方咯咯地笑了，说："是啊！"赵一方"哦"了一声。对方问："你知道我去哪里旅游吗？"赵一方伸手随意地推开了铝合金推拉窗门，一股冷风扑面而来，冷风中捎带着一阵火车奔跑的轰鸣声，一路传过来，远方视线内一列绿色的长龙滑过县城的边缘，一路向南奔去。赵一方随意地问："去哪里？这大冬天的只有往南方走，是海南吗？"对方又咯咯地笑了，忽地收了笑声，说："不，往北。""往北？"赵一方一惊，反问道，"往北去哪里？"对方还沉浸在自己的喜悦中，回答道："去你那儿啊！车毂隆咚的家乡，你忘啦？我说过，我会过去看你的，怎么？不欢迎？"

赵一方有点后悔了，看来玩笑是不能随便开的。赵一方仗着网上百无禁忌，打打闹闹说说笑笑，他以为 QQ 一下线，电脑一关，所有一切都如大幕落下，天各一方，彼此不相认了。没想到这位女网友把网上说的话当真了，还真的要动身来找他。赵一方脑子开始高速运转，母亲病了，要不要告诉她？可是，她会相信吗？她肯定不会相信，天底下哪有这么凑巧的事？他们在网上聊了几个月，彼此十分熟悉，多次话赶话，半真半假地，彼此发出了见面的邀请，但赵一方从没想过要和她玩真的。如今管不了那么多了，赵一方只能如实告诉对方，母亲病了，在医院住院，没空接待。可是，对方的回答让赵一方瞠目结舌。铃儿响叮当听了赵一方的实情，咯咯地笑了，说："好啊，择日不如撞日，我正好去看看伯母，这不是两全其美的事？就这样，我还有事，先挂了。"电话挂断了。

赵一方手握挂断的电话，呆呆地愣在那里，半天没回过神来。

回到病房，赵一方在母亲的病床边刚刚坐下，病房门口伸进一颗脑袋，往里瞧了瞧，看到赵一方，那颗脑袋上的双眼突然明亮起来，像见到亲人一样，推开门，直直地向赵一方走过来，边走边说："大哥，总算找到你了。"赵一方的母亲疑惑地看着儿子，赵一方没理会母亲的眼神，看定走近他男人，问："有事吗？"也许是赵一方那副没有表情的面孔吓着了男人，男人往后缩了缩单薄的身子，腼腆地搓搓双手，说："也没什么事，我找你就是想当面说句感谢的话。我姓方，叫向明，你就叫我小方吧！住八病室三十七床，也可以叫我三十七床。人到了这里都简化了，简化成一种代号，一扇门牌号。"没想到方向明很健谈，话匣子一打开，就再也看不出他脸上的腼腆了，他接着说："在电梯间里，多亏你的帮助，要不我的手术又得往后推，还不知道要推到什么时候才轮得上我呢！我先是很常见的胃病，现在转症了，是癌症。"

癌症？赵一方和他母亲同时反问，他们母子惊讶的不是癌症本身，而是面前这个单薄瘦弱的男人，哪来这么大的定力？很多人听说自己得了癌症，精神早就崩溃了，而方向明说起自己得癌症的事情，像是说一个与他不相干的人得了癌症一样，脸上十分平静。方向明点了点头，说："是的，已经是中晚期了，医生说必须做切除手术。这几年家运不好，下面孩子小，上面还有一个病歪歪的老娘，家里全靠我老婆一人支撑，腾出我去外面打工。可是我在外打工不是遇上欺骗的，就是遇上黑心的老板，几年下来，就靠两个肩膀抬一张嘴瞎忙，家里没积攒一点积蓄。你也知道，现在医院说是救死扶伤，但没有钱，别说是小痛小伤没人扶，就是命悬一线，一双脚踏在阴阳两界，照样没人救你。如果有钱，我的手术一周前就做了。主治医生告诉我，手术前必须往医院账户上打一万块钱，才安排手术具体时间。我在医院都待了快一个月了，账上有点钱，医院就给我打点滴，开一包包的药。钱完了催命似的提醒缴款，款子没及时缴上，针停了药断了。我住的八病室来来往往，已经换过三批病人了，现在和我隔壁床住的这位，明天也要出院了，他是第四批病人了。我要是再这样住下去，好人也会憋出病来。我不是怕死的人，而是像我这样的人死不起啊！老婆是个本分人，再拖两个小的带一个老的，哪个负担得起？这几天我四处借钱，总算勉强借到一万块钱，打进医院的账户里。早上约好和主治医生见面，想请主治医生尽快安排手术。你也知道，在这儿多住一天，没个一二百块钱下不来。早一天省的都是钱。你说我们急不急？"

赵一方的母亲插话问："手术时间定了吗？"方向明面向赵一方的母亲笑了笑，回答说："大妈，定了呢！手术定在这周周五。"赵一方的母亲连连说："那就好那就好。"赵一方一算，今天是周一，离周五还有四天。农村实行合作医疗后，县人民医院常年人满为患，过去可住院可不住院治疗的病情现在坚决住院治疗。有些病能在乡镇就近治疗的现在也舍近求远，到县人民医院治疗。到县人民医院多是小病大治，进来不花个上千元就别想出院。上千元的住院费里，病人出一半弱点，合作医疗报一半强点。出一半的钱，病人换来的是安心，没人不乐意。

"打开水了。"勤杂工在喊打开水，医院的开水是定时打的。住进病房时送被褥的勤杂工已交代过。赵一方弯腰提起开水瓶，方向明一把抢了去，说："大哥，我来我来，我也要打水的，顺手的事。"说着，已经把开水瓶抢在手里，转身走出了病房。

赵一方趁空给医院的朋友回个话儿。电话接通后，电话那头的朋友关切问："住下来了吧？"赵一方说："住下了，多亏周主任的关照，比原先预想的要好。"朋友说："条件不好，你们先将就着住，委屈了。"赵一方笑笑，说："没事，有你和周主任帮忙，会逐步解决的。"朋友笑笑，说："你没想法就好，有什么事儿别客气，尽管讲。代我问老人好。"赵一方有点感动，说："感谢感谢，你选个时间我们一起聚聚。"朋友说："别，还是我请你，你选个时间，凤栖山大酒店的鱼头烧得不错……"赵一方喊道："你等等，先问一句，你这是公请还是私请？"朋友反问："怎么？怕我腐蚀你不成？"赵一方说："当然不是，我是怕你一个月的工资不够一顿饭钱。"朋友笑笑说："请宣传部的赵大记者吃一餐饭，还用我私人掏钱？"赵一方说："这由头不错，恭敬不如从命。"朋友说："行了，我这边还有客人，挂了，回头再联系。"说完挂了电话。

三

第二天，赵一方的母亲转到了八病室，和方向明同住一个病房。赵一方抱着一大抱被褥，走进八病室时，方向明睁大双眼，不敢相信他能和赵一方的母亲同住一个病室。

要知道，内三科床位标准配置是九十六个，加上走廊上临时床位四十个，一共一百三十六个床位。每天来来往往车轮转的病号，大约二十个。正常情况下，走一个递补一个，随机安排的话，能和方向明住到同一个病房，那概率可想而知，这得多大的缘分才能走进同一个病房。但这种缘分，对赵一方来说，不一定是好事。才认识一天不到，方向明不是上病房看望他母亲，就是帮忙打热水送上门。平白无故地接受别人的照顾，赵一方心里有压力，再说他良心上也过不去，何况方向明也是一个病人。可是对于方向明来说，就是一件值得高兴的事了。

方向明高兴地从病床上跳下来，接过赵一方手里杂七杂八的生活用品，一一摆放好，转身把赵一方母亲扶上床躺下，掖好被子，起身对赵一方说："大哥，这下好了，我们相互有个照应了。"赵一方回了一个笑脸，说："要辛苦你了。"方向明有点不高兴了，说："大哥这话说得就见外了，你在电梯里帮了我，我做点举手之劳的事，不应该吗？"

赵一方没作声，在电梯间里，他是帮了方向明不错，但那是出于打抱不平，对象可以是他方向明，也可以是李向明或王向明，没有固定的目标对象。赵一方能实打实告诉方向明这些吗？赵一方苦笑了一下，心想："我得再找找周主任，换一间病房。"

赵一方刚走到周主任办公室门口，周主任看见他，向他招手说："赵记者，正要找你，和你商量一下你母亲的治疗方案。"赵一方选了一张连排塑料椅，靠近周主任坐下。周主任说："根据胃镜检查结果，尽管你母亲的胃病我们不能百分之百确定是癌症，但有肿瘤就有可能是癌症，我们的意见是手术切除，现在做还来得及，越早越好。"

这事还真不好办。赵一方有弟兄五人，手术的事不能他赵一方一个人说了算。任何一种手术都有风险，万一母亲在手术途中出什么意外，那就是塌天的大事，作为七十多岁的老人，风险性就更大。赵一方把他的意思告诉了周主任，周主任说："那你抓紧时间和家人商量，如果确定手术，我们还要做进一步的检查，尽量把风险降到最低。"赵一方说："行，我会尽快给你答复。"

话说到这里，赵一方觉得该起身走人了。可是他没有走的意思，周主任看出赵一方还有话要说，便一脸和气地问："还有什么需要我帮忙的吗？"

赵一方突然觉得开不了口，他不能向人家再提要求换病房了，医院不是他赵一方家开的，不能想换病房就换病房，现在这样人家已经够给他面子了，他再不能提过分的要求了。赵一方笑笑说："没有没有，你突然告诉我这些，我还没缓过神儿。没事，我马上就和我的兄弟们商量，尽快给你答复。"起身告辞。随遇而安吧！就这样，赵一方一面抵触方向明的过度热心，一面又不得不接受方向明提供的帮助。

把母亲送到县人民医院后，赵一方的兄弟们各自都忙着致富奔小康去了，照看护理母亲的事就落在赵一方和八十岁老父亲身上。父子俩每天两班倒，父亲白天陪护，赵一方晚上陪护。至于查病拿结果，差钱缴费，听个差跑个腿什么的则由赵一方包揽了，他不能让八十岁的老父亲，每天一遍遍地来往于各种检查科室，上上下下爬那么高的楼。真把老人累趴下，赵一方就更惨了。因此，赵一方每天来往于医院、单位和家，三点一线，横穿整个县城。幸亏有方向明搭把手，要不他再长一双手也不够用。

方向明呢？好像很乐意帮助赵一方。和方向明同住一个病室后，第一晚赵一方从家里驮来一把躺椅。方向明见了，说："大哥，你晚上别跑来跑去的，这里有我呢！"这怎么行？赵一方不能把自己的母亲推给一个外人来照料，何况方向明也是病人，也需要人照料。作为一个正常人，良心上怎么过得去。赵一方没有同意方向明的建议。

没想到第二天早上，方向明一大早就不见了人影。等赵一方料理好母亲，准备离开医院时，方向明回来了。方向明手里提了一大塑料袋地菜，见赵一方疑惑地看着他，他抖抖手里的塑料袋，说："地菜是碗好菜，大妈胃不好，用这个包饺子，炒了当菜宴都行，养胃。"可是，当赵一方从方向明手里接过地菜时，他心里受不了，方向明那双手指肚上，都染满了绿色植物汁液，拇指、食指和中指指甲缝里，沾满了染绿的泥沙，一双绿色球鞋上和裤脚上，沾满了泥浆和青青的草叶。可以想象，方向明弄这么一碗地菜，费了多少周折和心思。他真是个实在人啊！对这样的人，赵一方觉得不能亏待了人家。

星期三的中午，赵一方正在家里吃午饭，周主任打电话让他过去一趟，说是他母亲进一步检查的结果出来了。赵一方母亲进一步检查的主要是心脏。他母亲有冠心病，真要做手术，这可是要命的病。周主任不得不慎之又慎，他不仅请来心血管专家进行会诊，还对赵一方母亲的心脏进行了二十四小时全程监测。最后的结论是，赵一方母亲属缺血性心脏病。

周主任把检查的结果告诉赵一方后，说："手术风险比较大，但我们会尽力控制。"赵一方一脸严肃地问："既然风险这么高，不做手术能治吗？"周主任说："跟你说实话，就你母亲目前这个情况，做手术的话，还能活个三五年，如果不做手术的话，就不好说了，长则一年，短则三两个月。"听了这个结论，赵一方很难受。他又问："周主任，你能告诉我，就我母亲目前这种情况，做手术的话，能下手术台的把握有多大？或者说，我母亲的手术，有百分之几十的成功率？"周主任十分肯定地说："没有把握。不过，你放心，任何一个医生都不愿意病人在自己手里出事。"这倒是真话，但连医生都没有把握的事，能干吗？赵一方"哦"了一声，搓搓手，为难地说："这事儿我一人做不了主，我得把情况如实告诉我的弟兄们，做手术不做手术，我会很快给你一个答复。行吗？"周主任说："行。"起身伸手和赵一方握别。

从周主任办公室出来，走进八病室，方向明正和赵一方父母聊天。赵一方刚在母亲的床边坐下，方向明便问："手术时间定了吗？"赵一方有点疲惫地说："还没有，还要进一步检查。"

赵一方的母亲听了，说："手术还是不要做了，我的身体我清楚，我不想死在手术台上，让我多活几天吧！"赵一方安慰母亲说："我们来医院不就是为了治病？多检查检查也不是什么坏事情。手术做不做，我们再商量。"方向明帮腔说："是啊是啊，大妈，反正我们住院只出一半的费用，何不好好查查，有什么病也好对症治疗。"赵一方母亲说："住院费用我们是出一半，但这么住一天就是一二百不见，换来的就是一天挂八九瓶盐水。你看看，这才三天不到，我一双手扎到处都是血眼，我受不了。"赵一方的父亲插话说："你看你，平时吧，老说孩子们这个不孝那个不顺，可是孩子们真要孝顺，好心好意为你治病，你却受不了。"赵一方母亲横了父亲一眼，说："你乐意这种孝顺你来试试。"父亲呵呵笑了，说："我不和你争了，你们聊，我去外面转转，顺便给你带点吃的。"父亲说完，站起来就往病房外走去。

父亲走后，赵一方看了看母亲手上一个个的针眼，一根长长的白色软管，正在源源不断地往母亲身体内输送一种黄色的液体。母亲说："这是参脉，每天一大瓶，还有其他大大小小，一瓶瓶乱七八糟的药。"赵一方抬起头，头上钢筋绞成的梅花吊钩上挂了一个长长的白塑料瓶，塑料瓶旁挂了一个绿皮小夹子，夹子上夹了一张电脑打印出来的白纸，长长的一串黑字，都是要注射的药品名。

<h1 style="text-align:center">四</h1>

赵一方的视线平行滑向三十七床，方向明头顶上的梅花吊钩上是空空的。方向明看出了赵一方的疑问，说："我去问过，

护士说暂时没有，手术后点滴肯定是大瓶小瓶一起上。"

赵一方安慰他说："不给你打点滴，说明你的身体体质好，体质好手术后恢复起来就快。"没想到方向明听了赵一方的话长长叹了一口气，说："手术的事哪个说得好？我们那儿有两个病人，一个是胃癌大手术，一个是阑尾小手术。胃癌那个人医院里有熟人，手术前给医生塞了红包，手术后恢复得很快，半个月后就能做事了。做阑尾小手术的那个人，觉得是做个小手术，没必要塞红包花那冤枉钱，再说他们家在医院里也没什么熟人。可是手术后两三个月了人都没恢复过来，多花了不少冤枉钱。"说过后，方向明低头又叹了一口气。再抬起头，他用一双渴望的眼神看着赵一方，说："大哥，你说我这么大的手术，医院又没什么熟人，就是有心给人家送红包也不知道往哪儿送。如果医院有个熟人，帮忙牵牵线该多好。"

赵一方听了，突然明白，原来方向明对他赵一方不仅仅是为了感谢电梯那点事，是另有所求。赵一方突然想到，这几天和周主任来来往往，以及和他父母近距离地接触，方向明肯定知道他的情况，他说这些也是有所指的，八成是在试探他的口气，看他能不能帮上这个忙。

赵一方看了看方向明，问："你还有钱送红包吗？"方向明摇摇头，说："哪有哦，这次准备做手术的钱我借遍了所有的亲戚，把该借的能借的都借到了才凑足手术费。可是，我要是不送，万一也和做阑尾手术的人那样，在床上躺它个两三个月下不来床，不要了我的命也得让我死半截儿。你说，能不送吗？"突然，赵一方设置的手机闹铃响了，他该上班了。赵一方说："你这些都是道听途说的事，不足为证，你别想那么多，就我了解的，没有哪个医生不希望自己的病人尽快康复出院，这个应该错不了。不要听别人瞎说。"说完伸手拍拍方向明的肩头，起身和母亲打招呼，走出了八病室。

出住院楼时，赵一方遇上了父亲，父亲把他拉到一边，说："小方人不错，热心快肠的，如果能帮上忙就帮帮他。"赵一方苦笑着摇摇头说："看他现在这个样子，连做手术的钱都不一定够，哪还有钱送红包？送一次红包没个千把块钱打不住，送少了还不如不送，人家看不上眼。他到哪里弄这一笔钱？"父亲一听，吓着了，瞪着双眼问："要一千？这么多？"赵一方说："只会多，不会少。"父亲低下头，沉默不语。过了一会儿，父亲又说："你和周主任不是熟吗？你替小方说说好话。"赵一方苦笑了一下，说："人家要是存心收他的红包，你觉得我空口说白话，能行吗？赶紧上楼去吧！外面冷。"父亲看了赵一方一眼，还不死心，说："你说了总比没说好吧！三生不如一熟。"赵一方不想和父亲争论这个问题，便说："行，我试试看。"

和父亲分开，赵一方刚走几步，手机"吱"的一声，像蛐蛐叫。他掏出手机看了一眼，是网友铃儿响叮当的短信。她告诉他已经上火车了，估计明天凌晨 4 点 15 分到赵一方所在的县城火车站，问他能不能接站。赵一方看看住院楼前的常青树，心里感叹，世间的万事万物区别真大，其他地方的植物枯萎成泥的时候，这里却是一树树青枝绿叶地伸展。赵一方给铃儿响叮当回复道："会的。"就两个字。

傍晚，赵一方走进内三科八病室，方向明好像已经等他很久了。见了他连眉梢儿都带着笑色，说："大哥，我想请你帮我个忙。"赵一方心里咯噔一下，心想，父亲是不是把答应帮忙的事透露给方向明了？可是那不过是被父亲逼得没办法，随口敷衍的话，怎么能当真呢？

赵一方看着方向明，笑着问："帮什么忙？说给我听听。"方向明满脸的笑容，把他那张瘦削的小脸，挤成了一枚风干的核桃，说："大哥，事情是这样的，我家里有点急事要回去一趟。如果医生问起我，你帮我支应一下，就说我刚出去，不知道什么时候回。住在这里好人也会憋出病来，反正也没针挂，我回家透透气。"这有点出乎赵一方的意料，事情怎么会这么巧呢？他还想别人替他照应一下母亲，换他去火车站接应远道而来的网友呢！被方向明这么一弄，搞得他有点措手不及。

既然方向明先开口了，赵一方就不好再说什么了，只有勉为其难地答应下来，说："你放心地回家，这里有我呢！"方向明听了赵一方的话，千恩万谢地抓住赵一方的双手乱摇一气。临出门，方向明为了表示对赵一方的感谢，特别叮嘱赵一方，说："你晚上就睡我的床铺。我知道你公家人讲卫生，我把被子和褥子都翻了个面，抱外面去晒了，拿棍子敲了飞絮，干净得很，保证你能睡个好觉。"这倒是个不错的享受，赵一方点点头，做出十分受用的样子，说："行，我晚上不睡躺椅，就睡你的床铺。"

赵一方望着方向明一步步消失在八病室门口。八病室那两扇木框上镶玻璃的门，像两只时时刻刻都在窥视别人隐私的眼睛，让赵一方看着就来气，但他不能当着母亲的面发泄。现在关键是自己要先冷静下来，冷静下来处理即将面临的事情，再等十来个小时，网友铃儿响叮当将专程为我"空降"到这座小县城。人家远道而来，住宿吃喝得安排妥当。到南溪这个小县城来，别的就用不上了，一泡尿就能从小县城南，经夹河桥、过南门河大桥、流过南门大街、淌过双桥北路，就穿过了整个小县城，有车也没地方去。吃的和住的只能拣县城最好的上了。但要做到既要能照顾到母亲，又不能冷落了远道来的客人，只能安排在医院周边的宾馆住宿。那就去凤栖山大酒店，离医院最近。可是凤栖山大酒店不是一般人能住得起的，但有什么办法，只能打碎牙齿往肚里吞，谁让自己的嘴巴欠揍。

赵一方在病房外的走廊上，来来往往走了几圈，停在东边的窗下。他看着窗外的凤栖山，长长地伸了一个懒腰，提神纳气，伸展双臂。忽然，他左右开弓，向虚无处狠狠擂了几拳。挺胸收腹，按顺时针方向摇了几圈脑袋，这才收势，心满意足地往八号病房走去。刚到八号病房门口，伸手推门而入时，周主任在他身后喊道："赵记者，你能来一下吗？"

赵一方随周主任走进内三科主任办公室，周主任给他倒了一杯水，示意他坐下。赵一方坐下后，周主任面色和善地望着他，问："你们商量好了吗？""什么？"话一出口，赵一方瞬间醒悟，周主任在问母亲做手术的事呢！他不能借口工作忙把这事儿忘了，那样会给医生一个错误的信号，认为他们兄弟对母亲的病不上心不当回事儿。连自己的亲人都不上心的病人，还能要求医生上心认真治疗吗？赵一方一拍脑门，说："你看，我还没来得及告诉你，我们兄弟意见基本一致，要求做手术。可是，我母亲坚决不同意做，她害怕上了手术台下不来。我们还在尽力做工作，还是希望做手术，彻底解决病根。"赵一方告诉周主任的这个情况是母亲做完胃镜后，周主任第一次和他商量做手术，母亲得知后做出的反应。后来经过他父亲一遍遍地唠叨，劝说，态度有些松动。但估计把周主任的第二次谈话告诉她老人家，她一定会死活不做这个手术的。母亲一生节俭惯了，困难的时候，钱就是比命大，何况手术有风险，要是钱花了命没了，那不赔大了？

周主任听了，仍然保持一脸的和善，说："行，工作做好了，尽快告诉我，我好安排手术。"赵一方站起来，向他伸出手，说："真的很感谢你，周主任，抽个时间一起坐坐，我请客。"周主任笑笑，拍拍赵一方的后背，显得十分亲热贴心的样子，说："哪敢让赵大记者请客啊！"把赵一方送出了主任办公室。

回到病房，赵一方告诉母亲，说有一位南方来的记者，明天早上到，他得去安排一下，顺便给母亲带点吃的。母亲听说是工作上的事，比赵一方还要急，一个劲儿地催促赵一方赶紧忙去，不用管她，连晚餐也不用管。赵一方说："没事，记者要明天早上4点15分才到我们县城，我先去安排食宿。"

赵一方去凤栖山大酒店，刚把事情安排妥当，铃儿响叮当的短信来了，告诉赵一方火车到哪哪了，还有多长时间他们就可以见面了，并问赵一方，激动不？赵一方回复，还是两个字："知道。"铃儿响叮当很不满意，回了一个俩嘴角向下落，欲哭无泪的苦脸。赵一方觉得有点过分，回复说："对不起，我正忙，见面谈。"

赵一方顺便给母亲带了一碗手擀面。回到病房，母亲一天的点滴已经打完了，正安静地躺在厚厚的棉被下，闭着双眼。赵一方悄悄地走到方向明的床位前，把手里的面碗放在床头柜上，刚坐下，母亲轻轻睁开眼，问："事情都安排好了？"赵一方说："都安排好了。没睡啊？以为你睡着呢！"端起面碗，递给母亲，说："来，趁热吃了。"腾出一只手，帮母亲坐起来，掖好被子。母亲边吃边说："你去洗漱洗漱早点休息，别管我，我能照顾自己。"赵一方说："不慌，你先吃，吃完我陪你说说话。"母亲不再作声了，默默地吃着，病房里响起母亲时断时续的吸面条的声音。

五

凌晨，赵一方设置的手机铃声叫醒了他，已经3点了。赵一方起床洗漱好后，母亲也醒了，正看着他。他把自己的手机号写在一张病历纸上，放在母亲的枕边，告诉母亲，有事叫护士，有要紧的事，可以让护士打这个号码。母亲慈祥地笑笑，催促道："去吧去吧，忙你的去吧！能有什么事？真有事，我会摁这个。"母亲说着，指了指床头上方的紧急呼叫器。赵一方向母亲伸出大拇指，说："真棒。"说完，帮母亲掖掖脚下的被子，说："我走了哈！"母亲点点头。

住院楼的电梯晚上9点钟就停了，整个住院楼内，像巢穴里挤满了虫卵，一只只虫卵在窸窸窣窣地蠕动，偶尔能听到虫子痛苦的呻吟声，还能听到虫子与虫子之间窃窃私语声。出了住院楼，月光很好，水泥地面、花坛里的花花草草上、小叶女贞树和石榴树的枝叶上，像一张张新娘精心打扮过的脸蛋，显出一种圣洁娴雅。

绕过门诊楼，走在南溪县城的大街上，凛冽的寒风呼啸着穿街入巷，一只白色塑料袋，鼓满风，随风飘荡。一个精神病人穿一件破烂的棉袄和一件单裤，边走边吼，从赵一方身边穿过。一只被遗弃的宠物狗紧跟其左右，一路"汪汪——"地叫着，满身的皮毛都打结了。环卫工人拿一把长长的竹丫扫帚，唰唰地忙碌着，身上的黄色马夹在路灯下一晃一晃的。赵一方在南溪县城的大街上与寒风伴行，像一个夜行侠，穿过吴家花园大道，绕翟港路，左拐便是火车站前的丫杈街，火车站前广场中央四支碘钨灯，将周边照得亮如白昼。

穿过站前广场时，赵一方掏出手机看了看时间，3点45分。他用手机上网查了查，从杭州上车，途经南溪县城，每天能停靠的火车只有一列。上车时间是下午3点15分，在南溪县城停靠的时间，是第二天凌晨4点15分。也就是说，如果火车不晚点的话，再等半个小时，铃儿响叮当就该到了。

赵一方边往候车大厅走去，边给铃儿响叮当发短信，问："到哪儿了？"短信很快回复过来，说："已经出江西地界，正向你飞奔而来。"赵一方有点被铃儿响叮当的热情感染了，身体像过电一样，有点激动。他握着手机，调出一条现成的搞笑段子，段子说，某学校出入要凭学生证，MM忘了带，一脸纯真地对保安说："叔叔，我这次忘了，可以让我进去么？"保安问："你哪一年出生？"MM说："我1987年。"保安说："我1989年。"赵一方整好后，手指一点，短信成功转发了出去。

走进候车大厅，里面的温度明显比外面高许多。赵一方的双眼在对面的进站口上方，寻找K751列车信息，在3号进站口的电子显示屏上，显示一行刺眼的红字，铃儿响叮当所乘坐的K751列车大约晚点二十分钟。也就是说，赵一方从此时起，还得在候车大厅再等将近一个小时，那就等等吧！手机适时"当"的一声，像小锤在铜锣上轻轻敲了一下，发出十分悦耳的声音。这是赵一方昨晚设置闹铃的时候，顺手重新设置的短信提示音。他掏出手机，瞧了瞧，铃儿响叮当只回两个字："哈哈。"表示她的心情很好，十分高兴。

整个候车大厅内，稀稀拉拉地散坐着不多的旅客，坐姿形态各异，有彼此相依偎的；有抄起双手仰靠在塑料椅靠背上闭目养神的；有趴在旅行箱上睡觉的……赵一方没什么事儿，为了打发将近一个小时难熬的寂寞，他在大厅内信步闲散地转着。他希望能在这些南来北往的旅行者中找到一个能说得上话的人，和他共同打发无聊的时间。一排排蓝色的塑料椅，背靠背，格子似的摆满大厅。赵一方顺着西面那堵墙壁，从北走向南；左转弯，转到中线，左拐，从南走到北；右转弯，走到东边那面墙下，右拐，刚走两步，赵一方双眼突然一亮，那不是方向明吗？他坐在一张靠墙的蓝色塑料椅上，双手套在棉袖内，缩肩奢脑，将自己藏了起来。看着他那瘦弱单薄的身子，赵一方突然想起一种水鸟，单足站立水中睡觉的水鸟，孤零零地将脑袋深深埋在羽毛内，和此时的方向明一样，睡得是那么香。

方向明昨晚离开时，不是告诉赵一方，家里有急事要回家吗？不是还托赵一方，帮忙支应医生和护士的盘问？怎么突然出现在这里呢？难道他来这里也是为了接站？那也没必要瞒着他啊！显然不是，方向明所谓家里有事，不过是为他离开医院找的一个借口。

赵一方走近方向明，轻轻在他身边坐下来。他本意不想打扰方向明，可是连排椅连接不紧，还是惊醒了方向明。方向明向赵一方这边虚虚地扫了一眼，忽的一下弹了起来，手足无措望着他，语无伦次地说："大……大哥，你……你怎么找到这儿来了？我……我……你……你怎么也没睡床啊？"

赵一方伸出手，拉他坐下来，笑笑说："我来接客人啦！"方向明一扭身，又站了起来，说："千万使不得，我不需要人接。"方向明误会了，赵一方拉了他一把，说："你坐下来说。"方向明这才顺从地坐下来，但手脚都不知怎么摆放了。赵一方接着解释说："我是来接一个南方某报社的记者。"忽的一下，方向明脸上升起一片红晕。赵一方把脸转开，扫了一眼大厅，说："这里睡觉挺舒服哈！比医院被窝里还舒服吧？"方向明不好意思地搓搓双手，望着赵一方傻傻地笑。赵一方回头看了他一眼，说："这段时间你帮了我不少忙，我十分感激你，但你这么做，把我推向了不道义，你知道吗？"方向明再一次站了起来，连连摇着双手，说："不是不是。"赵一方说："你坐下。哦，你说不是就不是啊？一个病人为一个身体健康的人让病床位，你说不是那是什么？"方向明面红耳赤地辩解说："赵记者，你千万不要误会，我让床铺不是为了你，是为大妈。大妈需要人照顾，我不过是为大妈顺手做点事，应该的。"赵一方说："你自己也是病人，也需要人照顾，何况还是一个准备做手术的人。"也许触及到了方向明最敏感的问题，赵一方刚说到做手术，方向明的全身突然像打摆子似的哆嗦了一下。

话题进行到这儿，有点进行不下去了。他们静静地坐着。过了好一会儿，二人情绪缓和了，赵一方说："其实你所说的给医生送红包的事，就我所知，也没有你说的那么邪乎，我说过的，没有医生不愿意把手术做好，做成功的。有了这个大前提，医生给病人做手术就不敢马虎。"方向明摇摇头说："我也知道你说的有道理，我也相信你所说的都是真话实话。我父亲活着的时候说了一句话，让我一直忘不了。我父亲是个心地善良的人，他每次看到了乞讨的人都会给一块钱。有人告诉他，说，你给的钱至少有一大半糟蹋了，因为你看到的乞丐，不一定都是真正生活过不下去的人，多半是以乞讨为生的。我父亲却说，我知道，但我给出去的钱，至少能救助一小半真正需要救助的人，这也就足够了，我给出去的钱也算是给对了。"

讲完父亲的故事，方向明感叹道："是啊，谁能保证所有的付出就一定有结果，但不付出绝对没有结果。"赵一方反驳说："可是你想过没有，就你目前的家庭条件，有付出的能力吗？"方向明好像铁了心要坚持自己的想法，他说："就是没有条件创造条件，没有能力借别人的能力，该付出的还得付出。"话都说到这个份上，赵一方已经无话可说了。

忽然，一串长长的鸣笛声打破了僵局。火车进站了。赵一方扭过头，扫了一眼进站口的电子显示屏，铃儿响叮当乘坐的列车进站了。赵一方站了起来，说："既然你这么想，那就把红包准备好，今天中午随我去凤栖山大酒店吧！具体怎么做，等我回医院再和你交代。"说过后，赵一方急匆匆地起身要走。方向明却一把拽住他，问："大哥，你说的是真的吗？你真的愿意帮我这个忙吗？太感谢你了。"赵一方点头说："回医院去吧！回去好好睡个囫囵觉。等我的消息。"方向明的眼泪在眼眶内打转转，激动得一个劲儿地"啊啊"地连连点头。赵一方来不及再和他说什么了，向他摆摆手，连连催促他，说："去吧去吧，有什么事回医院再说，我得接客人去了。"走了几步，赵一方停下了，转过身又对方向明说："要不你到广场大灯下等我，我接到南方来的客人后，我们一起回去。"方向明说："不了，你忙，我不能再麻烦你了。"说完转身走了。

六

火车站出站口在候车大厅西边，直通火车站站前广场，赵一方刚到出站口，铃儿响叮当一眼就认出了他，招手向他一个劲地喊道："车毂隆咚，我在这里，这里——"边喊边劈波斩浪般扒开前面的人群，快速向出站门靠近。

铃儿响叮当穿一身绛红色精品大衣，白色貂皮围脖，一脸春风得意地向他走来。赵一方瞧瞧四周，还好，没有熟悉的面孔。赵一方之所以这样，是因为铃儿响叮当和他网上聊天时，问他："车毂隆咚，你说我俩见面时，是握手好还是拥抱好？"赵一方和她开玩笑说："当然是拥抱啊！只有拥抱才显得更热情更隆重。"赵一方怕她把玩笑话当真了，一见面就扑上来和他拥抱。要是遇上熟人在场，尴尬不说，还会给自己引来不必要的麻烦。

好在铃儿响叮当没有把玩笑话当真，她走近赵一方，看了看他的眼神，伸手和他握了一下，完成了简单的见面仪式。所有预演的戏剧性的开头和做好的心理准备，都是多余的。赵一方心里不免有一点小小的遗憾。铃儿响叮当抿嘴一乐，贴近他的耳边，问："你是不是做好了拥抱的准备？"赵一方笑笑，说："那当然。"铃儿响叮当一脸的调皮，说："是不是特失望？要不要备上？"说完，一脸坏笑地看着赵一方，赵一方不敢接她的眼神，伸手接过铃儿响叮当的行礼，说："走，我带你先去酒店休息。"说完，带着铃儿响叮当向一辆蓝色的的士走去。

赵一方把铃儿响叮当送到凤栖山大酒店安顿好后，说："路上一定没睡好，你先补补觉，中午我来叫你。既然来了，就顺便给我帮个小忙。"于是，赵一方把中午要铃儿响叮当配合扮演一个记者角色的事和盘托出。这是赵一方临时起意，要帮帮方向明。铃儿响叮当一听，十分兴奋，她觉得这事既刺激又好玩，还做了好事帮了人，胸口一拍，说："没问题，我扮的记者保证比真记者还像记者。"赵一方点点头，说："我知道你的能力，只要你愿意，没有你做不到的事。你休息，我先安排去。"说完，准备离开时，铃儿响叮当有点不乐意了，问："我们的见面仪式，这就算完成了？"赵一方回头，见铃儿响叮当双眼亮亮地看着他，他避开她的双眼，假装糊涂地说："没有啊！我要给你接风洗尘，中午，中午的饭局就是给你接风洗尘准备的。你先休息，我要去医院了，我母亲还有几样检查结果等着我去拿。"铃儿响叮当说："那正好，我陪你一起去看看伯母。"赵一方说："现在不行，现在你的任务是休息，养足精神，配合我办好中午这件事，好吗？"说完，赵一方转身拉开房门走了。

赵一方回到医院，约好了周主任还有一名麻醉师，加上方向明，一共五个人，回头打电话给凤栖山大酒店服务台，定了一个小包间。

回到八病室，方向明已经在病室里等着赵一方了。赵一方问："睡好了吗？"方向明刚要回答，站在母亲床头的父亲抢先回答说："你母亲五更的时候，胃还是痛了一次。"赵一方走近母亲，问："你觉得比住院前是不是要好些？"母亲点点头，说："嗯，是好些。可是这用起钱来也有好些吧？"赵一方笑笑说："钱的事你就别操心了，有我们呢！"母亲有些心痛地说："你们的钱也不是大水淌来的，你们的日子都不是很好过。"赵一方说："你养儿不就是为了老了病了有个依靠？我们的路还长着，你享我们的福是有定数的，该你们享受的时候，你们就得享受。"方向明凑上来帮腔说："是咧！大妈，是该你和大叔享福的时候了，你就安心把病治好，多活几十年，多享享福。"母亲说："小方真会说话，几十年我倒不想，多活几年我还是想的，我就想多见几个重孙重外孙。"是啊，目前，只有赵一方的大侄儿和侄女结婚生子，后面的晚辈要么在筹备结婚，要么正在谈对象，父母多活几年，就能多见几个重孙和重外孙。

赵一方不能和母亲多说了，他得帮方向明谋划好明天手术的事。便对母亲说："你先歇着，我和小方还有点事。"母亲听了，连连催着，说："去吧去吧！能帮就多帮帮。"看来方向明把一切都告诉了父母亲。赵一方抬头看了一眼方向明，方向明不好意思地低下头，母亲赶紧打圆场说："这事不怪他，是我问出来的。他早晨回那么早，一看就有问题，我一再追问，他才告诉我，是你从火车站把他赶回来的。我一听，大骂你个没良心的，他却一个劲地替你说好话，最后忍不住，把这事告诉我了。这事就我和你爸知道，其他人不知道。"还能说什么呢？赵一方只好叮嘱父母，这事儿不能外传，知道的人越少越好。

母亲说："我还没老糊涂，这事儿知道的人多了，就难办了。"

赵一方把方向明带到楼梯口那扇铝合金窗下，再一次审视地看定方向明，问："你的钱准备好了？"方向明点点头，说："准备好了。"赵一方疑惑不解地问："这么快？"方向明说："早几天就准备好了这笔钱，一直找不到门道送出去。"赵一方本来想说："你的钱可都是血汗钱，你送出去就不心痛吗？你可要想好了。"现在看来不用说了，那是多余的话，人家既然已经准备了几天，那就是铁了心要送这笔钱了。那只有安排下一步该怎么送的问题了。

当赵一方告诉方向明，他已经在凤栖山大酒店定好了中午请周主任他们吃饭，顺便让他把要送的红包送出去。方向明一听，脸都吓白了。赵一方知道方向明被吓着的原因，因为凤栖山大酒店不是一般人能去的地方，尽管一餐饭要不了一头牛的钱，稍微奢侈点的话，半头牛是没问题的。

赵一方笑笑说："吃饭的钱你就不用管了，算我请的，一来我是感谢周主任对我母亲的精心治疗，二来感谢你这几天对我们的帮助，三来为南方来的记者接风。三件事放一块儿办，你在吃饭的时候顺便和周主任联络一下感情，感情联络到位了，再把你要送的东西送出去，这不是两全其美的事情？"方向明听赵一方这么一说，脸色平静下来，但还是疑惑地看着他，说："我觉得这么办，还是有点不对劲儿。"赵一方笑笑，说："有什么不对劲儿的，只要事情办到位了办圆满了就对劲儿，知道吗？另外，我问你，你打算包多大的红包？"方向明反问："你觉得包多大合适？"赵一方轻轻叹了一口气，说："真的难为你了，包一千吧！"方向明问："少不少？"赵一方说："要送就送关键人，我替你打听了，是周主任主刀，你就送主刀的周主任和今天来吃饭的麻醉师，一人五百，共一千元，不少。按我说的做，错不了。另外，吃饭的时候，我把南方来的记者支开，我也会借口离开包间，等包间里只剩下你们三个人时，你把一千块钱直接交给周主任，让他去处理就行了。红包交给周主任后你就借口先走。不过，你在我们闹酒的时候先填饱肚子，我请客，你千万别饿着肚子。"方向明却说："只要办好了这件事，我就是饿三天也愿意。"赵一方一脸严肃地说："你得帮我把事情办圆满了才行，既要办好事情，又要吃饱肚子，我不能花钱让客人饿肚子。明白吗？"方向明抬起瘦削的小脸，望着赵一方郑重地点了点头。

七

中午 11 点 20 分，赵一方上楼把铃儿响叮当请下来，带到他定的 208 包间。按照约定的时间，方向明已经在包间里等着。大约十分钟后，周主任和姓肖的麻醉师也到了。

周主任进门一把抓住赵一方的双手，一脸和气地摇了摇，说："赵记者你太客气了，我们兄弟之间没必要这样。你说我不来吧？怕拂了兄弟的好意。来吧？要让兄弟破费的确让我好为难啊！"赵一方笑笑，说："哪里哪里，不过是想找个安静的地方和你们说说话，没别的意思。来来来，先认识一下。"赵一方转过身，把铃儿响叮当推出来，说："这位是《南方人》报社夏记者，不仅人长得漂亮，文章也是十分了得，号称'南方一支笔'。"回过头，向铃儿响叮当介绍说："这位是周主任，我们县人民医院内科专家，他的手术做得十分漂亮，人称周一刀。这次我母亲住院他帮了我大忙。这位是……"周主任接过赵一方的话头，说："我来介绍，他是我们医院最好的麻醉师肖主任，他的麻醉技术精湛，一针下去，手术结束麻醉解除，恰到好处。"赵一方握住肖主任的手，摇了摇："幸会幸会，耽误你宝贵时间了。"接着，赵一方把方向明往前推了推，说："这位大家都认识，他也是我今天请来的重要客人之一，这段时间，我母亲住在医院里，多亏他帮我跑前跑后地支应，把他请来，只是为了表达一下我的感激之情。来来来，大家请落座。"

赵一方当仁不让地坐上了主位，赵一方的右手坐的是周主任，左手是铃儿响叮当，肖主任紧挨周主任坐，方向明坐在铃儿响叮当的下手。菜上来了，随后酒也上来了。菜是可口的精致菜，酒是十二年的白云边。周主任一看就知道这桌酒席价格不菲，把他们当上宾待了。赵一方示意方向明开封倒酒开席。

可是方向明没喝过好酒，半天都不知道怎么开包装了。赵一方接过来，打开，面向周主任，说："周主任，我提议，除了方向明身体原因不能喝酒外，大家都把杯子先满上，好不好？"周主任用一只手把面前的杯口一盖，说："我们医院有规定，医生不能喝酒。"赵一方笑笑，说："我知道，但那只限医生在给病人做手术前不能喝酒，人命关天的事，我也不敢破你们的规矩。我打听过，周主任下午没有要做的手术。"周主任一脸和气地望着赵一方，用商量的口气说："少倒点行不行？我不会喝酒。"赵一方微微一笑，说："那可不行，人称你是周公斤，要是酒没喝好，出了这个门，你还不骂我抠门，酒也舍不得给你喝？周主任你一看就是个直爽人，说实话，这几天你为我老娘操了那么多的心，你不喝点我这心里也过意不去啊！"

赵一方从周主任手里顺利地拿过酒杯倒满酒。周主任的酒倒下去了，下面的肖主任就不好拒绝了。一瓶十二年白云边，四个酒杯倒满，刚好见底。

第一杯酒喝下去，周主任兴趣提起来了，他把身上的皮夹克拉链刺啦一声拉开，豪爽之气扑面而来。他直接把住酒瓶，说："难得与赵大记者喝一回酒，更难得的是，我今天还见到了令人敬仰的漂亮的夏大记者。天时地利人和，凑一块儿了，来来，都满上。"所有的酒杯都满上后，周主任端起酒杯，对赵一方说："来，赵记者，我先敬你一杯，让你破费了。"赵一方端起酒杯，站起来和周主任碰了一下，说："兄弟之间，还用那么客气吗？喝酒喝酒。"一仰脖子共同干了。

周主任提起酒瓶，又要给赵一方倒酒，被赵一方挡了，说："慢，这杯酒我来倒，我有话说。"周主任顺从地把酒瓶还给了赵一方。赵一方先给周主任倒了半杯酒，周主任疑惑地看着赵一方。随后赵一方把瓶嘴对着肖主任，说："肖主任，对于夏记者来说，我们都是主人，你能不能和夏记者喝一杯？"肖主任皱了一下眉头，刚想开口说话，铃儿响叮当微笑着先站了起来，说："恭敬不如从命。来，肖主任，男子汉大丈夫岂能被这小小的酒杯吓倒。"肖主任被迫站起来，和铃儿响叮当碰了一下酒杯，艰难地喝下了那杯酒。赵一方把酒瓶嘴隔着周主任又伸到肖主任面前，肖主任一把护住酒杯，说："我真的再也喝不下去了。"赵一方说："给你先倒上，我有话要说，总不能空着酒杯吧？"周主任出面打圆场，说："肖主任的酒量的确不行，少倒点，意思一下就行。"赵一方说："行，既然周主任开口，那就照办了。来，少倒点。"倒好肖主任的酒，收回瓶嘴，赵一方给自己满满倒上了一杯，说："小方，你就以茶代酒，这杯酒我有五层意思。首先，我代表南溪县百万人民，感谢我们美丽的夏记者光临本县。这第二呢？我要感谢周主任，这段时间为我母亲操了不少心，也给你带来了不少的麻烦。"周主任连忙摆摆手说："没有没有，都是我分内的事。"赵一方说："不，你对我们的好我心里记着，我得感谢。这第三层意思呢？感谢肖主任能赏脸亲临现场参加我组的局。"肖主任忙起身，向赵一方致谢。赵一方接着说："这第四层意思是感谢小方，感谢他的帮助，要没有他的帮助，我就是有三头六臂，也应付不过来。"赵一方说过后，回头望着周主任，手指方向明，说："周主任，小方是个好人啊！你知道吗？他为了让我晚上能好好照顾我母亲，借口说家里有事，把自己的床铺腾出来给我睡。我要不是去火车站接夏记者，我还蒙在鼓里。他也是病人啊，在车站候车大厅里看到他的时候，我感觉心里有愧。他在候车大厅里给我讲了一个故事，是他父亲的故事。他父亲是个心地善良的人，每次看到乞讨的人，都会给一元钱……"赵一方说完方向明父亲的故事已经泪流满面了。他伸手在自己的脸上抹了一把，说："什么都不说了，这第五层意思呢？明天小方就要上手术台了，祝好人有好报，好人一生平安。来，我喝一满杯酒，你们大家就杯子里的酒，一起干了。"周主任一把拦住了赵一方，说："等等，肖主任就算了，我加满，陪你干了这杯酒，感谢你们的真诚。"说完，周主任抢先干了杯子里的酒。

赵一方和周主任分别喝下去了三大杯白酒，也就是七两半了。赵一方喝下第三杯酒，站起来说："不好意思，我得去趟洗手间。"出来后，在洗手间赵一方把喝下去的白酒全吐了出来，人清醒了许多。他掏出手机，拨通了铃儿响叮当的电话。这是他们事先约定好的，听到手机铃声，铃儿响叮当掏出手机，借口报社总编来电话，出包间接听电话，共同回避了，把时间交给方向明处理自己迫切需要处理的事。

铃儿响叮当手握电话，边往包间外走，边说："袁总，您好！哦，南昌的采访结束了，稿子晚上10点前传回来，请您放心，不会让报纸开天窗的。"出了包间，在转弯处赵一方伸出大拇指，压低声音说："很不错，都可以成真正的记者了。"铃儿响叮当抿住嘴，笑得桃花朵朵开。笑过后，把手机揣回口袋，正了正脸色，一本正经地反问道："记者不是人？"赵一方笑笑说："记者当然是人啦！"铃儿响叮当绷着脸问："记者不是东西？"赵一方呵呵一笑，说："你想把我绕进去，没门。"铃儿响叮当伸出大拇指说："机智。"对面走来了两名服务员，他们换了一个话题，聊了一会儿，方向明给赵一方发来短信，没有文字，就一个笑脸，说明一切顺利。

赵一方和铃儿响叮当，相隔一分钟的样子，先后回到包间。包间内已是暖融融一片，方向明的小脸在放光，肖主任皱成核桃的脸也舒展开了，周主任更是兴奋异常，见赵一方进去，一把拉住，说："赵记者，来来来，正等着你喝团圆酒呢！"赵一方说："还早着呢！我再安排几个菜，我们喝个痛快。"周主任一把把赵一方按回到座位说："赵记者太客气了，你们的情我和肖主任都领了，我们心里有数，你就放心吧！不能再喝了，我得回去安排小方明天手术的事。哦，还有你母亲的手术，你要尽快给我答复。"赵一方握住周主任的手说："会的会的。明天我一定给你一个准确的答复。"说完，握手而别。

其实赵一方母亲手术的事情，就目前老人身体状况来看，做手术的确不是最佳选择。但从内心来说，他们兄弟也想赌一把，但万一赌输了怎么办？所以，这个抉择让他们挺为难的。最后，他们弟兄商量的结果是：看两位老人意见。两位老人的意见也不一致，赵一方的父亲赞成手术，可是母亲一直不松口，理由是儿子们的经济都不宽裕，坚决不愿意再花这个冤枉钱。作为做晚辈的，这个理由不能让它成其为理由，但他们又必须让母亲接受他们的选择。因此，他们家就母亲手术问题，一直处于一种难以抉择的胶着状态。

八

没想到方向明的手术，打破了母亲的手术做与不做之间的胶着状态。

晚上，医生护士轮流到八病室忙碌，先是手术协议，家属签字；护士叮嘱，手术前的饮食及各种注意事项；接着就是洗肠设备推进病房，金属器械叮叮当当的响声。赵一方母亲胆小，吓得一头钻进被子内，不敢露面，连大气都不敢出。这与老人家的心脏病有很大的关系。

赵一方给铃儿响叮当在网上订了一张火车票，是晚上12点5分的火车。尽管铃儿响叮当十分不乐意，但赵一方言语说得恳切，让她先回杭州，等他把母亲的事儿处理完后，他再到杭州看她。想想也是，人家母亲正在病中，天天忙忙碌碌的，哪有心思和精力陪她？一个人待在南溪这个巴掌大的小县城里也没什么意思，铃儿响叮当算是勉强答应先离开南溪回杭州。

送走铃儿响叮当，赵一方回头关了手机，从此，这个手机号就再也没打开过，这是后话。回到医院八病室，赵一方倒头就睡。

天还没亮，母亲便起床开始整理住院的洗漱用具，沉睡中的赵一方突然一惊，抬头问母亲："你这是干什么？"母亲绷着脸说："我要出院，如果你们还想我多活几天，就让我回家，在这里我一天也待不下去了。"语气十分坚定，没有一点回旋的余地。问原因，她说她害怕做手术。方向明做手术前的准备工作吓着母亲了。赵一方再怎么做工作都无济于事。

早上8点，方向明被推出八病室，去接受手术。没办法，赵一方只有尊重老人的意见，等做完方向明的手术再去找周主任商量。

两个小时后，方向明一脸苍白地被推回八病室，赵一方起身去找周主任。周主任刚刚回办公室，手里点了一支香烟，抽了一口，一脸疲惫地坐下来。赵一方进去时，周主任说："手术很成功。"赵一方笑笑说："你周主任出手，哪有不成功的道理？'周一刀'也不是那么好叫的。"周主任的和气又回到他的脸上，他笑笑说："过奖了。"赵一方说："名副其实的事你就别谦虚了。可惜……"赵一方欲言又止。周主任疑惑地看着他，等他的下文。赵一方接着说："我母亲坚决不做手术，现在就要出院，你看……多好的机会，如果请你做手术，一定会很成功的。"周主任愣了一下，和气地问："你和你的兄弟们是什么意见？"赵一方说："我们是主张做手术，但也得我母亲配合不是？没办法，还是依老人的意见出院吧！"周主任脸上变得有点严肃，说："哦，那行，你等一下再过来拿住院小结，我现在就办。"赵一方说："真不好意思，让你操了不少的心，谢谢！"握手，出门，回到八病室。

刚走进八病室，方向明的老婆高兴地对赵一方说："赵记者，您可回来了，刚才方向明叫您呢！"赵一方问："叫我？叫我有什么事吗？"方向明的老婆说："也没什么事儿，他让我感谢您。"赵一方脸一沉，说："他是痛糊涂了，我又没为他做什么事儿，感谢我干什么？"方向明的老婆还想说什么，被赵一方挡了回去，说："对不起，我得出去一趟，好好照顾你老公吧。"赵一方说完，对母亲说："周主任正在给你办出院手续，你再等等。我有事先出去一会儿。"说完，匆匆离开了八病室。

赵一方当然知道方向明要感谢什么，但有些事只能做不能说。他心里暗暗骂方向明不懂事："你以为什么事儿都能对外说啊？"不过，骂也没用，谁让方向明是个实在人呢！

再回到周主任办公室，周主任已经十分精神地坐在他的办公桌后，十分慈善地笑着和赵一方招呼了一声，说："赵记者的孝心真令人敬佩。"说着，把住院小结递给赵一方，同时还递给他一个信封。赵一方疑惑不解地指指信封，问："这什么意思？"周主任一脸严肃地问："昨天我们酒都喝多了。我喝完酒回家就睡了，刚才我老婆打电话来问我，换洗的衣服里哪来的钱？我一想，肯定是小方昨天趁我酒喝多的时候，硬塞到我的荷包里的。你说小方怎么能这样？你出面就等于我们胡书记出面，你们出面不就是同情小方家庭困难？哪个人一生不遇点沟沟坎坎灾灾难难的，我能要他的钱吗？帮帮忙，替我退给小方。"赵一方假装糊涂地说："酒桌上还有这样的事？你不会记错吧？我怎么没看到？"周主任一针见血地指出："错不了，就是你上洗手间，夏记者接电话时小方给的。对，就是那个时候。请兄弟一定帮帮忙，转交给小方，要不我的良心会受不了的，这不是趁火打劫吗？"说完，周主任便起身，打算出门的样子，临走不忘叮嘱一句："我还有事，麻烦你一定帮我转交给他，还有，这是你母亲的住院小结，你拿上它可以去结账了。"

回到八病室，赵一方把方向明的老婆喊到一旁，把周主任退回来的一千块钱的红包一分不少地还给她时，说："告诉方向

·三春鸟·

242

明，我谢谢他这几天对我母亲的照顾，另外……"赵一方指了指方向明老婆手里的信封，叮嘱："这个别忘了告诉方向明，人家好事给你们做了，别让人家背黑锅。"说完，赵一方转身下楼结账去了。

母亲出院一周后，赵一方登上 QQ，铃儿响叮当在 QQ 上给他留了长长的信息。赵一方没有看，直接在好友栏中把她删除了。方向明给他打来电话，告诉他，那一千块钱的红包他又送给周主任了。赵一方一惊，问："为什么？"电话那端的方向明说："那钱送出去了我心里踏实。"赵一方还能说什么呢？赵一方问："周主任收了吗？"方向明说："周主任不收，我趁他不在办公室，悄悄溜进去，放进他的抽屉里了。"赵一方"哦"了一声，他真想骂方向明一顿，但转念一想，周主任不收红包，不也是为了心里踏实？人活着不就是为了一个踏实？赵一方没再说什么，轻轻挂了电话。

小小说四题

癌患者

老王和老张几乎是同时住进一所大医院。老王是某机关单位的一名所长，办事沉稳踏实；老张是某公司一名普通员工，性情豁达开朗。二人住进医院后，经过医生再三会诊均被确诊为癌症患者，只是老张的病情比老王要重三分而已。

老王住进医院后多愁善感，他有很多的心思：所里所在年度计划、人员调配、市场管理，个体户吴麻子的假冒伪劣商品的来路需要调查等等。他整天眉心紧锁，恪守医生的嘱咐，谨小慎微地活着，生怕自己一不小心会撞断生命的丝线。他唯一盼望的就是早点出院回所，所里还有很多工作等着他去做呢！

老张住进医院后，想得通，也乐观：什么妻子儿女，房子票子，不过都是过眼烟云，两脚一蹬扯都扯不住，谁管得了谁？好歹是一死，还不如趁自己还能动，还能吃得下，好好享受享受尘世之乐，也不枉来此脱一回人生。真要死了也好，老伴可以彻底结束"牛郎织女"牵肠挂肚的日子。老张的老伴随女儿去海南享福去了。因此，老张每天寻好的吃，找好的风景玩，吃得高兴，玩得开心快乐。

老王和老张住同一个病室，老张每每享受时，总忘不了叫上老王一同享用。可老王总是感激地一笑，绝不参与老张的享受。

当官的花花肠子就是多，大概儿子有安排工作或是级别没调上去，这一死一切都得泡汤。老张为老王设想了好几天，最后总是一边嘀咕着，一边独自享受去了。

命运总免不了和人开开玩笑。

一天傍晚，老王忧心忡忡地伴着落日，踏上了西去的不归路。老张看了，苦笑着摇摇头，悠悠地叹了一口气。

一个明媚的早晨，老张踏着朝阳走出了医院大门。他康复出院了，可是，脸上没有丝毫劫后重生的喜悦，眉眼间却多了几分忧愁和遗憾。

肥　差

龙凤乡政府出来的人如龙如凤，人人都是飞黄腾达。

有人私下做过统计，数据显示，龙凤乡政府办公室主任一职提升快，职务高。因此，龙凤乡政府办公室主任一职，尽管整天上传下达忙得脚不沾地，但历来都是不失为一件美事，算得上是一个肥差。

为谋此职，乡里不少干部曾拼得人仰马翻也在所不惜。没想到这一次一向不温不火的马鸣，竟在鹬蚌相争中轻易地做了一回渔翁，轻轻松松地弄到了乡政府秘书一职。

接任新职，交接文件，审核票据。起初马鸣累得不说不鸣，不料，有一天却与原任秘书现任乡党委委员交接账目时，马鸣竟拍桌摔椅地大鸣了一回。

那是一笔乡官们用来感情投资的费用，或许合情合理，但肯定不合法。办事一向严谨的马鸣一口咬定，这些费用按规定不能报账。事情最终闹到乡长那儿，乡长想开口和稀泥，然而，马鸣先一步堵住了乡长话头，说："这笔钱我还不知怎么入账，要不，你再请个高人来？"

一句话把乡长说蒙住了，好一会儿乡长才找到了感觉，缓过气儿来直夸马鸣做得好，应该这样坚持原则，该报的报，不该报的一分都不能报。把个马鸣夸得晕晕乎乎的，不知道如何是好了。结果那笔感情投资费用在账外账上暂时搁着。

马鸣自从任秘书后，整个人比原先瘦了一大圈。拿他老婆的话说：像他这样的一根锄头柄可以拗上两个还不费劲。马鸣呢？回家一端饭碗就唉声叹气；一上床就做噩梦，迷糊中常喊：这不是我的错……不是我的错……

转眼临近三年届满，乡长竟无来由地对马鸣发火，头不头脸不脸的令人一头雾水找不着北。在有形无形的压力下，马鸣只好决定向乡政府请辞。

乡长接到了马鸣的书面辞职报告后，先是愣了一下，接着满脸便如升起的朝霞灿烂无比，他笑眯眯地问马鸣，你不是干得好好的吗？三年内，你为乡里节约开支五十多万元哩！我代表乡党委、乡政府和四万多乡民衷心感谢你，我们太需要你这样的'贤内助'了。当然啦，如果你确实不愿干秘书，我也不强人所难！你看这样好不好？政府食堂这几年漏洞太大，那里需要你这样的人去管理，你去那儿干，怎么样？马鸣低头不语，乡长见了，绵里藏针地补充道，再说啦，目前也没更好更合适的职位安排你，你看如何？要不再等等有合适的位置没？一丝苦笑在马鸣疲惫干枯的脸上掠过，他转身走了。

自此，马鸣成了龙凤乡政府食堂的管理员。

马鸣到机关食堂后，机关食堂的漏洞是堵住了，但马鸣也同前几任一样，身体发福了。当地人遂纷纷议论，马鸣这回真的是拣了个"肥差"，不用操太多的心，就能把自己养得又肥又白。

半年后，尽管乡镇合并、机关裁员力度很大，但马鸣还是顺利提拔，当上了龙凤乡纪委书记。据说还是龙凤乡书记、乡长在离开龙凤乡前力荐而成。

卖藕人

荷秆参差不齐的湖面上传出水鸟拍翅凌空的尖叫声，空荡荡的藕湖平添了几分清冷和凄凉。这座湖，张超是经过反复核算后才买下的。开湖当天就不顺当：一整天在称翘称妥的争执中，张超半天才卖出百来斤鲜藕。如今倒好，张超的藕湖成了钟馗开店——鬼都不上门了。张超整天坐在湖边藕堆旁发呆，手里夹着一支烟，烟头烟丝缭绕……

一日，一辆满载松树丫的解放牌汽车打张超门前过，两车相错时，解放牌汽车不小心把张超家的房子出檐扫了一下。众乡邻念他父母的为人，又念及他是孤身一人过日子不容易，都站出来为他出头：非要司机掏一百元钱作赔款不可。

很快，张超被人喊了回去。张超回后先瞧瞧屋檐，再瞄瞄司机和众人，点了一支香烟，边抽边绕着汽车转了一圈后，说，不要　百元，有二十元钱绰绰有余。看，居然还有人嫌钱烫手。司机一听，赶紧从自己的兜里掏出两张"大团结"（二十元钱），钻进汽车，点火一溜烟地跑了……

那些为张超出头的人，大眼瞪，小眼横的，骂骂咧咧地走了。众人都说张超"茗"得不开窍，连到嘴边一口咬得油儿一漫的东西都不要，你说"茗"到家了吧！也有人说他人太老实了，老实得不知道好歹了。

从此，张超的藕湖出现了奇迹，那些曾因称翘称妥与张超发生争执，赌咒发誓不再买张超家鲜藕的人，大老早就来到湖边候着买张超家的鲜藕——人人都夸张超有那么一股子"茗味儿"，称好了够数的藕后，张超都会给每一个人找补一些零头杂碎，甚至一筒一节的好藕。张超的生意很快红得不得了，顾客遍及五六里方圆。

忽一日，一买主闲来无事，顺手拿过一杆秤，将张超卖给他的藕复了复秤，大惊上当，那张超卖出来的藕，加上他找补的零头杂碎，一斤也只给了八两半。

这一重大发现不胫而走，秋风扫落叶般地席卷方圆五六里地……

影　子

秋雨纷纷地下着，外面白蒙蒙一片。

一位小贩肩上吊着个白挂包，右手上抓几条色彩斑斓的细伢（方言：小孩子）绒衣裤；左手撑着一把小伞，吊着嗓门兜生意。

"你手里细裤卖吗？"

母亲刚一搭话，那小贩就跨进了院门，"两块钱一件，三块钱两件，经久耐用，十岁以下的孩子都能穿。"

"细伢上衣有吗？"隔壁三婶、前屋的五姨太太听到叫卖声，都围了过来。挑着各人喜欢的小衣小裤，讨价还价，弄得小贩手忙脚乱的。我挑了一套自己最喜爱的绒衣裤，吵着让站在一旁的父亲掏钱买下。最后因为五毛钱，母亲与小贩的生意谈崩了。我站在一旁无限懊丧。

小贩刚走，女人们亮出各自挑选的衣裤谈论着谁买得合算，谁买上了当。

"最便宜的要数亮子的一套衣服，分文没花。"

隔壁的三婶笑着说。

"谁说亮子的衣服没有给钱？哦，你买镰刀明着买一把，暗地却拿两把，以为别人都像你啊？"我母亲向来和三婶不和，二人总是拿着对方的短处说事儿，互不相让。

"是没给钱，妈妈，不信你问爸爸。"我急于在众人面前炫耀自己的成就，全然不顾大人们的心思。

"叭——"一记耳光重重地盖在我的小脸上，我惊愕地抬头看了父亲一眼，发现父亲的脸色已气成了猪肝色。

"是没给钱嘛！我看你拿出五块钱又装进了荷包，不信你看看……"我一边抹着眼泪，一边指着父亲的荷包，极力申辩。因为我相信爸爸说过的话——大人最喜欢老实的孩子。

后　记

　　《三春鸟》的出版合同签了近三个月，全书文稿才交给出版方。

　　办事拖拉不是我的个性，主要因为文稿中有一篇小说叫《守候》，让我割舍不了。

　　按说《守候》不是第一篇让我割舍不了的作品，第一篇是用作书名的《三春鸟》。《三春鸟》是写我的祖父，一个把殷实的家底赌光，秘密参加革命，游走在共产党、国民党和日伪之间，给新四军传递情报的乡间货郎，冲天怒斥日军军官，最后惨死在日本人屠刀下的英雄壮举。遗憾的是我的祖父最终未能被追认为烈士。组织上说：一个乡间货郎，脚踩三只船，不能追认烈士，只能算"死得其所"。

　　对于我的家族来说，这是一个痛，而痛点却在我身上。我很想追溯根源，很想用文字记录那段历史。我尝试过三次，每一次都不是几千字或者上万字，每次都是两万字以上，连续三次都以失败告终，都被我的老师何存中先生"枪毙"了。但我没有放弃，也放弃不了，这事始终如一根鱼刺，卡在我的喉咙上，让我永远不得安生。

　　直到四年后的 2019 年夏天，客车在葛洲坝大道上奔跑，我从车窗看出去，满眼看到的是大片大片的荷花。忽然，一个货郎挑着货担闯入我的眼里，他在荷花中行走，如履平地……我心里一动，犹如一束光瞬间照亮了我的内心，我感觉我的《三春鸟》要飞起来了。果然，我用了很短的时间，就完成了《三春鸟》的初稿。发给老师看后，老师很激动，说这次有点味儿。

没想到《守候》是第二篇令我割舍不了的小说。但这次"守候"的时间有点长了，它是我二十年前的手稿。因为存放的时间太长了，圈圈点点比较多，加上虫蛀霉斑，再叠加易碎的薄稿纸，缝缝补补把它输入电脑内，总字数达到了1.2万字。再回过头去看，觉得不是印象中的那篇《守候》了。于是，下决心修改。我前后改了两稿，字数达到中篇的体量，于我退休前一天与其他文章合编，才将全部的文稿交给了出版方。我老师看后，又说，有点味儿。

这次我又是为什么对《守候》这篇小说情有独钟割舍不了呢？理由有三：

一是我的老师何存中先生只要说起我的创作，都会提到《守候》，他对其中的细节比我记得还清楚。二十多年了，他还记得巴水河沙滩上，那四个打牌打到夜深人静时，偷人家地里花生的情节。

二是割舍不了的情感，割舍不了我刚参加工作的地方——团陂镇那一方水土和人情，最让我难忘的是浠水"四大农民作家"之一的徐银斋老先生，他一生与世无争，一生守候他心里的一片文化净土。尽管他对我的文学创作没有直接给予指导，但我从他身上汲取了很多宝贵的东西，譬如隐忍，譬如坚强。他在生命倒计时的前四天，把我叫到他的病床前，亲手把一串系着鞋带的钥匙交给我，那是作为文化站负责人的象征，我整整盼了七年之久。可是我没有接受，不是我不想接受，而是因为这把钥匙寄托了徐老师太多的希望。

三是《三春鸟》书稿交给出版社后，我也退休了，我对文化的守候也画上了句号。从起点到终点三十余年了，原以为《守候》给我喜欢的职业生涯画上一个圆满的句号，也是一种缘分。

可是令人遗憾的是，《守候》最终因为种种原因未能收入本小说集，好在该小说在某公开刊物已通过一审，也算是给了我最大的安慰。

最后，感谢我的老师何存中先生为我写序，湖北省书法家协会会员何冬青先生为我题写书名；感谢龚杰老师为整本书进行统筹策划，感谢蔡诚、叶晗、周鹏、陈木子老师参与整本书的编审过程；感谢我供职过的竹瓦镇、团陂镇和县文化馆的领导、同事以及社会各界的朋友们，是你们陪我一同走过了艰难的岁月，给了我精神和物质的鼓励、支持和帮助。在此一并表达最诚挚的谢意！

2024 年 3 月 21 日